シャーロック・ホームズ アンダーショーの冒険

デイヴィッド・マーカム 編　日暮雅通 訳

The MX Book of New Sherlock Holmes Stories

Compiled For The Benefit of the Restoration of Undershaw

Edited by David Marcum

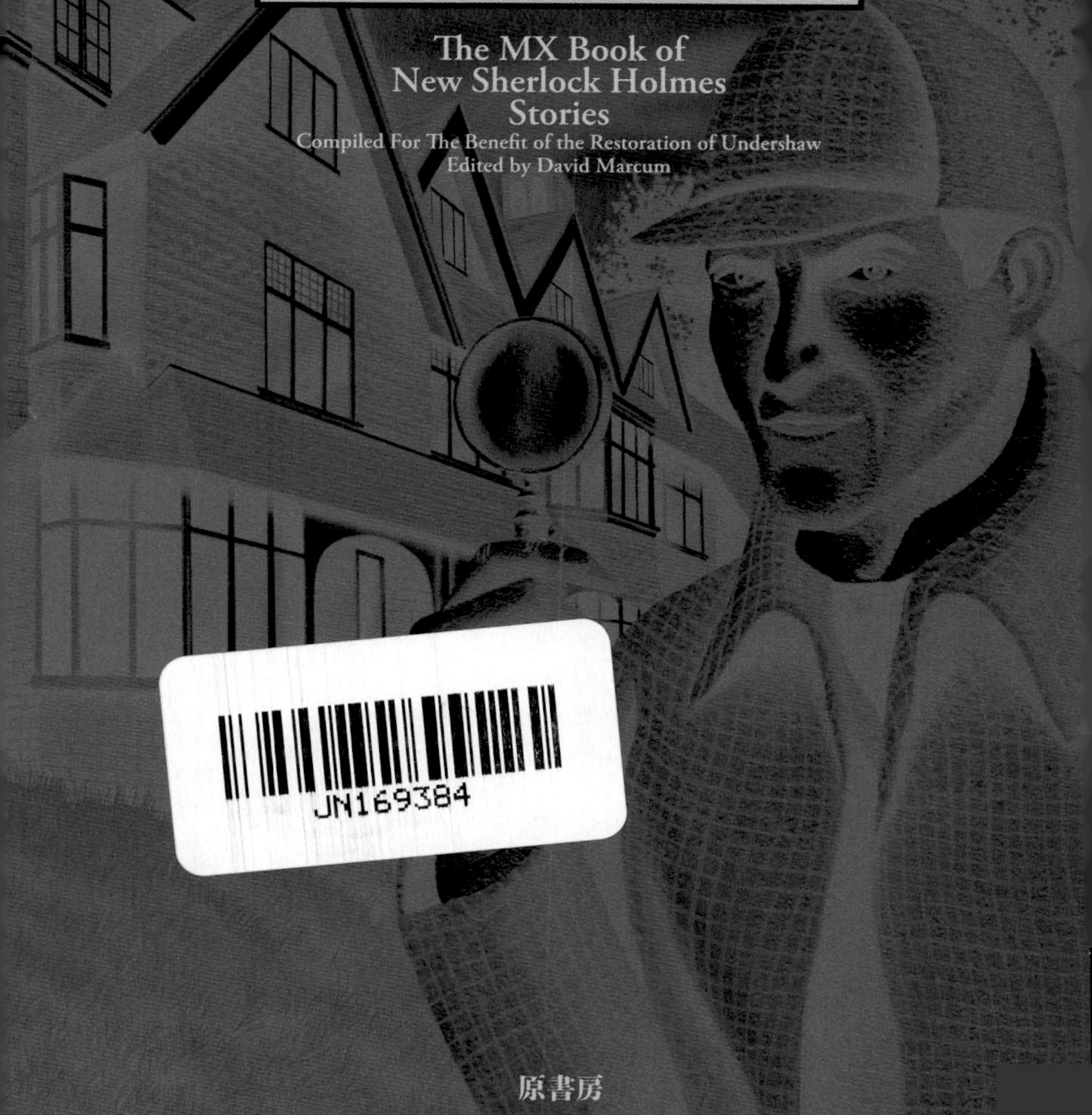

原書房

シャーロック・ホームズ

アンダーショーの冒険

目次

デイヴィッド・マーカム David Marcum

本シリーズの編者。米ホームズ・パスティーシュ作家、コレクター。1975 年、10 歳のときに初めて『シャーロック・ホームズの冒険』に出会って以来、数千点にのぼるホームズ・パスティーシュの書籍やラジオ・テレビ・映画作品、脚本、コミックス、同人誌、それに未発表原稿などを収集してきた。パスティーシュ作家としては、*The Papers of Sherlock Holmes vol.1 & 2* (2011, 2013) や *Sherlock Holmes and A Quantity of Debt* (2013)、*Sherlock Holmes —— Tangled Skeins* (2015) などを発表。また、本書を始めとするいくつかのホームズ・パスティーシュ・アンソロジーの編者でもある。本業はある合衆国政府機関の連邦捜査官だったが、その部署が消滅、大学に戻り、現在は土木技師としてテネシー州に在住。

日暮雅通 ひぐらし・まさみち

1954 年生まれ。青山学院大学理工学部物理学科卒。翻訳家。著書に『シャーロッキアン翻訳家　最初の挨拶』。主な訳書にドイル『新訳シャーロック・ホームズ全集』、バンソン『シャーロック・ホームズ百科事典』、スタシャワー『コナン・ドイル伝』、ワーナー『写真で見るヴィクトリア朝ロンドンとシャーロック・ホームズ』ほかホームズ・パスティーシュ集など多数。

はじめに

1　〝ワトスン的大霊《オーバーソウル》〟について

　メリアム・ウェブスターの辞書で〝パスティーシュ〟を引くと、「文学または美術において、過去の作品のスタイルを模倣したもの」とある。シャーロック・ホームズ物語が初めて出版されてからそれほどたたぬうちに、ホームズ・パスティーシュも生まれ、〝正典〟と呼ばれるオリジナルの六十編と共存してきた。初期のものは正確には〝パロディ〟と定義されるべきものが多かったが、ホームズとワトスンというわれらがヒーローたちの冒険譚をもっと増やしたいという、忠実な作品も少しはあった。

　私自身は、オリジナルのホームズ物語に出会ったのとほぼ同じときにパスティーシュに出会い、正典に対するのと同じように熱心に読んできた。私にとって、オリジナルと同じ時代に設定された出来のいいパスティーシュは、ワトスンの最初の文芸エージェント――ひとりではなかったはずだ――であるサー・アーサー・コナン・ドイルが書いたものと同じ正統性をもっているのだ。かつて私は、正典とすべてのパスティーシュを組み合わせたものを〝大ホームズ・タペストリー〟と表現した。それぞれの作品が全体にとって重要な縫い糸となり、ほかよりも明るかったり太かったりするとしても、すべてが巨大なつづれ織りの絵に対して貢献しているのである。正典とパスティーシュの合体について別の表現をするなら、〝ロープ〟を形成しているとも言える。正典の冒険譚はワイヤの芯の部分であり、パスティーシュが糸や繊維としてそのまわりに巻かれ、強度を増しているが、その二者は不可分のものなのだ。

ホームズとワトスンの人気は、長年のあいだつねに増大してきたが、パスティーシュはそれに対して大きな貢献をしたと思う。新たに書かれてきた冒険譚は、ホームズ人気という火に燃料を注ぐ役目をはたしてきたし、オリジナルの物語に対する興味を再燃させてきた。パスティーシュなんて評価しないというシャーロッキアンもいれば、オリジナルの六十編全部が真生の作品とは言えないとして、これこれの正典作品はまがい物だと書いている人もいる。だが、私はそれに同意できない。

私はエッセイ「パスティーシュ礼賛」（《ベイカー・ストリート・ジャーナル》第六二巻三号、二〇一二年秋号）の中で、ホームズの経歴を考えたら、彼の扱った事件の話がたった六十編では不充分だと議論した。彼が世界一の諮問探偵だという根拠を示すには、疑問だらけの〝オフィシャルな〟数十編でなく、もっとはるかに多くの記録がなければならない。パスティーシュはそのギャップを埋めるものなのだ。

〈アビィ屋敷〉でホームズは、ワトスンに向かって「一生のうちにはきっと、探偵の仕事をあますところなくとりあげた探偵学大全をまとめてみせる」と言っている。正典とパスティーシュの両方から成る膨大な数のストーリーは、当然ながら、ここでホームズが想定しているものとは違う。しかし、私たちが見ることになる彼の人生と仕事を網羅したタペストリーとしての『探偵学大全』には、最も近いものだと言える。

　これまで長いあいだ、信じられないほど多くの人たちが、ワトスンの最初のエージェントが紹介した作品群に新たな作品を加えてきた。あるときは、失われていた原稿が発見された。たいていはワトスンの手になるものだが、ほかの誰かが――ベイカー街不正規隊のひとりとか依頼人とか、マイクロフト・ホームズ、単なるちょっとした知り合い、あるいはホームズ自身が――書いたということもあった。ワトスンが銀行に預けたブリキの文書箱から発見されるのが普通だが、こんなにもたくさんの話が発見されるからには、そうした文書箱は複数あるに違いない。また、これらのストーリーは一人称で語られるか、三人称すなわち〝神の視点〟で書かれることもある。発見されたものだろうが書き記されたものだろうが、そうした後日発見された冒険譚の〝編者〟たちは、私が言うところの〝ワトスン的大霊〟を利用してきたと思う。

　高校時代、私の国語（英語）の先生が〝大霊《オーバーソウル》〟（エマーソンなどの超絶論における全人類の霊魂の根源）という概念を紹介してくれた。彼女は、ある詩人に影響を与えたものを説明する中で、その大霊を使ったのだった。要するに――あまり正確に記憶してはいないが――私たちはみな、もっと大きな存在の小さな一部なのだが、しばらくのあいだそれを離れ、暗闇の中にいて、みずからの頭に閉じ込められている。それがいつかは大きな全体の保護と温かさ、優しさ、無限の力に戻っていくのだという。私はこの考えを、ホームズ関連作品全体の源を説明するのに使おうと思った。

私の考えでは、正典をベースにした正統派のホームズ・ストーリーはみな、正典以降の〝著者〟がどのようにその作品を得たかにかかわらず、ある同じインスピレーションにつながっている。一九七〇年代の半ばから、私はホームズの冒険を描いた無数の冒険譚を読み、収集し、一九九〇年代半ばからはそれらを——正典とパスティーシュの両方を——詳しい年月日順に整理しはじめた。今では数百ページに及ぶ数千作の作品が集まっている。その間に明らかになったのは、次のようなことだ。（1）ヴィクトリア朝時代とエドワード朝時代における本当の、正しい、伝統的なホームズの行動を描いた、充分に優れたストーリーは、いまだにない。（2）そうしたストーリーを公開する人たちは、どんなかたちで書いていようと、あるいは自分で気づいていなくても、なんらかのかたちでワトスンの霊媒となっている。

というわけで、こうしたストーリーをつくり出すイマジネーションのひらめきは、すべて〝ワトスン的大霊〟に源を発しているのである。とはいえ、著者や編者の流した血や汗や涙が、その〝新たに発見された〟ストーリーに注ぎ込まれていないということではない。彼らの努力が否定されるようなことがあっては、絶対にいけないのだ。作品はまったくの完成品として簡単に出現するわけではない——ブリキの文書箱からほぼ完成品として発見されたとしてもだ。まずはワトスン的大霊とコンタクトするのに苦労するし、さらには大衆が理解し楽しめるようなかたちに書き起こさねばならない。ストーリーを伝える側の人物が、その過程で事実をひとつ二つ間違って理解し、おかしな矛盾を生じることもあろう。あるいは霊媒となった〝編者〟が自分の覚え書きから何らかのものをワトスンの元々の意図するところに混ぜ込んでしまい、大きなタペストリーと一致しなくなることもあろう。だが、内なるワトスンの小さな声に耳を傾ける著者が誠実であれば、ストーリーに現われる出来事の全体的なセンスは、真実でありつづけるのである。

2　MX社の新ホームズ・ストーリーズ

本書が生まれたのは、その小さな声を耳にしたことがきっかけだった。二〇一五年一月後半のある土曜日、新しいホームズものアンソロジーについての徹底した、鮮やかな夢を見た私は、予定より二、三時間も早く目が覚めてしまった。それまで私は〝大霊〟を利用し、ワトスンの作品を自分でもいくつか〝編集〟していたが、今回のような発想はなかった。もしあのまま寝なおしていたら、この本は誕生しなかったことだろう。起き出した私は、ワトスンの作品を〝編集〟してほしい作家の名を書き出した。すでに私が知っていて、称賛している作家たちが、ホームズの新しい冒険を書いてくれるか打診するためだ。

ＭＸパブリッシング社のスティーヴ・エメッツにメールすると、彼はこのアイデアを気に入ってくれた。早い時期から、この企画における著者の印税はアンダーショー、つまりコナン・ドイルのかつての住まいで『バスカヴィル家の犬』など後期のホームズ物語が執筆された屋敷の、修復活動に寄付するという取り決めをしていた。ＭＸは過去にこの運動をサポートしていたことがあるので、決定はたやすかったのだ。

企画のアイデアが浮かんだその朝、私は著者たちにメールしたが、たちまち賛同の返事が届きはじめた。勇気づけられた私は、さらに多くの人たちに連絡し、すべてのことが急速に拡大していった。英国にいる著者で住所しか知らない人に打診するため、友人たちに手助けを求めた。すでに参加を表明している人たちが、〝大霊〟を利用してアンソロジーに寄稿してくれそうな人を紹介してくれた。そうやって著者が増えた結果、二冊の本に分ける必要があるほどの人数になり、しばらくすると三巻本にしなければならないほどになった（複数に分けなければ、本の背中が裂けていたところだろう）。だが、私にとって重要なのは、最終的に三つの本に分かれようと、これがあくまでも一体化されたアンソロジーだということだ。つまり、このコレクションは一度に編まれたホームズ・ストーリーのアンソロジーとしては、過去最大のものなのである。

この本には、世界各地から寄稿してもらった。アメリカはもちろん、カナダ、英国全土、インド、ニュージーランド、そしてスウェーデン。英国人の著者二人は寄稿時にアジア在住だったし、アメリカ人二人はそれぞれロンドンとクウェート在住だった。早い時期から私は、寄稿者が世界中に散らばっているので、作品のフォーマットや句読法は統一するものの、英国式スペルと米国式スペルのどちらを使ってもかまわないと言ってきた。ある作品では〝colour〟というスペルが使われ、別の作品では〝color〟が使われているのは、そのためである。

寄稿者たちの職業や背景も、バラエティに富んでいる。プロのベストセラー作家もいれば、私のように趣味で書いていて本職を別にもっているという人もいるのだ。あるいは著名な〝ファンフィクション〟（既存の作品の人物や設定を使って原作者以外のファンが書いた、いわゆる二次創作）の書き手で、このチャンスにもっと広い範囲の、今までと違った読者に向けて書いてみたいという人もいた（私はつねづね、優れたホームズものは商業出版だけでなくファンフィクションからも生まれてくると思っている）。

ホームズものを書くのは初めてという寄稿者も、何人かいた。その中には、著名なシャーロッキアンとして長いあいだホームズの世界の魅力を広めてきたが、自身はパスティーシュを書いたことがないという人もいる。誰かが「すべてのシャーロッキアンは一生に少なくとも一作はパスティーシュを書いてみるべきだ」と言っていたが、これこそチャンスだったわけで、みごとにそれを生かして、いい作品を書いてくれたと思う。

ストーリーを時系列で並べるということも、初めから決めていた。ホームズとワトスンが出会った一八八一年から、ワトスンが死ぬ一九二九年までで、ホームズとワトスンの友情と職業上のパートナーシップを描くことができる時期のすべてである。この点に関しては、マイク・アシュリーの編集した *The Mammoth Book of New Sherlock Holmes Adventures*（邦題『シャーロック・ホームズの大冒険』、原書房）に大きな影響を受けた。彼は収録作品を年月日順に並べており、年代研究家である私もその方法にならったのである。

執筆に際して私がつけた条件は、シンプルなものだ。まず最も重要なこととして、ホームズとワトスンが敬意をもって誠実に扱われ、シャーロッキアンの伝統である〝ザ・ゲーム〟の精神にのっとっていなければならない。つまり、ホームズとワトスンは実在する歴史上の人物として扱われなければならないのだ。また、ほかの時代に移されたり、彼らがいた時代では考えられないようなこと、たとえばエイリアンと戦うようなことは、させてはならない。ストーリーの背景となる時代は一八八一年から一九二九年とし、ホームズが吸血鬼と闘ったり、現代に蘇ったりするパロディのたぐいは許されない。

ほかには、オリジナルの短編と同程度の長さという制限もつけた。中編《ノヴェラ》ではいけないし、「野外バザー」や「ワトスンの推理法修業」のような掌編でもいけない。また、原則としてワトスンの語りによるもの、という条件も付けた。だがこれには例外もあった。ワトスン以外の視点によるもの——不正規隊のウィギンズによるものが一作、モリアーティ教授によるものが二作、〝大空白時代〟にホームズが知り合った人物が一作、モリアーティのことが三人称で語られるものが二作——あったのである。これらは見識ある作品だし、正しいホームズの世界を描いているので、捨てるには惜しかった。

もうひとつ目指していたのは、新しく書き下ろしたストーリーだけを集めるということだった。この点では、ほぼ成功したと言えよう。「ほぼ」というのは、商業出版物にはならなかったものの、過去に別の場所や媒体で発表された作品もあるからだ。ひとつの作品は、ほとんど誰にも知られていない地方の出版物に掲載されたことがあった。パスティーシュを収集する私が、このアンソロジーのために原稿が送られてくるまで知らなかったほどだ。また二つの作品は、短期間だがインターネット上に発表されていたし、ほかの二つは脚本で、米英のラジオ番組に使われ、出版物になったのはこれが初めてだ。

本書は寄稿者と私が愛情をもって作業にあたった結果の産物である。かかわったすべての人たちの熱意と敬意により、ホームズとワトスンがこんなにも長いあいだ人気を保ちつづけてきた理由がよくわかるようなアンソロジーになったと思う。この本は〝大ホームズ・タペストリー〟のごく一部なのであり、タペストリーそのものはまだまだ大きくなっていくことだろう。なぜなら、ワトスンが「私が知るこの世でいちばん善良で賢明な人間」（〈最後の事件〉）と書いた人物に関する物語は、まだまだ足りないのだから。

二〇一五年八月
ジョン・H・ワトスンの一六三回目の誕生日に
デイヴィッド・マーカム

序——研究と天分

《ストランド・マガジン》の編集者だったグリーンハウ・スミスは、コナン・ドイルのことを「同時代で最も偉大な、生まれながらのストーリーテラー」と評している。それから一世紀あまり、コナン・ドイルの才能のせいで私たちはホームズ物語を読みつづけ、六十編の冒険譚では物足りないと多くの人が考えるせいで、新たなストーリーを書いてもいる。オリジナルのストーリーは活気に満ちたもので、しばしば独創的であり、押しつけがましくない程度に知的であり、仰々しいところもない。ホームズとワトスンのキャラクターは「陰と陽」のように対照的な、互いに補完するもので、私たちのイマジネーションを喚起してくれる。愛好家であれば、世界がホームズ物語をもっと必要としていると信じており、コナン・ドイルが愛用したパーカー・デュオフォールド・ペンで生み出される作品がもうない以上、私たち自身がひとつ二つの作品を書かねばならないのだということを理解しているはずだ。

わたしたちはオリジナルのストーリーを熟知していて、書けると思っている。プロットのアイデアもあり、初歩的《エレメンタリー》なスタイルも確立している。難しいことがあろうか？

だが、実際には思うほど簡単でない。私自身、経験があるのだから。ヴィクトリア朝後期とエドワード朝のロンドンに物語を設定し、なおかつアナクロニズムに陥らず、事実誤認をなくすには、かなりの調査が必要となる。登場人物にも気を配らなければならない——ホームズとワトスンを登場させるだけでなく、レストレードやグレグスンといった刑事たちや、ハドスン夫人（彼女は家政婦でなく二二一Bの家主である）といった常連の人物も出さなくてはならないのだ。人物の言葉づかいや会話のスタイルは、言うまでもない……。

もちろん、コナン・ドイルつまりワトスンのスタイルを完璧に再現するのは、不可能だと言う人もいるだろう。それでも、本物に非常に近いと認められた作家もいる。エドガー・W・スミスは、エイドリアン・コナン・ドイルとジョン・ディクスン・カー共著の『シャーロック・ホームズの功績』（*The Exploits of Sherlock Holmes*）のことを、『シャーロック・ホームズ搾取さる』（*Sherlock Holmes Exploited*）というタイトルに変えるべきだと言ったが、優れた短編集ではある。そのほかにもニコラス・メイヤーやL・B・グリーンウッド、バリー・ロバーツ、マイケル・ハードウィックなど、ホームズものを書くために（ホームズ自身の言う）「研究を積み、天分も備えた人間」（〈緋色の研究〉）は、いるのである。

コナン・ドイルがホームズをライヘンバッハから生還させたときの住まいを保存するために企画された、このアンソロジーのために、デイヴィッド・マーカムは現代でも最も優れたホームズものの書き手たちから作品を集めた。ある者はすでに有名な作家であり、ある者はその途上にあるが、全員がこの仕事に必要な知性と知識と理解力、そして深い愛情を備えている。そして、企画はみごとに成功したと言えるだろう。

二〇一五年八月
ロジャー・ジョンスン、ＢＳＩ、ＡＳＨ
《シャーロック・ホームズ・ジャーナル》編集者

刊行にあたって

サー・アーサー・コナン・ドイルはアンダーショーを建てるとき、家族の住む家として、当時最新のアイデアを盛り込んでいました。私は何年か前に、こう書いたことがあります。「アンダーショーはそのまま永遠に保存するのでなく、そこに住み、楽しむべきところだ」と。長きにわたる交渉の結果、アンダーショーがステッピング・ストーン・スクールとして蘇るというのは、すばらしいニュースです。大伯父のアーサーは教育の成果を信じていたし、変化を喜ぶ人でもありました。彼が生きていたら、アンダーショーを新しい用途に使うために改修することをきっと理解したでしょうし、建物の中心部にあるオリジナルの部分を残す努力をしたことに、感謝したはずです。

学校の空き時間を使った作家のワークショップや、一般公開日により、ドイリアンやシャーロッキアンが訪れることができるというのも、すばらしいことです。

この場を借りて、スティーヴ・エメッツとデイヴィッド・マーカムほか、このアンダーショー支援・新シャーロック・ホームズ・ストーリー集の刊行に協力してくださった著者の方々に、お礼申し上げます。コナン・ドイル家は、この崇高な目的のために援助を惜しまなかったすべての人たちに、感謝するものであります。

このアンソロジーの作品群を読んで、多くの著者がホームズとワトスンに抱いた情熱と喜びを、感じとることができました。そこで、大伯父アーサーが『失われた世界』の序文に書いた、次の言葉を引用しておきましょう。

半分おとなの男のお子か
半分子供の男の衆が
一時なりとも喜びなさりゃ
へたな趣向も本望でござる

（大仏次郎訳）

彼の「へたな趣向」を続けてくださるすべてのみなさんに、感謝しつつ。

二〇一六年二月

リチャード・ドイル

＊リチャード・ドイルはアーサーの弟ジョン・フランシス・イネス・ヘイ・ドイルの二男フランシス・キングズリー・ドイルの、長男。コナン・ドイル家の直系ではないが、ドイル姓を名乗る数少ない子孫のひとり。【訳者】

アンダーショー——今も続くホームズ・レガシー

スティーヴ・エメッツ

このアンソロジーに寄稿した著者は、サー・アーサー・コナン・ドイルのかつての住居であったアンダーショーの修復のため、その印税を寄付した。この屋敷は当初ひどく荒廃した状態にあったが、〈アンダーショー保存トラスト〉（マーク・ゲイティス後援）のおかげで取り壊しをまぬがれた。現在はステッピング・ストーン（学習障害のある子供たちのための学校）が買い取り、かつての姿に修復されている。

アンダーショーは、コナン・ドイルが『バスカヴィル家の犬』を始めとする多くのホームズ物語を執筆した家であり、一度死んだホームズを蘇らせたのも、この家でだった。今回のプロジェクトにはドイルの書斎を再現する企画も含まれ、授業のないときにはファンに開放する予定。

＊その後二〇一六年九月にオープンし、コナン・ドイルが住んでいたことを記念するブルー・プラークも掲げられた。【訳者】

1881
第1部
1889

一八七四年、大学時代の旧友を訪ねていたとき（〈グロリア・スコット号〉参照）、シャーロック・ホームズは探偵こそが自分の天職であると悟った。そしてロンドンのモンタギュー街に下宿したところから、彼の経歴が始まる。数年後、ジョン・H・ワトスンは医学博士号を取得し、その後の課程を経て英国陸軍に加わる。マイワンドの戦いで重傷を負った彼は英国に戻り、一八八一年の元日にホームズに紹介された。二人はベイカー街二二一Bで部屋を分け合うことに同意し、ワトスンはさまざまな事件でホームズの手助けをすることになる。

一八八〇年代半ば、ワトスンは最初の結婚をするが、その相手についてはほとんどわかっていない。結婚はしたものの、彼はまだしょっちゅうホームズの捜査を手伝っていた。その妻が亡くなった一八八七年の後半に、ワトスンは二二一Bに戻り、一八八九年中ごろによく知られるメアリ・モースタンと再婚するまで、住みつづけた。

この第1部には、ホームズとワトスンが出会った直後から、ワトスンが再婚した少しあとまでの事件を収録してある。このころ、ホームズは自分の職業を確立したばかりであり、ワトスンは一八八七年の終わりまでホームズの事件を発表していない。つまり、この時点でホームズはまだ名前を知られていなかったのである。二人はこの時期に友人となり、「血でなく絆で結ばれたブラザー」（二〇〇九年の映画『シャーロック・ホームズ』より）となったのだった。

＊ここを含め、各部の扉の文章は正典だけでなく各種の仮説に基づくものであることに注意されたい【訳者】

質屋の娘の冒険

デイヴィッド・マーカム

The Adventure of the Pawnbroker's Daughter by David Marcum

デイヴィッド・マーカム
David Marcum

本シリーズの編者。米ホームズ・パスティーシュ作家、コレクター。一九七五年、十歳のときに初めて『シャーロック・ホームズの冒険』に出会って以来、数千点にのぼるホームズ・パスティーシュの書籍やラジオ・テレビ・映画作品、脚本、コミックス、同人誌、それに未発表原稿などを収集してきた。パスティーシュ作家としては、*The Papers of Sherlock Holmes vol.1 & 2* (2011, 2013) や *Sherlock Holmes and A Quantity of Debt (2013)*、*Sherlock Holmes — Tangled Skeins* (2015) などを発表。また、本書を始めとするいくつかのホームズ・パスティーシュ・アンソロジーの編者でもある。本業は合衆国のある政府機関の連邦捜査官だったが、その部署が消滅、大学に戻り、現在は土木技師としてテネシー州に在住。

「努力は認めるが」

ある春の日の午前中、シャーロック・ホームズが私に声を掛けてきた。

「幸せな結末は予測できないね。それでも」彼は続けながら、マントルピースの上にあるパイプに手を伸ばした。「きみがこの計画を進めると言い張るのなら、ぼくに題名をつけさせてくれるだろうね？」

しばらく書きものに没頭していた私は、机から顔を上げた。緊急の用事ができたホームズにはよくあることだが、遅くまで寝ていた彼は、隣りの寝室から居間へ入ってきたところだった。テーブルの上にあるコーヒーポットには目もくれず、まっすぐ暖炉に向かい、前日に吸った分の燃え残りを集めて乾かしたものをパイプに詰めている。これは確かにいやな癖だが、彼と一年以上一緒に暮らしてきた今となっては、驚くようなことではなかった。

「題名だって？」私は声を上げた。「いったいどうして、ぼくのこの仕事に題名が必要だとわかるんだ？　もしかしたらぼくは、散歩に出たときに買うもののリストを作っているだけかもしれないじゃないか」

「きみがそんなリストを作っているんじゃないことは、明らかだよ」ホームズはパイプをくわえながら、燃え残りに火をつけようとしている。「きみが目の前に開いている日記は、そんなことのために使うものじゃない。そんなリストよりはるかに重大な何かに取り組んでいるのは、間違いないところだ。言うまでもないが、きみは同時に、机の上に並べた書類も参考にしている。同様のことを指し示すほかの点も挙げて、きみを辱めることはしないがね。そういうわけで、きみには題名が必要ということになるんだ」

「だが、もしかしたら」彼は椅子に腰掛けながら、さらに続けた。「きみはもう考えているのかもしれない。それがどのようなものになるかについては、ちょっと心配だがね。代わりに、こんなのはどうだろうか。『特に悪質な報復犯罪およびモルモン教に関わる長年の確執、さらに不明瞭な水溶性の毒の使用についての関連書類を加えた、首都在住の殺人犯であるアメリカ人御者の追跡についてのいくつかの覚え書き』」

そう言い終えたときのホームズは、息も切らさんばかりだったが、目は輝いていて、唇にはかすかな笑みが見てとれた。私がけさ行なっていたことの内容について、彼は明らかに知ってはいるが、今言ったような題名をつけるべきだと真剣に言っているわけではないことに、私も気づいた。

「いったい、きみはどうやって――」推測できたのかと尋ねようとしたが、彼は推測などしないことを思い出した。

ホームズは私が失敗に気づいたのを見てとると、こう答えた。「きのうの夜、きみは自分の部屋に下がる前に、何かについて考えているようだった。いつものように、机やその中にしまってある日記のほうを見ながらね。それからようやく立ち上がると、マントルピースのところへ行ったが、そこでしばらく結婚指輪をさわっていた。ブリクストン・ロードの例の家にあった死体とともに見つかった指輪で、一年以上もそこに置かれていたものだ。明らかにきみは、一年前に書いて発表すると言っていた、ぼくたちが初めて一緒に捜査した事件の記録について、考えていた。そしてけさ、ぼくが部屋に足を踏み入れたときにきみが何か書きものをしていたから、完全に確認がとれたのさ」

　これにはうなずくしかなかった。私は、ホームズの手法を初めて目にする恩恵にあずかった、ジェファースン・ホープの逮捕にからんだ出来事を発表する準備を進めていたのだ。長いこと日記をつけていた私は、とりわけアフガンでの戦闘後は睡眠を過度に取る必要性もないことから、夜更けまでよく書きものをしていた。ホームズが関わった事件について、詳細に記録をとることは定期的に行っていた。だが、彼が「殺人という緋色の糸」にかかわる「すばらしい研究対象《スタディ》――緋色による習作《スタディ・イン・スカーレット》」と呼んだこの事件に関しては、事情が違った。私は世間に公表するべく、その内容に磨きをかけていたのだ。事件の発生から一年以上になるが、この件を公にしたいという気持ちが、私の中でまたもやうずいてきていた。ただ、ホープ自身の話の大部分をどう書いたものかと、いまだに決めあぐねていた。その部分こそが、この犯罪の動機となる、大昔の出来事を説明するものなのだ。もしかしたらこの先いつか、うまいやり方を自然に思いつくのかもしれない。この午前中に書いたものに目をやった私は、その日の仕事は充分だと判断して立ち上がると、ホームズの椅子の向かい、つまり暖炉の左側にある、自分の椅子へと移っていった。

　このころのホームズは、大部分の仕事は自分のひじ掛け椅子に座ったままできるという考えに、まだこだわっていた。彼が自分の職業を最初に説明してくれた日に言っていたが、かなりの数の人から相談されるものの、たいていは事実の説明を耳にしただけで、正しい道を指し示すことができたという。それでも何度かは、足を運んで直接調べざるをえないときもあった。彼はこう言っていた。「中には意外に複雑な事件も出てくるから、そのときはこの目で直接確かめに出向かなくちゃならないんだ」

一八八二年の春というその当時の私にはわかっていなかったことだが、ホームズができるだけ多くの機会に行なっていた、ひじ掛け椅子に座ったまま解決にたどり着くという試みが、兄のマイクロフトに張り合うためのものだったのは間違いない。この兄は、いつも足を向けるホワイトホールの役所とペルメル街で、同じようなやり方によって政府のために働いていたのだ。最初のころ、私はマイクロフトの存在すら知らなかった。だから、正しい情報を得て経験に基づいた結論を出すことにより、ひじ掛け椅子で判断を下す者であっても、実際に犯罪現場に赴くスコットランド・ヤードの連中より活躍できると示すために、ホームズが自身の手法を完全なものにしようとしているとしか、私には思えなかった。それが実際に証明されるところを間もなく目にすることになろうとは、まったく思ってもいなかったのである。

ホームズの手法のまさにこの部分に関する自分の原稿を書き直していた私は、最近の彼の依頼人に関して疑問を持った。その大半が、現場である程度の捜査をする必要があるものだったからだ。その問題にからんで、ホームズと私は、ジェファースン・ホープ事件に関するほかの事実について話し合ったのだが、彼が自分の行動についてハドスン夫人に伝える気がないらしいことに気づき、面白く思ったと同時に懸念ももったのだった。この日、彼のパイプはほかの多くの朝と同様、朝食の役目を果たしていた。

ベルを鳴らして熱いコーヒーをもっともらおうかと考えていたところ、玄関で呼び鈴が鳴った。それからすぐに、階段を上がってくる音が聞こえてきた。

「レストレードだ」とホームズ。「間違いない。それと連れがいるな。軽めの足音だから、女の子だろう。若いだけあって、階段を素早く上がっている。年季が入った警部の落ち着いた足並みとは違って、警部が二段上がるところを三段上がっているね。レストレードが靴を規則正しく階段に当てながら上がるのに合わせて、この子は少し待っている。また、警部は足が内向きに曲がっているから、存在感のある足音になっている」

ドアがノックされると、ホームズの見立てが間違っていなかったことが証明された。そこにいたのはレストレード警部と、二十歳かそれ以下と見られる娘だった。華奢でかわいらしく、背が低くて筋張った警部と並んでも、かなり小柄に見える。ブロンドの髪はかなりきつめにうしろへ引かれ、小さな帽子の下で留められていたが、それでもその輝きや縮れ毛を隠すことはできず、健康的な肌の色つやを引き立たせていた。

レストレードはその子を籐椅子の前に行かせ、自分は長椅子の前に立って姿勢を崩した。私たちが立ち上がると、ミス・レティシア・ポーターだと紹介した。「ライムハウス（イースト・エンドのテムズ川北岸。アヘン靴が多かった）の出です」と言い添えた。

「はじめまして」と、ミス・ポーター。

ホームズは頭を巡らせて、考え込むような視線を彼女に送った。「元々がライムハウスの出身というわけではないですね。もっと東のほうのようだ」

相手は一瞬、驚いたようすを見せた。「私はクラクトン・オン・シーで母と育ちました。こちらへ戻ってきて父と暮らすようになったのは、ほんの二年前です」

ホームズはうなずくと、彼女に座るよう手で示した。彼女が腰を下ろしたので、私たちも椅子に座った。

「私が育ったところが、どうしておわかりに？」

ホームズは足を組みながら言った。「ぼくはいろいろな訛りを研究していましてね。ロンドンのさまざまな地区における話し方の大半がわかるというのが、ちょっとした特技なんです。もっとも、具体的な通りまでわかるというところまでは、まだ研究を進めていませんがね。規模を広げると、多くの地方の方言を図で表すことができます。東海岸であるあなたの場合は、わけもなかったですよ」

彼女はレストレードのほうをちらっと見たが、警部も同じように驚いていた。ホームズが続けて言う。「それで、今日はどんなご用件で？」

彼女は視線を落とすと、身体の向きをやや変えて、話をレストレードにまかせた。警部は片手に帽子をつかんだまま、ひざに両手を置いて身を乗り出していたが、咳払いをして椅子に深く座り直すと、帽子を身体の横に置いた。「ミス・ポーターは本日ヤードを訪れて、われわれの助けを求めました。ライムハウスで質屋を経営している父親が、何らかの危険にさらされているのではと心配になったからです。ただ、その危険がどういった性質のものなのかは、正確なところは彼女にもはっきりと言うことができないのですが。彼女の話を聞くと、この件はホームズさんが興味をもちそうだと思えたので、すぐさまこちらへ足を運んだというわけです」

ホームズはレストレードを見据えると、私にはよくわからない、理解しているという視線を交わした。それから娘のほうへと注意を戻したが、彼女はこの探偵と警部のあいだで交わされた一瞬のやり取りに、気づいていないようだった。ホームズは本人の口から説明してもらうべく、彼女に向けて軽く手を振った。

ミス・ポーターは軽く咳払いすると、小さな手を組み合わせてから、話を始めた。「私はこのロンドンで生まれました。ひとりっ子です。父はライムハウスで小さな質屋を経営しています。ベークスボーン街がコマーシャル・ロードと合流する南西の角のところです。私が幼いころは、その店の上にある部屋で家族で暮らしていました。でも私がまだ二歳というときに、ロンドンの荒っぽい生活になじめなかった母は、私を連れて海辺にある実家へと帰りました。両親は法的には結婚したままでしたが、それ以上の接触はお互いになく、たまに手紙をやり取りしていた程度でした。

父は自分の店の上で暮らしながら、生計を立てていました。そうやって暮らしていけるだけで満足していたようです。私は母方の家族とともに育ち、父のことは気にしていたものの、母の希望もあったので、連絡をとることはしませんでした。それが二年前、私が十六歳のときに、母が病気になるや、あっという間に亡くなったのです。私がクラクトン・オン・シーに戻ってから一緒に暮らしていた祖父母は、数年前に亡くなっていたので、私は育った家にひとり残されたかたちになりました。そしてその家も、今はおじ夫婦が所有しています。

この義理のおばと私の関係は良好なものとは言いがたく、私はよその土地での暮らしを考えなければと思うようになりました。そんな折、母の遺品を整理していると、父から母に送られた手紙がたくさん出てきたのです。二人が交際しているときのものもあれば、別居状態になってからのものもありました。私たちがロンドンを離れて以来、二人が顔を合わせることはなかったのですが、お互いに対する気持ちは、実はずっと消えていなかったようなのです。父は私の成長や幸せを心から気にかけていたようなので、ロンドンへ戻るのも悪くないのでは、と私は思いました。母とは違い、そう考えるのがいやだと思ったことはなかったからです。

そのあとを手短に話しますと、私が父に手紙を書いて、ロンドンで一緒に暮らすことに興味があると伝えたところ、父は快く受け入れてくれました。そこで私は、育った海辺の家を出てこちらへ戻ってくると、質屋の娘という日常生活にすぐに落ち着いたというわけです」

「それが二年前だというわけですね?」ホームズが口をはさんだ。

「ほぼ二年になります」

「では、続きをどうぞ」

「実は私には、この仕事の才能があるようなんです。父と私はすぐにお互いを理解しあい、私が仕事を学ぶことに対して、父はまったくためらいませんでした。自分で言うのもなんですが、私にはちょっとした宝物を見つける目がありますし、戻ってからというもの、お客さんの相手をすることにも慣れてきました。率直に言いますと、私が手伝うようになってから、店の売り上げは倍以上になったんです。

三カ月ほど前になりますが、店があまりに忙しくなってきて、手伝いを雇う必要が出てきました。人選には私も口を出しましたが、運よくフロイド・ウィリスという男性を雇うことができました。背が高くて力が強く、しかもかなりハンサムであるうえに、父からだけでなく女性から指図されることも気にしない人です。この点は雇うにあたって重要なところでした。そして、しょっちゅう一緒に仕事をするようになった私たちが恋に落ちるのも、当然といえば当然のことでした。私たち、この春の終わりに結婚することになったんです」言いながら差し出した彼女の指には、地味な婚約指輪があった。

私たちは口々にお祝いの言葉をかけたが、ホームズの言葉は形だけのものであり、状況の説明がすんだところで話の先を続けてほしがっているのだと思えた。ところが驚いたことに、ホームズはその指輪をよく見ようと、身を乗り出してきたのだ。

「ちょっといいですか？」と言うや、驚く彼女をよそにその手をとって、あっちへ向けたりこっちへ向けたりしてしばらく調べたのち、ようやく手を離すとふたたび椅子に戻った。それからやっと、「どうぞ先を続けてください」と声を掛けたのである。

彼女は息をつくと、話を続けた。「ここから、私が助けを求めるに至った件になります。父はすべて無視したいというのが希望ですが、私はそう思いません。

今から数カ月前の、年明け間もないころのことです。父と私がある朝、階下の店へ下りて行くと、カウンターの上に一枚の手紙がよく見える状態で置いてありました。玄関にはまだ鍵がかかっていましたし、誰かが建物に入ったようすもまったくありません。前の晩に店を閉めて上へ行ったときに、そのような手紙がなかったのは、父も私も確信しています。その朝、店の鍵を開ける前にも、前の晩から店内に隠れている者がいたりしないことは、確認しました」

「その手紙ですが」ホームズが口を開いた。「何と書いてありましたか？　今もお持ちですか？」

「いいえ。読んだあとで父が燃やしてしまいました。でも、その内容は今でもはっきりと覚えています。『おまえの命は長くない。砂時計の中の砂粒と同じだ。自分の罪を償え』と」

「書体や紙はどのようなものでしたか？」

「大きさは四つ折り判でした」彼女はそう言いながら、右前方に目をやった。ホームズの頭越しに、その手紙を思い浮かべているらしい。「色は黄色っぽくて、妙に厚みがありました」

「字は小さかったですか？　それとも、紙を埋めるほどでした？」

「そう、上から下まで、端から端まで埋めるほどの大きさでした」

「字そのものはどうでしょう。うまい字でしたか？　それとも雑な字？」

「雑だと言えると思います。四角張った文字で、紙にインクがにじんでいました」

「黒いインクで？」

「ええ、そうだった気がします。見たのは一瞬で、すぐに父が暖炉へ放り込んでしまったので」

「お父さんはこの件について、何か説明を？」

「それが、何も言わなかったんです。私はもちろん心配でした。脅すような文面でしたし、しっかりと鍵がかけられた店の中に、その手紙が置かれていたわけですから」

「お父さんの反応はいかがでした？」ホームズは続けて尋ねた。「あなたと同じように心配していましたか？」

「そんな感じではありませんでした。むしろ怒っているようでしたが、癇癪を起こしたりはしませんでした」彼女は顔をしかめて、横を向いた。「ただ、『これがあいつのやり口なのか？』といったようなことは口にしました」視線をホームズに戻した。「はっきりとは思い出せませんが」

「そして、警告するような手紙がほかにもあったんですね？」

「そうなんです。私の知るかぎりでは二通ですが、どちらも読むことはできませんでした。父が見つけるや、すぐに破棄してしまったからです。父は自分が店に一番に入れるように、ふだんよりも早起きするようになりました」

「では、あなたが目にした以外にも、手紙はあったかもしれないと？」

「そうです」

「あなたがその二通を目にしたのに、読むことができなかったというのは、どういうわけですか？」

「どちらの場合も、父が早く起きて下へ行く物音を耳にしたんです。そこであとについてそっと下りていったところ、父がカウンターから手紙を手に取るところを目にしました。同じような種類の紙で、置いてあった場所も同じだったと思います。父はそれに目を通すや、火にくべてしまったんです」

「朝なのに、店にはすでに火が焚かれてあったんですか?」

「前の日の夜から、灰をかけて石炭を埋めていました。残っていた石炭だけでも、手紙を燃やすには充分だったのです」

「なぜあなたが先にひとりで店へ行って、手紙を見ようとしなかったんですか?」

「実を言いますと、怖かったからです。店に忍び込んできた人と、かち合いたくありませんでした。万一、その人が手紙を置くところに出くわしたくなかったんです」

「手紙を一通読んだだけで、なぜほかの手紙も、見た感じから推測して、脅迫する内容のものだとお思いに?」

「それは明らかじゃないですかね」レストレードが口をはさんだ。「彼女が目にしたほかの手紙も同じ種類の紙であり、父親も燃やす気になった。つまり、どちらも間違いなく脅迫文だったわけですよ」警部はミス・ポーターのほうに目をやった。「残りの部分をどうぞ」

彼女はしばらく下を向いていたが、やがて窓のほうに目をやると、話を続けた。「実は父とフロイドのあいだに——ウィリスさんのことですが——緊張感が生まれるようになってきていたんです。始まったのは最初の手紙が見つかったころで、ウィリスさんが仕事をするようになって一カ月ほどたったときでした。最初は、私には関係がわかりませんでした。それが一週間前に、私が止める間もなく手紙を火にくべた父は、檻に入れられた動物のようにそわそわと行ったり来たりしたんです。そこへウィリスさんが仕事に来ると、二人は裏のほうへ行って、ドアを閉めてしまいました。怒りを含んだささやき声がかなり聞こえましたが、私には聞かせたくないものの、完全には感情を抑えられないという感じでした。十五分後に出てきた父の顔が蒼白だったのに対して、ウィリスさんのほうは目に勝ち誇ったような光をたたえていました。とてもいやな感じで、彼の顔にそんな表情が浮かんだのを目にしたのは、初めてのことでした。態度もかなり不自然で、感じがよくて控えめなふだんのようすとは大違いだったんです。

その日から父の態度は、夢を見ているような——もっと言うと、目が覚めた状態で悪夢を見ているような感じになりました。ウィリスさんのほうは、これまでになくかなり不愉快なぐらいに、自信たっぷりにふるまっていました」

「その件について何か説明できることがないか、ウィリスさんに尋ねてみましたか？」

「いいえ。私、二人の口論はまったく別のことに関するものであってほしいと思っていました。自分が関わることは避けたかったんです。あとから考えれば、何か言うべきだったんですが」

「あなたが知るかぎり、二人のそのやり取りのあと、警告の手紙はさらに来ましたか？」

「私が目にしたものはありません。それ以来、私も父に続いて店に出て行けるよう、早く起きました。ところが、父は以前のように早起きすることがなくなり、私も何も目にしていないのです」

「ウィリスさんは店に住んではいないのですね？」

「ええ」

「でも、鍵は持っていると？」

「はい。あの人が勤めはじめて何週間かしたころ、渡しました。信頼できる働き手だとわかったからです。でも、彼がその鍵を使ったことはありません」

「勤務中には、ということですね。あなたのお話を聞いていると、脅迫状を置いたのはウィリスさんだとほのめかしているように思えますが？」

彼女は視線を落とすと、からめ合わせた指を見つめ、小声で答えた。「そのようなこともあるのかもと、思うようになりましたので」

「一連の出来事について、ウィリスさんに説明を求められましたか？　あなたの婚約者である以上、あなたに秘密を打ち明けることは厭わないはずですが」

彼女は視線を落としたままだった。「ホームズさん、私には聞くことはできません。彼にうそをつかれて、それを信じてしまうほど、自分が愚かになるのが怖いんです」

ホームズは首を振った。「ウィリスさんが、雇われる以前からお父さんと知り合いだったというようすは、なかったですか？」

「私の知るかぎりでは、ありません。ウィリスさんが面接に来たときも、そんな話はまったく出ませんでしたし」

「お父さんのほうはどうです？　苦しむことになるような秘密が、過去にあったりはしませんか？」

「父の過去にそういったことがあったかどうかについても、私はまったく知りません。ただホームズさん、忘れないでいただきたいのですが、私が父のことを本当に知るようになってから、二年しかたっていないんです。父のことは、ごく普通の質屋だと思っています。父が母に宛てて書いた手紙にも、何か怪しげなことを示したり、私が目にした状況の説明になるようなものは、ありませんでした」

「お母さんがお父さんと別れた理由は、何だったのでしょう？　お父さんの経歴に怪しげな行為を匂わすものがあり、それをあなたが会話や手紙から突き止めたと、お母さんが知ったということは？」

「ホームズさん、それはまったくありません。二人の手紙はお互いの生活や私についてのことばかりでした。それに母は存命中は、父について私と話すこともなかったんです」

ホームズはしばらく黙っていたが、やがて口を開いた。「あなたはけさ、スコットランド・ヤードへ行かれたとのことですが、その目的は？」

彼女は一瞬、困ったような表情を見せた。「正直なところは、よくわかりません。ただ、状況がますます耐えがたいものになっていましたので。店での緊張感のことです。父とウィリスさんの関係が、けさはさらにひどくなっていました。そこでついに私も、これ以上は耐えられないと判断して、助けを求めることにしたのです。二人には何も言わずにそっと店を出ると、スコットランド・ヤードへ歩いて向かいました」

ホームズが眉を上げた。「歩いてですって？　そんなまさか！　ライムハウスからホワイトホールまでは、かなりの距離ですよ」

「ホームズさんが思っているほど、遠くはないんです。それに歩いている時間を、考えることに使いたかったので。私には助けが必要ですが、さらにめんどうを招くようなことはしたくありませんでした。正直に言いますと、私は父かウィリスさんの秘密を、うっかり暴くことになるのでは心配になったのです。でもその一方で、もしウィリスさんが本当に父を脅しているような人なら、婚約の件がこれ以上進まないうちに、何としても真相を知りたいと思いました」

「確かに」とホームズ。「警部も言ったでしょうが、あなたがこれまで話してくれた状況は、警察の権限外です。法に触れるような犯罪行為は見られませんし、あなたのお父さんがどれほど悩まされているにしても、公式・非公式のいかんにかかわらず、助けが得られることはないでしょう」

ミス・ポーターは反対しようと口を開いたが、彼女が話すより先に、ホームズが続けた。「ですが、ぼくには興味深く思われる点がいくつかありますので、この件は喜んでもっと調べてみます」そう言うと、急に立ち上がった。「では、馬車まで送りましょうか？　歩いて帰るには、ライムハウスはあまりに遠すぎますからね」

彼女は困ったような表情を浮かべて、ホームズからレストレードへ、そしてまたホームズへと目を走らせた。警部はゆっくりと立ち上がって、声を掛けた。「ホームズさんにまかせておけば、安心ですよ。では、馬車まで送りましょう」彼はホームズをちらりと見てから、彼女に視線を戻した。「私はこのあとお二方と別件で話があるので残りますが、あなたのところへは一両日中に顔を出します。それでよろしいですか」

「ええ、問題ありません」彼女はホームズと私に挨拶すると、レストレードに連れられて階下へ下りていった。

玄関扉が開く音を耳にしたところで、私はホームズに質問しようとした。が、彼は人差し指を立てただけで、暖炉の左側の棚に置かれたスクラップブックのほうへ向かった。当時の彼のスクラップブックは、長年にわたって増えていった大規模なものには、はるかに及ばなかった。それでも、この当時でさえ相当なものだった。それはばらばらの文書や新聞の切り抜きで埋まったアルバムで、きちんと整理された場所に貼り付けられたものもあれば、ホームズにしかわからない難解なパターンで並べられたものもあった。さらには、ページのあいだにはさまれただけの紙もあった。万全の注意を払って開かないと、ひらひらと床の上に飛んで行ったり——そんなことがあってはたいへんだが——そばの暖炉へ落ちたりしかねないのだ。

ホームズと私が八一年の一月初め、ベイカー街の部屋を共同で借りることに同意したとき、私は自分が何に首を突っ込もうとしているのか、まったくわかっていなかった。契約を結んだその日の夕方に、私は早速ホテルから荷物を運び込んだが、翌朝モンタギュー街の下宿からやって来たホームズが居間の真ん中に置いたのは、大量の箱や旅行かばんだった。一日か二日のあいだ、私たちは荷解きやら持ち物の整理やらで忙しくしていた。彼の持ち物が私の何倍もあり、それらを置くスペースがその分必要であることに、私はすぐに気づいた。これは当然と言えば当然だった。国外での任務から帰還した私は、英国での生活を再開して一カ月ほどしかたっていなかったのだ。ホームズの持ち物のために余分のスペースが必要であることを、私はねたみはしなかったものの、例外がひとつあった。

暖炉の左側にある棚に、私は早くから目をつけていた。自分が購入したいくばくかの書物——チャリング・クロス・ロードでかなり安く手に入れた、クラーク・ラッセルの海洋小説やディケンズの全集――を効果的に飾るには、もってこいの場所だと思ったのだ。ところが、その棚を自分のものにするよりも早く、ホームズが箱をいくつも引きずってきて、最初に手にかけた箱を開けるや、スクラップブックを並べ始めたのだ。

私はため息をつくことしかできず、計画を変更した。当時の私はまだ体調が万全でなかったので、いかなる口論も望んでいなかったからだ。棚のスペースをほんの少しでいいから分けてくれないかと、わざわざ頼むほどのことでもなかった。それが何カ月もたった今、その場所にスクラップブック以外のものがある光景は、想像もできなくなっていた。そのスクラップブックは、書き留めたことをホームズが参照したり、捜査において状況を一変させかねない、はっきりしない事実の証明に必要が生じた際などに、有効性を何度となく実証していたのだった。

私が見守るあいだ、ホームズは調子はずれの鼻歌を歌いながらページをめくり、部屋の中央へ歩いて行った。戻ってきたレストレードが、ドアのところで足を止めた。ホームズのようすを目にした警部は声を上げて笑い、身体をかがめて、ひざを叩いた。「あなたの目に留まらないものはないようですな、ホームズさん？」

顔を上げたホームズの目が、きらりと光った。「きみが残って話したいというのは、この件のことだったのか？」彼はスクラップブックを掲げながら聞いた。

「まさにそれですよ」

私は咳払いをした。「ぼくには何のことなのか、わからないんだが」

「簡単な話ですよ、先生」レストレードは言いながら、先ほどまで新しい依頼人が占めていた、暖炉前の籐椅子に腰を下ろした。「あの娘の父親のライトン・ポーターは、起訴されていない犯罪者の中では大物のひとりなんです」

「いやいや、レストレード」ホームズが口をはさんだ。「有罪と証明されるまでは無実だよ。あの男の名誉を毀損してはいけない」

「では、あなたのご意見をぜひうかがいたいものですな、ホームズさん。あなたのその魔法の本に、どういった誹謗する文言が書かれているのか、教えてくださいよ」

ホームズは笑みを浮かべながら顔を上げた。「証人の前で立場を明らかにする危険を冒すことになるが、それでもお教えしよう。ここにぼく自身の筆跡で書いてあるが、ミスター・ポーターは現在イースト・エンドで活動している故買屋の中で、最も悪名高い者のひとりとして知られている」

「そのとおりですよ」と警部。「それもあったので、あの子をここにお連れしたかったんです。彼女がけさ、あの話をしに現れたときにね」そう言って私のほうを見た。「あの男について、ホームズさんの記録に何が書いてあるのか、知りたかったものですから」

警部は座ったまま身体をひねって、ホームズのほうを見ながら続けた。「そのスクラップブックは、これまでも一度か二度、役に立ったことがありましたね。私が覚えているのは、ホームズさんがモンタギュー街に住んでいたときです。私が夜中におじゃましたんでした。シティで強盗があったところで、私が――」

「もう昔のことだよ」ホームズはそう言って自分の椅子のほうへ向かうと、腰を下ろした。「リットン・ポーターについて、きみがつかんでいることは？」

「おっしゃるように、この男は故買屋です。それを知りながら、これまでのところは、やつの自由にさせてきました。それなりに役に立つ男ですが、しくじるのも時間の問題でしょう。あの子の婚約者による脅迫がらみと思われる今回の件が、やつを切り崩す取っ掛かりになるかもしれません」

「じゃあ、この点に興味がわくかもしれないね」とホームズ。「ここには、リットンがライムハウスの故買屋の中でトップにのし上がったのは、わずか二年前のことだと書かれてある」

思わせぶりに間をとったホームズに対して、レストレードは困惑の表情を浮かべただけだったが、私にはおぼろげながらも理解できた気がした。

警部がようやく口を開いた。「その点の重要性はよくわかりませんが、あの男の娘が戻ってきて一緒に住むようになったのが二年前ですね。あなたが言いたいのは、こういうことですか？　増えた家族を養う必要が出てきたので、もっと収入を得るべく、犯罪活動を増やしたと？　それとも、娘が来たことによってどういうわけか彼の注意力が散漫になり、そのおかげでわれわれは初めて彼の存在に気づいたものの、実はそれよりもっと前から活動していたと？　そこにウィリスという男がからんできて、分け前を得ようとしていると？」

「ぼくはまだ何も言っていないよ」とホームズ。「ただ、記録にそうあって、考慮すべき事実だというだけだ」

ライトン・ポーターについて、ほかに関連することがらがあるだろうかと、レストレードが聞いた。するとホームズは、何も言わずにスクラップブックを警部のほうへ向けた。警部が身を乗り出してのぞき込む。私も見ようと立ち上がった。スクラップブックの余白には、ホームズによるていねいな筆跡で、『操られた』とだけ書き込まれていた。

レストレードは眉を上げて、問いかけるように私のことを見た。それから同じような視線をホームズにも送ったが、彼はすでにスクラップブックを閉じて、棚にある別の分と入れ替えようとしていた。ホームズからこれ以上は何も得られないと悟った警部は、がっかりしたようだったが、礼を述べて立ち去った。この件で何か新たな進展があれば、すぐに戻ってきて話し合うことを約束して。

「こんなところかな」ホームズはそう言って、椅子に腰を下ろした。「しばらくパイプをやって、この件の進め方を練らなけりゃ」

「依頼人の話から、ぼくよりも多くのことを知ったようだね」

「話については、それほどでもない。それよりも彼女の身なりと行動のほうだ」

「行動だって？　あの子はこの椅子に座って話を聞かせただけじゃないか」

「いやいや、ワトスン。手掛かりはほかにも山ほどあったよ。それを解釈する方法がわかっているかどうかなんだ。単独では何も意味がないかもしれないものが、ほかのものと合わさると、彼女が言ったこととはまったく違った話になる。だからこそ、ぼくはこの件に興味を覚えたんだよ」

彼はパイプに手を伸ばすと、それ以上何も言わずに考えを進めようとした。だが私は、もっと知りたかった。「それなら教えてほしい。レストレードとぼくが聞いた内容とは異なるという、きみが聞いた話を」
「聞いたわけじゃないんだ。目に入ってきたんだよ。それが目に入れば、おのずと理解できるのさ」彼はパイプに——喜ばしいことに、議論するときの桜材のものでなく、クレイ・パイプに——新しいシャグ煙草を詰めると、話を続けた。「彼女はうそをついていたんだ。依頼人がうそをつくのは、今回が初めてじゃない。問題はその理由さ」そこまで言うと、彼は口をつぐんでしまった。

それから一時間ほど、私は自分の仕事に専念した。散歩に行くつもりだったが、何か興味深いことが起きた場合に備えて、そのまま残った。

十一時近くになったころ、呼び鈴が激しく鳴らされて私は驚いた。顔を上げたホームズと目が合った。「ほかにも来客の予定があったのかい?」

ホームズは声を立てて笑った。「そのとおりだよ。まさしくぼくは、今日来客を予定していた。それもかなり重要な客をね。でも、これは違う。カーリントン卿なら、これほど激しく呼び鈴を鳴らさないだろう。これは間違いなく、予期せぬ客だよ」

確かに、例の事件に関するものだった。重い足音が階段を上がってきたかと思うと、ドアのところに現れたのは、手紙を携えた巡査だった。「レストレード警部からです」と巡査は低く響く声で言った。

手紙に素早く目を走らせたホームズは、自分の机に移ると引き出しから紙を一枚取り出して、短い文章をしたためた。それを折りたたむと、できるだけすぐに警部に渡すようにと言って、巡査に渡した。相手は制帽にさっと手をやると、背を向けて、来たときと同じく重い足取りで去っていった。

そのときになって、興味深そうに見ていた私にようやく気づいたホームズが、声を掛けてきた。「殺人事件だよ、ワトスン。正直なところ、これほどすぐに起こるとは予期していなかったが」「殺人事件だって?」私は椅子から腰を浮かしながら繰り返した。「誰が殺されたんだ? あの巡査と一緒に行かなくてよかったのかい?」

「今はここを離れるわけにはいかない。カーリントン卿が、公爵である父親から盗んだ文書を持ってくるところだからね。ぼくはそれを受け取って、自分の手元にある文書と交換しなければならないんだ。これを逃すと、二度とチャンスは訪れない。この件を手配するのに丸三日かかったんだ。今ここで席をはずせば、すべてが水の泡になってしまう。それから、これは言っておくがね」ホームズは声を落とした。「この件によって公爵から受け取った手数料は、今月と来月分のぼくの家賃の負担分を補って余りあるほどなんだよ。それを手にする機会を放り出してほしくはないだろう?」

「でもホームズ、殺人事件なんだぞ!」私は声を上げた。「レストレードがきみを必要としているんじゃないのか? いったい誰が殺されたんだ?」

「ミス・ポーターの婚約者さ」ホームズはそっけなく答えた。「帰宅した彼女は、父親がウィリスを殴り殺したと知った。そしてこの父親は、自分のしたことを悔いて自分自身に銃を向けた」

私は仰天した。「レストレードの手紙には、ほかに何が書いてあったんだ?」

「ああ、これかい？　自分で読んでみたまえ。ぼくはカーリントン卿に渡す文書を用意する」そう言ってホームズが寝室へ行ったので、私はレストレードの手紙に目を走らせた。

警部はむらがありながらも簡潔な文章を書いていた。ヤードへ戻った直後にライムハウスの警官から伝言が届き、ポーターの質屋まで呼び出されたという。警部が駆けつけると、店は警察が確保していて、ミス・ポーターは気を失って隣人の家へ運ばれていた。今は地元の医者に手当してもらっているという。

店の中には、問題の二人の死体があった。ウィリスは後頭部に強烈な一撃を加えられて、頭が完全にへこんでいた。その傷から床へ、血が大量に流れ出ていたという。凶器である真鍮製の深鍋は、死体のそばに転がっていた。

その近くのカウンターの向こう側にあったのが、依頼人の父親の死体だった。右のこめかみを小口径の銃弾で撃ち抜かれており、傷口には火薬によるやけどが見られた。父親は右利きだったという。銃弾の大きさが一致する拳銃が死体の横にあり、それを右手が軽く握っていた。カウンターの上には一枚の紙、その横に鉛筆があった。その鉛筆で書いたと見られるメッセージが一語だけあった。『すまない』と。

レストレードの手紙によれば、ミス・ポーターはベイカー街から質屋まで馬車で戻った。そして、御者がまだその場を去らないうちに、彼女は歩道を渡って、店のドアを開けた。その瞬間、店内のようすを目にした彼女が叫びだした。御者は助けようとして駆けつけ、通行人も何人か加わった。だが最初は、なぜ叫んだのか誰にもわからなかった。彼女が戸口のところに倒れており、北向きの窓は塞がれていて、店の中がかなり暗かったからだ。やがて、ミス・ポーターがそれほどまでに劇的な反応をした相手が明らかになると、警察が呼ばれたのだった。

レストレードは手紙の最後に、ホームズが連絡を望んでいるのはわかっていると記し、ライムハウスでの捜査に加わるかと尋ねていた。私はその手紙を読むと、顔を上げてミス・ポーターが目にした光景を思い描こうとした。そこへホームズが戻ってきて、私の向かいに腰を下ろした。手には手紙の束があり、赤いリボンで結ばれている。熊皮の敷物をはさんでいても、その手紙に大量にかけられた香水の匂いがした。

「レストレードには疑問点をいくつか挙げておいたよ」ホームズは言いながら、手紙の束を横のテーブルに置いた。「だから、今から現場へ行く必要はないだろう。たとえ時間があってもね。ただし――」彼はふたたび立ち上がった。「ほかに残っている点を解決すれば、警部がこのあとに戻ってくるころ、事件の全容ははっきりしていることだろう」

ホームズは困惑する私に気づかないらしく、ドアを開けて大声でハドスン夫人を呼んだ。それからまた机の前に座ると、急いで電報の文面をしたためた。そのあいだにハドスン夫人が階段を上がってきて、エプロンで両手を拭きながら部屋に入ってきたが、不機嫌な表情を隠しもしなかった。

電報を書き終えたホームズは、魅力的な笑みを浮かべて振り返った。ハドスン夫人はいつもと同様、彼に対して長いこと憤慨することはなく、快く電報を受け取ると、給仕の少年にすぐ届けさせると約束した。ホームズは礼の言葉を口にしながら夫人をドアの前まで送ると、バタンと閉めて椅子へ戻り、パイプを手にふたたび無言で考えこんだ。

昼食の時間になり、私は友人が考えているあいだ、ひとりで食べた。ハドスン夫人がテーブルを片づけて、午後もかなり時間がたってから、ホームズがようやく立ち上がって片づけを始めた。これは彼が不規則に行なうことで、来客を予定しているときにすることが多かった。

彼はマントルピースにある時計に目をやると、声を掛けてきた。「客が来るまでまだ数分ある。今回の件について、何か質問はあるかい？」

「質問だらけだよ。きみの言うのは、例の殺人と自殺の件かい？　それともそこにある、カーリントン卿に渡す手紙のことかい？」

「もちろんライムハウスの事件のことだよ。手紙のほうは自然の成り行きをたどるはずだからね。きみはぼくが現場でレストレードに加わらなかったことが、腑に落ちないようだが」

「そうなんだ。きみはまるで、何が起きたのかを、すでに知っているようだったが」

「そうだと言えるね。もっともレストレードには、真相が確定する前に、確証となる事実をいくつかつかむように頼んでおいたんだ」

「真相と言えば、ミス・ポーターは嘘をついていたときみが言ったとき、ぼくはそのことを聞こうとした。でもきみは明らかに、そのときは話したくないようだった。どうしてわかったんだい？」

「おやおや！」ホームズはにやりとしてそう言うと、椅子のひじ掛けをポンと叩いた。「いつものワトスンだな！　事件の核心を突き止めているというのに！」ひざにひじを載せて、身を乗り出した。「ワトスン、きみの話を聞かせてほしい」彼はいきなり、まったく関係のない話をしだした。「初めて列車に乗ったときの話を!」

　私は驚いてホームズを見つめたが、彼は人差し指を振って、要求に従うよう促した。私はしばらく目を閉じて、記憶を呼び起こそうとした。それから目を開けて、暖炉の上のほうを見上げると、細かい部分が目の前に現れてきた。「あれは両親の家から祖母のところへ行ったときだったよ。ぼくはまだほんの子供で——」

「もう充分だ」と彼が口をはさんだ。「それじゃあ、千ポンドが入った財布を道端で見つけたらどうするか、話してほしい」

　なぜそんなでたらめな指示をするのか聞きたかったが、ホームズの質問には目的があるのだとわかっていた。ただ、あの女の子の父親と婚約者の死とどう関係するのかは、まったく見当がつかない。私は考えをまとめると、こう答えた。「ぼくなら持ち主を見つけようとするだろうね。もしかしたらその財布には、何かしらの——」

「ワトスン、そこまででいいよ」ホームズはまたさえぎった。「きみは今、自分が何をしていたか、わかったかい?」

　私は声を上げて笑った。彼の質問の意味がまったくわからないと言う代わりに口にしたのは、「いいや」というひとことだった。「今の質問が今回の事件と何かしら関係している——そのことを説明してくれるんだろう?」

「そのとおり」ホームズは椅子にもたれると、もう一度時計を見たあとで話を始めた。「ぼくは何年も前に、自分の奇妙な癖に気づいた。一度気になると、無視できなくなったよ。簡単に説明すると、以前にあったことや実際に自分の目で見た出来事を考えるとき、頭の中でそれを思い浮かべながら、必ず視線を上げて左のほうへ動かしていたんだ。この癖に気づいてからも、記憶にあることを考えるたびに、これをやらずにはいられなかった。逆にまったく想像上のものを思い描くとき、たとえば中に大金が入っている財布を見つけたときにどうするかなどを思い描くときは、視線を上げて右のほうを向いていたんだ。

似たようなことが、音を考えるときにも起きていた。記憶にある音を思い浮かべるとき、ぼくの目は左に向かって横方向に動く。会話を組み立てたり想像したりするようなときには、目は右に向かって横に動いていたんだ。

自分のこの癖に気づいたあと、ほかの人にもあるのかと調べてみた。すると驚いたことに、あったんだよ。人は会話中に何度となく、何かを話したりするあいだに、視線を上げて右を見たり左を見たりしているんだ。記憶にある音や架空の音を示す、横方向の視線の動きはあまり目にしなかったが、それでもあることはあった。

ただし、これは絶対的なものではないし、左利きの人の場合は、逆に起こることもあるようだ。でも全体的には、かなり信頼できるものだと思う。そのうちにぼくは、相手が事実を言っているのかうそをついているのか、かなり正確に見定められるようになったんだ。こういう能力をきちんと伸ばすことができれば、ぼくみたいな職業の者には大いに役立つと言えるね」

私は驚きながら、笑い声を上げて答えた。「そうだろうね」

彼も笑みを浮かべた。「ぼくも手品師のように、あっさりと自分の手の内を説明しないほうがいいのかもしれないな。きみに初めて列車に乗ったときのことを思い出すように言ったら、きみは考える間もなく左側へ視線をやり、マントルピースの上を向いた。それから架空の状況について尋ねてみると、右側の、テーブルの上のほうを向いた。そういう視線が示してくれるものは、何度となく役に立ってくれた。完全なものではないが、全般的な時針のようなもので、実に有効なんだ」

「それで今日は、話をするときのミス・ポーターの反応から、彼女が何からうそをついていると判断したわけだね」

「もっと具体的に言うと、彼女は重要なことのほぼすべてについてうそをついていた。両親の別居や、母親と一緒に海辺の町へ引っ越したことを話していたとき、彼女はまっすぐこちらの目を見ていたか、視線を上げて左を向いていた。つまり、実際の記憶を思い浮かべていたわけだ。同じことは、質屋の仕事をきちんと覚えたことや、ウィリスが店に来た時期や理由を話していたときにも言える。ところが、ウィリスとの婚約話をしていたときの反応から、これは作り話だとわかった」

私にもわかってきた。「きみは彼女の指輪をしっかりと見ていたね」

「ああ。しかも彼女の指には、指輪を長いあいだつけていた人に見られる痕がまったくなかった。長い期間にわたって指輪を日常的につけている人に、明らかに見られるものがね。おそらく彼女は、話の信用度を高めようとして、店にあった指輪をつけただけなんだろう。

当然ながら、彼女の話が脅迫文や、その後の父親とウィリスとの口論についての部分に達したとき、間違いなく、話を丸々でっち上げていた。それは確かだよ」

「でも、その目的は？　それに、そいつが質屋での出来事と、どう関係するんだい？」

「彼女がうそをついていたことと、この部屋にいたあいだに目についた二、三の些細なことから、ぼくは彼女のことを怪しんだ。将来のある時点で何かが起こるとは思っていたが、これほどすぐに犯罪が行なわれるとは思っていなかったがね。実際に殺人がすぐに起きたという事実により、ぼくには全体が極めてはっきりとした」

　私はいささかいらだちを覚えた。ホームズが徐々に明かしていく全体像が、私にはまだ見えていなかったからだ。だが、さらに質問を重ねるより先に呼び鈴が鳴って、数分後にはカーリントン卿が私たちの前へと通されていた。

　この卿の乏しい品性について、正確かつ広範に詳細を語る必要は、ないだろう。話の内容は新聞に出たように、父親である不運な公爵にとっては大いに困惑するものだったが、傷ついた人物の評判をさらにあら探ししても何の役にも立たない。状況はとりわけ公爵にとって、もっとひどいものになった可能性があり、ホームズによる処置がみごとだったと言うだけで充分なのだ。彼は自分のもつ文書をカーリントン卿に見せ、取り戻すようにと依頼されていたもう一方の文書をすぐさま受け取った。取り引きを終えると卿は立ち上がったが、その見た目は来たときよりもさらにやつれていて、精神的に参ったというように足がふらついていた。彼は呼び鈴が鳴らされたことにも気づかなかったようで、ちょうど中に入ってきたレストレードやミス・ポーター、それに付き添いの巡査とすれ違っても挨拶もせず、外へ出ていった。痛ましくも、彼は二週間もたたずに死ぬことになる。

レストレードとミス・ポーターは前と同じ椅子に座り、巡査は無表情のままドアを背にして立った。すると、すぐにその背後でノックがされたので、巡査がわきに寄ると、ハドスン夫人が電報を手に現れた。夫人がそれをホームズに手渡し、部屋にいる一同を見渡してから立ち去ると、巡査はまた元の位置に戻った。レストレードは旅行かばんを持ってきていて、それを足元に慎重に置いた。

「すばらしい」ホームズは電報を読みながらつぶやくと、椅子の横にある八角形のサイドテーブルの上に、何も言わずに置いた。先ほどまで、手紙の束が置かれていたテーブルだ。彼はレストレードのほうを見て、「見つけたかね?」と尋ねた。

レストレードがうなずくと、ホームズは困惑気味のミス・ポーターのほうへ目をやった。

「この電報は、つい先程の問い合わせに対する返事です。これほど早く回答が得られるとは思っていませんでしたが、うまくいくことも時にはあるものです。ぼくにはクラクトン・オン・シーに知り合いがいましてね。ギャレンという人物で、ちょっとした厄介事から助け出したことがあったのです。徹底した調査を行なえば、質問の答にはもっと時間がかかると思っていました。でも、この答えはかなり周知の事実だったようです。それにもともとが、それほど大きな町ではないですからね、そうでしょう?」

「クラクトン・オン・シーですって?」と、ミス・ポーターが声を上げた。「何をお知りになりたかったんです? ご希望のことがあれば、私が何なりとお教えできましたのに」

「この件に関しては、あなたは話したくないだろうと思いましてね。あなたがあの土地からロンドンへ出てきた理由について、ぼくらに話してくれたこととは別の理由があるのかを、確認したかったのです」

ミス・ポーターはまったく表情を変えず、しばらく身体が固まったようになっていた。無意識のうちに呼吸も止まっていたのか、やがて無理に息を吐き出した感じだった。それからようやく口を開いた。「いったいどういう意味でしょうか？　お話ししたように、私はおばとはうまくいきませんでしたが、父は私が戻るのなら迎え入れてくれるということだったのです」

「では、なぜおばさんとうまくいかなかったんですか？」ホームズは腕を下げると、細長い指で電報をトントンと叩いた。「おばさんの弟さんの件がありますね。あなたが彼をそそのかして、領主の邸宅に盗みに入らせた件です。実際の泥棒は彼が単独で行ない、そのときに痛ましくもけがを負いました。彼はその後、あなたの関与を警察に告げることなく亡くなりましたが、死ぬ前に、姉であるあなたの義理のおばには、あなたにやらされたと明かしました。そこでそのおばは、起訴されていないあなたが実は関与していたと、広めようとしました。あなたが、やり直せる土地へ急いで向かう必要性を感じたのも、無理のないところです」

ホームズは顔の前で、片手の指をまっすぐに立てた。「このこと自体は、事実を確認したものにすぎません。全体の背景を描く助けになりますから。ただ興味深いのは、あなたは他人を自分の意のままに操ることが、以前からできたという点です」

レストレードが目をわずかに見開いたのが見えた。ホームズがスクラップブックの余白に書き込んだ一語を思い出して、急に理解したのだ。ポーターの質屋におけるここ数年の商売の繁盛に関連した部分であり、そうなったのはミス・ポーターがロンドンに移り住んで、仕事を覚えて以来のことだった。

「あの質屋の違法行為について、警察がかなりの期間にわたってつかんでいたことを、あなたはおそらく知らなかったのでしょう」ホームズは続けて言った。このときも彼女は身体を動かさなかったが、表情をまったく変えないので、警戒しているように思われた。

「警察は――ここにはぼく自身を含めてもいいでしょうが――ここ数年で量が増していたあの店での故買について、すでにつかんでいました。ところが、あなたがけさになって計画を実行に移して警察を訪れるまでは、あなたが関与しているとは誰も思っていなかったのです」

ミス・ポーターが依然として何も言わないので、ホームズはさらに続けた。「関与というよりは、あなたが指示を出していたのでしょう。なぜなら、父親の堅実な質屋を、イースト・エンドで盗品を売買する一大拠点へと変えたのは、あなたが描いていたものだったからです。ぼくがあなたに聞きたいのは、父親は最初から知っていたのか、それとも最近になってようやく知ったのかということだけですね」

にらむように目を細くしたミス・ポーターは、鼻の穴を膨らませており、さながら逃亡に向けて酸素を余分に溜め込もうとしているかのようだった。ドアのところにいる巡査と、通りに面した高い窓の両方に目を走らせているのは、逃げる可能性を検討していたのだろう。だが、窓から飛び出ることはせず、代わりにこう口にした。「おかしなことを言うのね、ホームズさん。父と私は、違法なことは何もしませんでした。そのようなことがもしあったとすれば、それはフロイド・ウィリスが私たちに隠れて、密かにやっていたことに違いありません。何しろ、彼は明らかに父を脅していたんですから」

「いえ、それでは話が合いません」とホームズ。「故買の件が最初に知られたのは二年前のことで、それ以来、着実に増えていきました。あなたが気づかなかったのは、警察はそのような行為を突き止めたあと、しばらく続けさせることがよくあるということです。直ちにやめさせても、すぐにどこか違う場所で再開されてしまい、また一から探さなくてはならなくなるからです。それに、そのままやらせておくことで、出入りした人間を記録することができ、ほかに関与している犯罪者を特定できます。あなたはウィリスさんが雇われて三カ月ほどと言っていました。つまり、故買のことが最初に知られてから、ずっとあとになるわけです」

「大まかに言うと、事態は次のように進みました」ホームズは続けた。「細かな点が間違っていれば、あなたが訂正してもいいでしょうが、もちろんそんなことはなさらないでしょう。海辺の地での犯罪との関与を正式に免れたあなたは、ロンドンに戻ってきた。父親にはある程度まで歓迎されたので、仕事を覚えはじめた。あなたが始めた故買の仕事に、父親がどの程度関与していたのかはわかりませんが、しばらくのあいだ父親は、まったく知らなかったのでしょう。やがてこの仕事が大きく成功しだすと、あなたは収入を得ることにも慣れて、金を貯め込んでいった。父親が気づいたのは、このころだったと思われます。分け前を求めたのかもしれないし、やめるよう説得したのかもしれない。

この部分については確信がないですが、いずれにしろあなたが父親を殺さねばならないと決断した理由、それから罪のないカモのウィリスさんを巻き込むことにした理由の説明はつきます。脅迫文や、父親と婚約者とされる人物との衝突に関して、あなたがけさ語った話はすべて、完全な作り話ということはわかっていました――なぜわかったのかは、おいておきますがね。婚約者とされる人物と言ったのは、あなたの言う婚約話がうそで、ウィリスさんが格好の犠牲者として雇われたにすぎないとわかっているからです。

あなたはけさ、計画を実行に移しました。仕事に出てきたウィリスさんと顔を合わせたあと、彼の背後に回って真鍮製の深鍋で後頭部を殴り、即死させました。あなたのような小柄な女性でも、何も怪しんでいない相手に対して死に至る力を加えることは、それほど苦労なくできるものです。それから、下りてきて死体を見つけた父親に対しては、近づいていって頭を撃ちました。警部からの手紙には小口径の武器とあったので、朝の忙しい時間帯では銃声が気づかれず、証言もされないという事実を、あなたは計算に入れていたのです。

あなたは店の上へ行くと、血のついた服を着替えた。一方か双方を殺した際に、血がかかったはずですからね。そして、簡単に偽造できる単純な遺書をカウンターの上に置くと、店を出て、馬車でスコットランド・ヤードへ向かった。あなたが今日、あれほどの距離を歩いていないのは明らかです。あなたは店からホワイトホールまでずっと歩いたと、先程は言っていましたがね。あなたの服がきれいすぎたので、これもうそでした。ここを出たあとに馬車に乗り、店へ戻って死体があることを明らかにし、警部と一緒に店からここへ戻ってきました。

あなたの計画の重要な部分は、自分でヤードへ行くことでした。長い時間を歩いているあいだに、二人の男性が口論して死んだというわけです。あなたは自分の話を伝えて、謎めいた脅迫と、父親とウィリスのあいだの不和という下地を作ります。それから店へ戻って、目撃者の目の前で二人の死体を――もしまだ見つかっていない場合には――見つけます。父親がウィリスを殺したあとに、自殺したように見せかけてある死体です。

ヤードへの訪問は計画どおりに進みました。ところがひとつだけ、予期せぬことが起こりました。レストレード警部があなたをベイカー街まで連れて行ったのです。表向きはぼくに話を聞かせるためでしたが、警部の狙いは、ぼくのスクラップブックを見て、故買に関して警察がすでにつかんでいることとぼくのほうでつかんでいることが一致しているかを、確かめることにありました。

ようやく予定どおりに店へ戻ったあなたは、死体を見つけると、数日間ほど悲しみに沈む娘を演じる準備をしてから、仕事を再開して故買活動を増やすつもりでした。店の持ち主は今やあなただけとなり、父親のじゃまもありません。あなたが知らなかったのは、ぼくがあなたのことを、父親の罪のない商売を奪って犯罪がからむものとした、人を操るたぐいの人物であると知っていて、あなたのけさの話がすべてうそだとわかっていたことです。

二件の殺人があったと知ったぼくは、あなたの計画に違いないとすぐに気づきました。そこでクラクトン・オン・シーの知り合いに電報を打ち、警部には指示を出したのです」彼は警部のほうを向いた。「見つけたということだが？」

「ええ、ほかの汚れた服の中に押し込められていました」

警部が足元の旅行かばんを開けて、血がついた黄色い服を取り出した。

ミス・ポーターは、はっと息を呑んだ。彼女が見せた初めての反応だった。ここにきてようやく、自分は本当に捕まったと判断したのだろう。

「指摘されたように、彼女はウィリス殺しと――実にひどい殺し方でした――続く父親殺しの際に血を浴びていました。そこで上の階へ戻ると、今着ている服に着替えてから、ヤードへ向かったんです」

レストレードが手にしている服を、ホームズが指で示した。「本当にひどい殺し方だったに違いない。彼女が店のドアを開けて死体を見つけ、気を失ったあとも店の中へ戻っていないことは、目撃した御者や通行人から確認が取れたんだね？」

「そのとおりです」

「それでは」ホームズは彼女が着ている服の裾の線を指さした。けさ来たときに着ていたものと同じ服だ。「彼女が着替えたあとで店の中を通った際に、裾の線のところにこの小さな血の染みがついたのだろう。気をつけてはいたはずだが、充分ではなかったのだ。この染みのことは、彼女が最初にここに来たときに、ぼくは気づいていた。それと同時に、彼女が自分で言うように、ホワイトホールまで歩いていないことも見抜いていた。もし本当に歩いたのなら、どこかの通りでこの染みがついた可能性はつねにある。だが、彼女が歩いていないことはわかっている。その染みに気づくと、ぼくは頭の中に整理してしまい込んだ。それがあとになって、かなり大きな重要性をもったんだ」

「まさにそのとおりですな」レストレードも同意すると、血の染みを見ようとかがんでいた姿勢から、顔を上げた。それから立ち上がったので、このあとの展開を察知した巡査が前に出てきた。

「ミス・レティシア・ポーター、父親とフロイド・ウィリスの殺人容疑で逮捕する」形式的な手続きの言葉が続いたが、彼女の耳には入っていないようだった。彼女の身体はホームズのほうへ向けられたが、顔はマントルピースの左側を見上げていた。

「見たかい、ワトスン？　見ただろう？　彼女はけさのことを思い出しているんだ。何か別の手はなかったのかと考えようとしているんだよ」

彼女はホームズのことを鋭く見据えたが、レストレードの言葉が長々と続くと、その視線が今度は一瞬上向き、右へ流れた。「そして今度は」とホームズ。「この窮地を抜け出すさまざまな方法の可能性を考えている」

彼女はふたたびホームズを見返すと、急に叫び声を上げて、ホームズめがけて突進した。だが彼女がホームズの顔に爪を立てるよりも早く、レストレードが彼女の腕を押さえて身体の向きを変え、近寄った巡査に託した。彼女はまたたく間に居間から追い立てられて、階下へと連れられていった。

「まったく、信用のならない連中だよ、ワトスン」ホームズがそっと言った。「とりわけ、この質屋の娘はね」

夜になってレストレードが顔を出し、あの娘がすべてを自供したと知らせてくれた。彼女のうそをどうやって見抜いたのかと聞かれたホームズは、本物の記憶とこしらえた記憶を思い浮かべる際の人の行動に関する知識は、披露しなかった。代わりに彼は、あいまいな答えを口にした。婚約指輪、服、かすかな血の染みに関する推理に、歩いたという主張に対して馬車に乗ったと判断したことから、彼女の発言をすべて疑問視するようになったと。この答えで警部は満足したようで、間もなく帰っていった。

「ワトスン、結局のところはね」警部が帰ったあとで、ホームズが口を開いた。「不随意運動に関するぼくのこの考えは、完全な調査も証明もされていない。だから、もっと多くのデータが集まらないかぎり、これをそのまま発表するのは好ましくない。それどころか、間違った使い方をされると、危険かもしれない。このぼくのちょっとした例に関して論文を発表するようなときは、この癖のことには絶対に触れないでもらいたいんだ」

私は声を立てて笑った。「本音を言うなら、犯罪者に有利な手を教えたくないだけなんだろう。あるいはヤードにいるライバルたちに」

ホームズは笑って認めた。「きみの言うとおりかもしれないな。まあ、また別の機会だよ。今のところ、このしがない諮問探偵には、手にできるだけのあらゆる強みが必要なのだから」

「それなら礼を言うよ、ホームズ。数多くあるきみの秘密のひとつを教えてくれて、ありがとう」

「いやいや、ワトスン。今やきみも、この事務所では対等のパートナーなんだから、自分の道具箱にはあらゆる道具を備えておく必要があるんだ。ただきみは、目にしていても観察していないことがまだ多いのは、残念なところだがね。今日の彼女の話の最中に、ぼくがあの視線を読む際に用いた方法については、きみはまだ知らなかった。それでも、彼女の服があまりにきれいすぎたから、ロンドン中をあれほどの長距離を歩いたわけがないことは、きみにも見えていたはずなんだよ。何しろ、それぞれに異なって指し示すものが七つもあって——」

この発言に対する私の反応を目にするや、ホームズはすぐに話題を変えて、シンプスンズでのディナーを提案してきた。当時としてはめったにないごちそうの機会だったが、公爵から入ったばかりの手数料のお祝いである。稼いだばかりの家賃二カ月分が、この食事によっていくらかは消えてしまい、使った分を穴埋めするために新たな事件が必要であることは、お互いにわかっていた。だが、捕らえられたあの娘の顔が、巡査に連れて行かれる際にずる賢いものへと豹変したようすはお互いの心に刻み込まれており、その不快感を中和する一種の特別な報酬が、その夜は必要だったのである。

結びとして、これらの出来事を思い出した、ちょっとした出会いについて述べておこう。

私は先日、かつてジェイコブスン造船所があった、新しくできたタワーブリッジの南詰を歩いていた。造船所はこの橋がかけられた数年前に、すべて取り壊されていた。七年もたっていないが、あの夜のことは今でも思い出す。私たちは白いハンカチを振るという合図によって、モーディケアイ・スミスの蒸気艇オーロラ号がその造船所の隠れ家から出発したことを知り、四人組の最後のひとりであるジョナサン・スモールを乗せた船が危険なほどの速度を出して川を下るのを、追いかけたのだった。ホームズとアセルニー・ジョーンズ、それに私は、ロンドン塔に近い向こう岸で、同じような蒸気艇で待機していたわけだが、そのあとの夜がどのような展開になるのかは、ほとんどわかっていなかったのである。

このときの私は、テムズ川の向こう側で朝日を浴びて輝いているロンドン塔のほうを見渡すふりをしていた。潮が満ちてきて、風によって水面に灰色の波が立っている。この歴史的な建築物を見渡すふりといったが、本当のところは右手にある橋のほうを見ていて、ある人物が指示どおりに動いて、包みを交換するのを確かめていたのだった。この交換が予定どおりに行なわれたので、私は合図を送った。近くの樽の上でリンゴを食べている薄汚い少年に対して、帽子の縁を左手で軽く触ったのだ。その少年はうなずくこともなく樽から飛び降りると、橋のほうへ走っていった。言うまでもなく、彼もホームズの不正規隊《イレギュラーズ》のひとりで、複雑な捜査の次の段階が始まったことを伝えるところなのである。

そのとき、私の近くで立派な馬車が停まるのが見えた。馬がせわしなく前後に足を動かしている最中に扉が開けられて、女性がひとり降りてきた。その女性は明らかに、イースト・エンド中で苦しみ、食い物にされている、生活が苦しくて世間から見捨てられた連中のひとりだった。この地域は八八年には注目を集めたものの、そのひどい環境はほとんど解消されなかったのだ。

その女性はその場にしっかりと立つと、馬車のほうを振り返った。すると高そうな織物による袖に包まれた男の腕が、彼女に向けてコインを一枚弾いた。女性は受け取れず、落としてしまった。それでも馬車の扉はバタンと閉じられて、ステッキで叩く音が中から聞こえた。御者はその指示を受けて馬を走らせると、迫り来る霧の中へと消えていった。

川のほうに目をやると、不正規隊の先ほどの少年はロンドン塔の西側におり、似たような見た目の別の少年と言葉を交わしていた。その二人目のほうがうなずくと、北のシティの方角へ駆けていった。最初の少年はひざに両手をついて、息をついている。彼らから目を離した私は、コインを拾って身体をまっすぐに伸ばした、不幸な女性へと視線を戻した。

身体を伸ばした彼女と目が合ったとき、私はショックを覚えた。その女性を知っていたからだ。逮捕されて有罪となってから十三年が過ぎており、その目を見なければ、当人とはわからなかっただろう。まだ三十代前半にすぎないのに、刑務所暮らしのせいでやせ衰えていた。光沢のある巻き毛をもつ、かわいらしい娘の姿はなくなっていた。ホームズによる証言と彼女自身の自白にもかかわらず、どういうわけか陪審を魅了した結果、彼女は終身刑を免れて、わずか十年という刑期を勤め上げたのだった。だが、つらい日々だったに違いない。

むこうも私のことに気づいたようだった。ミス・レティシア・ポーター——まだ「ミス」だったらだが——は生々しいほどの憎しみをこめて、私をにらみつけてきた。が、それもほんの一瞬のことで、彼女は右のほうへ視線をやった。それからぞっとするような笑みを浮かべて私に視線を戻すと、急に向きを変えて川とは反対方向へ歩いていき、ネズミが巣くう通りへと消えたのである。

心がかき乱される体験だった。笑みを浮かべたときの彼女は、いったい何を考えていたのか。いいことであるはずがない。何を思い描いていたにしろ、それはホームズのことだったのか、それとも私のことだったのか……。

沼地の宿屋の冒険　デニス・O・スミス

The Adventure of the Inn on the Marsh by Denis O. Smith

デニス・O・スミス
Denis O. Smith

英ホームズ・パスティーシュ作家。一九八二年に初めてホームズ・パスティーシュを発表して以来、英米双方の多くの雑誌やアンソロジーでパスティーシュを発表してきた。一九九〇年代には *The Chronicles of Sherlock Holmes* というシリーズ名で四つの作品を刊行し、二〇一四年には十二の短編を *The Lost Chronicles of Sherlock Holmes* として刊行した。ヨークシャーに生まれ、ロンドンほかいくつかの都市を経たあと、現在はノーフォーク在住。ホームズもののほかには歴史ミステリーや英国鉄道史、ロンドンの歴史などを研究している。

私の友人シャーロック・ホームズと一緒に部屋を借りていた時期につけていた記録に目を通してみると、最初は些細に思われたものが、最終的には極めて深刻な事件になる場合が多かったことに、驚かされる。また、ロンドンで起きた事件なのに、解決策を求めて首都を飛び出し、田園地方まで足を延ばすことも往々にしてあった。これから語るウェルボーンの〈ワイルド・グース〉にからんだ事件は、その両方の点で典型的な例と言えよう。

一八八三年九月の第一週のことだ。その日はそよ風が心地よく、夏の暑さのあとの空気はすっきりして、人の気力や希望までも新たにするかのようだった。ホームズと私はその日の午前中、ここ数カ月にわたって部屋中を埋め尽くしてきた紙や書類の束を整理して、秩序をもたらそうと励んでいた。その結果に満足して昼食にしようとしたところへ、玄関で来客を知らせる呼び鈴が鳴った。少しすると、大家の女性が若い夫婦を居間へ通して、フィリップ・ホイットル夫妻だと告げた。

「お昼時におじゃましてすみません」男のほうが申しわけなさそうに言った。「でも、仕事を抜け出してあなたにお会いできる時間が、ほかになかったので」

「いいえ、かまいませんよ」ホームズは愛想よく返事をすると、ナイフとフォークを置いて椅子から立ち上がった。「食事はいつでもできますからね。それより、お二人がいらした理由のほうをお聞きしたいですな」

「実におかしな体験をしたのです」私が運んできた椅子に夫妻が腰を下ろすと、夫が口を開いた。

「どうとらえたらいいのか、まったくわからなくて」

「では、詳しくお話しください」

「話はすぐに終わります。ぼくたちはつい先日、〈ワイルド・グース〉という古い宿屋に数日泊まりました。ノーフォーク州の北の海岸に近い、湿地帯にある宿です。そこに泊まったのは二度目でして、一度目は六月の初めに一週間滞在しました」

「新婚旅行でですね」

夫が驚きの表情を見せた。「ええ、実はそうなんです。どうしておわかりに？」

ホームズは彼独特の、クックッという声を出さない笑い方をした。「奥さんが手袋を脱いだとき、左手の薬指にみごとな指輪を二つはめておられるのが見えました。ひとつは間違いなく結婚指輪ですが、もうひとつのほうは宝石が光っているので、婚約指輪でしょう。どちらも比較的新しく見えるし、さらに結婚指輪のほうはまだちょっと緩いようです。奥さんが右手の指で何度も触れているので、それは明らかでした。結婚式が行なわれたのがつい最近であること、そしてノーフォークで一週間過ごした休暇が新婚旅行であることを推理するのに、論理を飛躍させるまでもないですね」

夫人は耳まで真っ赤になった。

「個人的なことがらに触れて失礼しました」ホームズはすぐさま丁重に詫びた。「人の身なりからその人に関する事実を推理するというのが、ぼくのちょっとした趣味みたいなものでしてね。つまらない、くだらないものですが」

「いえ、かまいません」夫人は小さく笑みを浮かべて答えた。

「そのようなご趣味で事の真相にたどり着けるのでしたら、この件では役に立つかもしれません」と夫が言った。「ぼくたちは五月末に結婚しまして、ご推察のとおり、すぐに一週間の休暇でノーフォークへ出かけました。マーゲイトやブライトンといった海辺の地で新婚旅行を過ごした友人もいますが、ぼくはもう少し静かなところのほうが好きでして、このプルーデンスも賛成してくれたんです。ノーフォークのウェルボーン・マーシュという沼地に、〈ワイルド・グース〉という宿屋があることをいとこから聞くと、そこが理想的に思えました。自然の中にある美しい場所で、あらゆる種類の鳥にとって安息の地となっていて、野鳥観察家にも人気が高いというのです。ぼくたちはそこで一週間のほとんどを過ごし、田園地方や海辺を散歩したりして、最後の二日間はクロウマーに移りました。クロウマー自体も静かで魅力あふれる、上質の海辺の町ではあるのですが、それまでいたところと比べると、かなり騒々しく、せわしなく思えました。

ぼくたちは〈ワイルド・グース〉での滞在を大いに楽しんだので、最近になってまた短い休暇をとれることになると、二人ともあの宿のことを真っ先に思い浮かべました。そこで、先週の金曜にノーフォークへ向けて出発し、月曜の朝まで滞在したのです。ところが、現地に行った喜びは――ぼくたちがあれほど心待ちにしていたものは――ある奇妙な出来事によって損なわれてしまいました。

宿泊者名簿に書き込んでいたときのことです。ぼくは前に訪れた六月初めの項目を見ようと思って、ページを前にめくりました。プルーデンスもぼくの肩越しに見ていました。わかっていただけると思いますけど、新婚旅行はぼくたち二人には重要な意味がありましたし、『ホイットル夫妻』と初めて書いた文字を見たくてたまらなかったのです。ところが、問題の週のところに、ぼくらの名前がまったくなかったときの驚きと困惑たるや、想像していただけるでしょうか！　その前後のページももちろん見てみましたが、どこにもありません。ぼくらの名前は、名簿からすっかり消えていたんです。まるで〈ワイルド・グース〉など訪れてもいないかのように！」

ホームズはうれしそうに両手をこすり合わせた。いかにも興味をもったという表情をしている。

「名簿からページが切り取られたようには見えませんでしたか？」

ホイットルは首を振った。「そうだったかもしれませんが、だとすると、ものすごくうまくやったに違いありません。何しろ、ぼくはまったく気づきませんでしたから。それに、ぼくたちが泊まっていたときにいた、ほかの人の名前は書いてあったんです。その週に泊まっていた人全員の名前が消えたのではなく、ぼくたちの名前だけがなくなっていたんです」

「ほかの人の名前を知っていたのですかで？」

「いいえ。泊まっていたときは、誰とも知り合いになりませんでした。おわかりかと思いますが、六月に行ったとき、ぼくたちはほとんど誰にも会わなかったんです。宿はもともと、かなり静かで、滞在していた人はごくわずかでした。鳥の猟の季節になると、かなり賑わうんでしょうが。その名簿によると、ぼくたちと同じ時期に泊まっていたのは、ミス・ステビング、ウィリアムズ夫妻、マイヤーズ夫妻となっていました、ぼくはその人たちのことを何も覚えていません」

「このことは宿の人に話されましたか？」

「もちろんですよ。名前を書くときに受付をしてくれた若い女性に言いました。でもその子は、そこで働いてまだ一カ月とのことで、何も知らないというんです。『何かお聞きになりたいことがあれば、トランチさんにおうかがいください』と言われました」

「その人が宿の主人で？」

「そうです。その日の夜、彼に言ってみたんですが、六月なんて昔のことなど覚えていないと言われました。『お客はいつもおおぜい出入りしてますのでね。全員のことなど覚えていられませんよ』と。問題は彼の記憶力じゃなくて、ぼくたちの名前が名簿から消えたことだと指摘すると、こちらの勘違いなのではと言います。『本当にここに泊まられたんですか』とか、〈オールド・ダック〉という、沼地の向こう側の三マイルほど離れたところにある宿だったのでは、などと言うんです。妻との初めての休暇で泊まったところを、ものの三カ月で忘れるなんて、ばかげています。でもそのことを言うと、相手はかなり腹を立てて、言葉づかいも荒くなったので、あきらめるしかありませんでした。あの人の態度のせいで、前に訪れたときのせっかくの思い出が台無しになってしまいましたよ」

「確かにおかしな体験ですな」しばらく間を置いてから、ホームズが口を開いた。「ただ、このことには合理的な説明があるのかもしれません。たとえば、水差しの水を誤ってその名簿にこぼしてしまい、あなたの名前が書かれたページも含めて、文字が読めなくなってしまった。そこで、記憶を頼りにページを書き直そうとしたものの、あなたの名前を思い出すことができなかった。現在の名簿にある『ウィリアムズ夫妻』というのは、あなた方の名前を思い出そうとした努力の結果なのかもしれませんよ。でも、そうなると、あなたに対する宿屋の主人の不愉快な態度の説明がつきません。そのような事情があったのなら、事実を話せばすむ話ですからね。ただ、彼は記憶力が著しく悪くて、そのことを恥と思っているのかもしれない。それとも大酒飲みなのか。もうけを飲み尽くしてしまうような田舎のパブの主人というのは、珍しくありません。過度の飲酒は記憶力に対して非常に有害な影響をもたらすものです。それとも、ほかの理由があるのでしょうか?」ホームズは若者を見据えながら問いかけた。

ホイットルはうなずいた。「実は、この件にはさらに続きがあって、ひどく動揺させられました。今のような単純な説明では収まらない出来事です」

「ほう、では続きをどうぞ」

「ぼくたちは月曜にロンドンへ戻ってきました。出だしはまずかったものの、その後の数日間は楽しむことができました。ところがきのうの午前中、この手紙が第一便で届いたのです」そう言いながら、ホイットルは内ポケットから封筒を取り出してホームズに手渡した。ホームズは中から一枚の紙を取り出すと、ひざの上に広げて、しばらくじっくりと調べた。

「ワトスン、きみはこれをどう思う?」彼は私に手紙を渡してから、封筒のほうへ注意を向けた。手紙は無署名で短く、四角い変わった形の紙の中央に、黒いインクでこう書かれてあった。

質問をしすぎると危険なことにもなりうる。関係ないことには首を突っ込まず、自分のことをしていろ《マインド・ユア・ビジネス》。これは警告だ。

「実にけしからん！　脅迫状じゃないですか！」私はホイットルに向かって言った。「お二人が動揺されたのも当然ですよ」

「投函されたのはロンドン中心部だ」とホームズ。「つまり、〈ワイルド・グース〉の主人みずからが直接出したわけではない。だが『質問をしすぎる』という部分は、間違いなく彼によるものだ。すなわち彼は、ロンドンにいる人間と連絡を取っている。この紙はひどく厚みがあって重く、サイズも変わっているな。これは――」

彼は棚からレンズを取ると、手紙を念入りに調べた。「この紙は上の部分が切り落とされている。住所が書かれた部分が印刷されていたのだろう。ただ、手際はぞんざいだ。端の部分に小さな黒い点がいくつかある。印刷された文字の並びをはさみで切ったときに、下の部分が残ったんだろう。これは見覚えがあるような気がするが、はたして――」

ホームズは急に椅子から立ち上がると、午前中に片づけをすませたばかりの机の上にある、古い手紙の山を引っかき回した。やがてそこから一通を抜き取って、ホイットルが受け取った手紙と並べて掲げた。「こっちの手紙は、数カ月前に、ある依頼人の役に立ったときに受け取った感謝状でしてね。どうやら同じようです。いや、間違いなく同じだ。見てください」彼は手紙を両方とも訪問者に渡した。「紙の種類はまったく同じだし、はさみによって残された印字のわずかな跡が、もう一方の手紙にあるものとぴたりと一致しています」

「おいおい、こっちの手紙はドイツ大使館のものじゃないか！」彼の考えが正しいのか確かめようと身を乗り出した私は、驚いて声を上げた。「ドイツ大使館がホイットル夫妻にこんなひどい脅迫状を送るなんて、考えられないぞ！　そもそも、なぜそんなことをする必要が？」

　ホームズもうなずいた。「確かにドイツ人は押しが強いかもしれないが、少なくともぼくの経験上は、ものごとを法に則ってきっちりと処理するタイプだ。この手紙に公式な部分はみじんもない。ぼくが考えるに、大使館に勤めている人間がみずからの判断で行動し、正式な許可もないまま、手近にあった公式の便箋を使っただけなのだろう。そして自分の正体が明らかにならないように、上の部分を数インチ切り取ったんだ」

「そうなると、今回の謎を解くうえで、この手紙は役に立たないというわけか」

「そうとも言えないよ、ワトスン。何しろ、この手紙の書き手が外国人かもしれないという疑念は、『他人のことに口を出すな《マインド・ユア・オウン・ビジネス》』という言い回しを誤って用いていることで裏付けられたわけだからね。ホイットルさん、最初に〈ワイルド・グース〉に泊まられたときに、外国人がいたかどうか覚えていますか？」

「ええ」とホイットル。「そう言われて思い出しましたが、外国人と思われる男が二人いました。ひとりは中年で、薄茶色の髪を短く刈り、大きな口ひげを生やしていました。もうひとりのほうは若く、年はぼくと同じくらいで、やや太めでした。二人は誰とも交わらず、ぼくたちとも話すことはありませんでしたが、二人の会話は一、二度聞こえました。英語で話しているときもありましたが、訛りがとても強く、外国語のときもありました。あれはドイツ語だったのかもしれませんが、ぼくはドイツ語は詳しくないので、何とも言えません」

「あの人たちのことは、熱心な野鳥観察家なのかもと思っていたんです」夫人も言い添えた。「宿の主人から、ウェルボーン・マーシュの鳥を観察しに、ヨーロッパ中から人がやって来ると聞かされていましたから」

「ある晩、ぼくたちが夕食をとっていたときですが」とホイットルが続けた。「三人目の男がやって来て、その二人のテーブルに加わりました。背の高い、禿げ頭の男性です。彼らはずっと、実に静かに話していました。その夜に寝ていると、下の階から口論が始まったような音が聞こえてきました。声を張り上げたりしていたので、あの外国人連中だろうかと思ったのを覚えていますが、ぼくはそのまま眠ってしまい、それ以上は何も聞こえませんでした」

「私は違うわ」夫人が声を上げた。「その夜遅く、奇妙な叫び声で急に目が覚めたんです。苦痛による叫びか、恐怖の叫びのような感じで、そのときは下の階から聞こえたと思いました。ですが、朝になって宿の主人にそのことを言うと、フクロウか沼地にいる鳥の一種だろうというのです。とても変わった鳴き声で、人間の声のように聞こえるものがいるということでした」

「そういうこともありましたが」ホイットルが続けた。「二人の外国人は翌日の朝食のあと、すぐに出て行きました。三人目の男性はまったく見かけなかったので、ぼくたちが起きる前に出発したのだろうと思いました」

ホームズはうなずくと、黙ったまましばらく座っていた。

「この件はお調べ致します」ホームズはようやく夫妻に声をかけた。「そして、わかったことをお伝えします。あの不愉快な手紙については、それほど心配する必要はないでしょう。何しろ警告であって、直接的な脅迫ではないですからね。お二人にこれ以上の質問をさせないためだけのものと思われます。いつもどおりの日常生活を送っていれば、問題ないでしょう。それでも、それなりの注意を払ったほうがいいとは思います。つねに目を見開き、耳をすまして、人気《ひとけ》のないところや暗い路地には近づかないことですね」

ホイットル夫妻が出ていくと、ホームズは昼食を急いですませ、すぐに出て行った。戻ってきたのは二時間後だったが、その表情には落胆のようすが見て取れた。

「日刊新聞の過去の記事を調べていたんだ」彼は暖炉の前のひじ掛け椅子に座りこみ、パイプ立てからクレイ・パイプを手に取りながら、説明を始めた。「あの脅迫状がロンドンで投函されて、ドイツ大使館の紙に書かれていたことから、この謎はノーフォークと同様にロンドンともつながっていて、その答えは現地と同じくここでも見つかるのではというのが、ぼくの推理だった。ところが、どんなにがんばっても、まったく何も出てこなかった。この結果には、いささかがっかりしたね。もっとも、ぼくの成功談を記録にまとめているきみには、珍しい話でもないわけだが」

「何を探しているのかがわかっていないと、うまくいかないと思うがね」

「鋭い指摘だ」ホームズはうなずきながら言った。「五月の最終週と六月の第一週に出たすべての新聞を細かく調べたよ。この問題に関係しているかもしれない、ドイツ帝国やノーフォークの海岸、ノーフォークであれそれ以外であれ、この国にやって来たドイツ人訪問者、そのほかのものに何か関連する形で言及しているものがないかも調べたんだが、何もなかった。それでも、この午後にわかったことがひとつある」

「何だい？」

「あの夫婦はここまで尾行されていたということさ」

「どうしてわかったんだ？」

「それはぼく自身が、ここまでつけられていたからだよ。別々の三つの場所で、同じ男を目にした。何者かはわからないが、ぼくの一挙手一投足をつぶさに見ていたよ」

「じゃあ、このあとは？」

「ノーフォークまで足を運んで、現地で調べようと思う。地元の新聞には、ロンドンの新聞まで届かないような記事があるだろうからね。示唆に富む事実も見つかるかもしれない。ただあいにく」彼は時計に目をやりながら言った。「今夜中にノリッジまでは行けるんだが、着くころには時間が遅すぎて、何もできない。だから明日まで、ここで何もせずに座っているしかないんだ。こんなふうに時間を無駄にするのは残念だよ」

私が声を立てて笑うと、ホームズは眉を上げて私のことを見た。「きみの考えはわかるよ、ワトスン。ぼくがときどきやるような徹底したやり方で時間を無駄に過ごす人間は、ほかに知らないというんだろう。それは確かにそのとおりで、ぼくも否定はしない。時間を無駄にする大会でもあれば、ぼくは新記録を樹立するだろうね。でもそれは、この脳を使う事件がないときの話だ。ぼくが事件に携わっているときは、事情が異なるんだよ。だから、望みどおりすぐに事件に取り

「掛かれないことが腹立たしいんだ」

「それでも、今夜中にノリッジまでは行ける」私は、ややあってから言ってみた。「今夜は街の中心部に泊まって、明日の朝は早くに出発することができるじゃないか」

「そうだね、きみの言うことはまさしく正しい。それこそが分別ある行動計画というものだ。疲れといらだちから、ぼくにはそれが見えていなかった。きみの助言を受け入れるよ。ただし、ひとつ条件があるがね」

「というと?」

「きみも一緒に来るということさ」

「喜んでそうさせてもらうよ。実はついこのあいだも、日が短くなる前にロンドンを一日かそこら離れるのもいいなと、考えていたところだったんだ」

「じゃあ、決定だな」ホームズはパイプを置くと、気力も新たに椅子からさっと立ち上がった。「ただ、ぼくたちの調査旅行が、きみが楽しみにしていたような休暇になるとは約束できないがね」彼は机のいちばん上の引き出しを開けると、リヴォルヴァーを取り出して薬室を調べてから、私のほうをちらりと見た。「では荷物をまとめて、出発するとしよう!」

　私たちは夕方の列車に乗ると、午後九時直前にノリッジに到着し、駅に近い小さなホテルに泊まった。翌朝は早起きしてホテルで朝食をとり、地元紙《イースタン・デイリー・プレス》の社屋が開くと、すぐ中に入った。日刊紙のほかに、週刊の新聞もいくつか発行されていて、この地方に限定したニュースが含まれていることがわかった。ホームズが五月末と六月初めの日刊紙を選んだので、私は週刊新聞のほうを調べた。ほとんどの記事が、ありふれた出来事や地元に限定したニュースだったため、ほんのわずかでも関連するものが見つかるのだろうかと疑問がわいてきた。そのとき、素早くページをめくるホームズの手が急に止まった。

「ほう、こいつはちょっとしたものだよ、ワトスン!」

私は身を乗り出して、彼の目をとらえたものをのぞきこんだ。

皇太子　靴工場を見学

今週、ヴァルデンシュタイン公国のオットー・フォン・スタム皇太子が、ノリッジの靴工場を訪れた。市長に付き添われて工場の説明を受けた皇太子は、近代化されたようすと効率のよさに大いに感銘を受けたという。ヴァルデンシュタインは長らく動物の皮の産地として知られてきたが、そのほとんどがそのまま輸出されてきた。そのため皇太子は、失業問題の解消に向けて、公国内での革製品産業の確立を目指している。

「至って当たりさわりのない、ありふれた記事に思えるがね」

「確かにそうだ、ワトスン。だが、ドイツ人ではないにしても、少なくともドイツ語を話す人間が、問題の時期にノーフォークにいたわけだ。オットー・フォン・スタム皇太子について、何か知っていることは?」

「彼は《モーニング・ポスト》の社交欄の常連だよ。『母国よりもロンドンを好むオットー皇太子』とか、『皇太子にふたたび一身上の問題発生』といった記事をよく見たよ。頭の中身より金のほうがある若き外国貴族というのは、よくいるものさ。どういうわけか、ロンドンはそういった連中を引きつける磁石のような働きをしているみたいだがね。この皇太子はかなりいいかげんな暮らしを送っているが、靴工場の見学というのは、彼のふるまいの中では、初めてのまともなことだと思うよ」

「ほかには？」

「あまりないね。かなり若いことは知っている。確か二十八歳だ。でもそれ以上のことは知らないな。ヴァルデンシュタインについても、どこにあるかさえ、まったく知らない」

「ヴァルデンシュタインというのは、ヨーロッパの歴史上でも珍しい存在のひとつだよ」ホームズ。「ドイツ帝国に呑みこまれていない、中央ヨーロッパに存在するごくわずかな公国のひとつだ。かなりの小国で、人口はぼくたちがいるこの街にもはるかに及ばないだろう。国自体に重要度はない。だが、ドイツとオーストリアの両国と隣り合っていることで、その地理的な位置には戦略上重要な意味がある。まさしくその存在によって、二大国間にライバル関係が生み出され、どちらも影響力を行使しようとしたり、それぞれの国に組み込もうとしたりしているんだ。この皇太子のノーフォーク訪問について、ほかの新聞に何か出ていないか調べてみよう」

この若き貴族に関する記事をさらに探したが、成果はなかった。ところが、各紙を元の場所に戻そうとしたとき、六月の第二週の週刊新聞にある何かが、私の目に留まった。

「こいつは面白い偶然だぞ」私は声を上げた。

「皇太子についてかい？」

「そうじゃないが、驚くことに同じ国の人なんだ」私はそのページを折り重ねると、記事を読み上げた。

「外国人観光客、海で行方不明か。

ヴァルデンシュタイン公国からノーフォークを訪れているフランツ・クランクル氏が、行方不明となっている。同氏はボートを漕いで沖へ釣りに出たが、そのボートがシェリンガム近くの浜辺に打ち上げられているのが見つかったため、溺れたと見られている。このボートの持ち主で宿屋の主人であり、漁もたまに行なうというウェルボーンのアルバート・トランチ氏によれば、ノーフォーク北岸沖の海流は危険だと警告したものの、クランクル氏は小さなボートの経験は豊富にあると言っていたという。クランクル氏はヴァルデンシュタイン政府では首席大臣の地位にあるが、当地へは個人的な休暇で単身訪れていたらしく、身内とはしばらく連絡を取っていなかった。沿岸警備隊は、内水と沖合では海の状態が大きく異なることに留意するよう、観光客に注意を呼びかけている」

「それだ！」ホームズが大声を上げた。「それに違いない！　ホイットトルは、〈ワイルド・グース〉の主人の名をトランチと言っていた。その人物がここにまた出てきて、謎の失踪とつながっている」

「確かに驚くほどの偶然の一致だね」

ホームズは首を振った。「ワトスン、これは単なる偶然じゃない。偶然じゃないという可能性のほうが大きいよ。というよりも、この別々の出来事は、原因と結果という長い鎖でつながっていて、それがぼくたちを真相へと導いてくれるんだ。トランチが明らかに鎖をつなぐ輪で、それはこのクランクルにしても、皇太子にしても同じだろう。ホイットル夫妻が宿屋で見かけた二人組の若いほうが、きっとこの皇太子だ。彼がいたことを隠すために、名簿に手が加えられたんだ」

「でも、きみの考えが正しいとして」二人で新聞社を出ながら、私は言った。「それに、〈ワイルド・グース〉に皇太子がいたことを誰かが隠そうとしていたとして、なぜホイットル夫妻への警告文がドイツ大使館から送られなきゃならなかったんだい?」

「ぼくの知るかぎりでは、ヴァルデンシュタインはロンドンに自国の外交を代表する機関を置いていない。そのため必要なときには非公式な形で、ドイツ大使館が代わりを務めると考えられる。だが言うまでもなく、ドイツ大使館にいる誰かにも、この事実を隠しておきたい自分なりの理由があるんだろう。ところで、今は振り返らないでほしいんだが、ぼくたちは尾行されているようだよ」

「きみがロンドンで見たのと同じ男かい?」

「そうらしい。とにかく、ぼくがけさホテルの外にいるのを見かけた口ひげをたっぷりはやした男が、今は新聞社の外にいる。彼——ないし共犯者は明らかに、きのうの夜ロンドンの駅までぼくたちのことをつけてきたんだ」

「それで、どうする?」

「どうもしないさ。つまり、する予定だったこと以外のことは何もしない。ぼくたちはこれから列車でクロウマーへ行き、海岸沿いを進んでウェルボーン・マーシュを目指す。あいつがついてくるかどうかが見ものだね」

私たちが駅に着くと、短い支線を走る列車はすでに入線していた。列車の先頭部に最も近いコンパートメントに乗り込むと、ホームズはホームに来る人の姿が見えるように窓際に陣取った。十分ほどは何事もなかったが、機関士と話をしていた車掌が私たちの車両の横を通り過ぎ、発車の合図をするべく最後尾へ戻ったとき、相手が来たことをホームズが告げた。

「来たぞ！　とうとう姿を見せたと思ったら、大きな革のバッグを抱えながらホームを走って、一番うしろのコンパートメントに乗り込んだよ！　海辺の町までついてくる気だ！」

五十分ほどでクロウマーに到着すると、私たちは急いで列車を降りて、駅の貸し馬車を確保した。私たちをつけているらしい男の姿は、影も形もない。

「あいつはコンパートメントで身を潜めている」馬車が駅から離れていく際に、ホームズが小声で言った。「窓越しに帽子のてっぺんが見えたからね。ぼくたちに見られたとは夢にも思っていないらしい」

馬車はうねるような田舎道を進んでいったが、やがて低地の湿地へと下っていった。細い道は蛇のように曲がりくねりながら小川や支流を越えていくものの、沼地や海から離れることはなかった。時おり遠くに銃声が聞こえて、窪地から煙が立ち上るのが見えた。鳥が飛んでくるのを、猟師がかがんで待っているのだ。三十分ほどして、人里離れた小村にようやくたどり着いた。標識にウェルボーンとある。海からの風が激しく吹きつけ、頭上の雲はねずみ色をしていて、雨がぽつぽつと降っていた。御者は止まることなく村を通り過ぎ、海のほうへ向かった。さらに半マイルほど進んだところで、やっと〈ワイルド・グース〉に到着した。横に広がった低い建物で、壁は石灰塗料で汚れており、藁葺きの屋根は風雨にさらされて、建物が立つ地面と同じくらいに古びて見えた。

「ぼくたちはすべての要素をまだ手にしていない」御者に料金を払い、風雨にさらされた宿屋の玄関前に立つと、ホームズがそう言ってきた。空を飛ぶガン《グース》が描かれた頭上の看板が、風に吹かれてきしんでいる。「だから、遠回しに攻めてみる必要がありそうだ。迷ったらぼくに話を合わせてくれればいいから」

ホームズがドアを押し開けると、私もあとに続いて暗い中へと入っていった。エプロン姿の若い女性がすぐに戸口から出てきたが、この宿の主人と話したいとホームズが言うと、今は出かけていて、戻るのは一時間後だと答えた。私たちは荷物を置かせてもらい、沼地を通って海のほうへ散策することにした。

今や天気は大荒れで、海に近づくほどに風が強まり、突風が私たちの進路を阻んでいるかのようだった。砂利が多く険しい土手をようやく越えると、目の前にうねる大海が広がった。轟音を立てながら岸に打ちつける白波が大量のしぶきを撒き散らし、鋭い風がそれを私たちの顔へ叩きつけてくる。口を開けてしゃべろうとしたが、その試みはすぐに断念した。響き渡る海の音で、ほかのすべての音がかき消されている。耳をつんざくこの大混乱の中で数分間身を震わせていると、ホームズが私の袖を引っ張って、先ほどの土手の陰まで下がろうと示した。

「今日の海は荒れているな」土手の陰にしゃがみながら、ホームズが口を開いた。「きみは不運なクランクルが見舞われたかもしれない状況に思いを馳せているんだろう」

「ああ、一番気にかかるところだ」

「そのことを気にかける必要はないよ。ぼくの考えでは、クランクルはボートに乗らなかったはずだ。彼は〈ワイルド・グース〉で命を落としたんだと、ぼくはにらんでいる。ホイットル夫妻が言い争いを聞いた夜にね」

「夜にやって来た、背の高い三番目の男だな。翌朝に姿が見えなかったのがそうだと？」

「ぼくにはその説明が最も可能性が高いと思えるんだ。まあ、まずは宿へ戻ろう。トランチが帰っているかもしれない」

〈ワイルド・グース〉で質問をしていると、奥の部屋からトランチ本人が姿を見せた。まごうことなき大男で、六フィート四インチは優にあり、胸部は雄牛のようだ。彼はしばらくのあいだ、軽蔑するような表情を浮かべて私たちのことを見下ろしていた。

「それで？」と、相手がようやく口を開いた。

「つい先日、ぼくの友人がこちらに泊まりましてね」ホームズが話を始めた。

「それが何か？」

「実はそのあとでまた来たとき、彼の名前が宿泊者名簿から消えていたんですよ」

「ああ、あいつか！　ロンドンから来た哀れっぽい厄介もんだな。あんたも同じ用件なら、とっとと帰りな！」

背を向けようとする彼に、ホームズは食い下がった。

「言うまでもありませんが、会計上の目的で帳簿に不正に手を加えると、刑事犯罪になります。当局はその手のことを快く思いませんのでね」

「へえ、そうかい。それがあんたに何の関係があるんだ、物知りさんよ？　あんたもごうつくばりの税金取り立て屋のひとりなのか？　違う？　それならよく聞きな。おれがガキのころ親父に言われたことを教えてやる。『いいか、息子よ。金を欲しがる豚野郎はいつだっている。そいつらを相手にする一番の方法は、失せろって言うことだ』」

ホームズは動じなかった。「あなたがおそらく気づいていないことがほかにもあります。犯罪的なものを隠そうとする行為自体が犯罪だということです。そのような隠匿を行なった場合、もともとの犯罪の共犯者として告発されます。たとえあなたがその犯罪に直接関与していなくてもです」

「何を言ってやがる」トランチの声は依然として大きく、軽蔑に満ちていたが、不安感も出てきていた。ホームズの指摘は明らかに効果があったのだ。この点はホームズ自身もはっきりと気づいており、このチャンスを素早く利用した。

「オットー・フォン・スタム皇太子らがこちらに来たことは、わかっています」

「だったら、何だってんだ？」トランチはけんか腰に言い返すものの、激しい声のトーンはみるみる消え失せて、完全に守勢になっていた。

「ここで起きたことが何であれ、あなたが宿の主人である以上、責任があるのはあなたということとになり――」

「ばかを言うな！」

「――特にあなたが名簿を不正に改ざんして、真相の隠匿に手を貸したわけですから」

「ページを破り取ったやつがいたんだ。だから、記憶を頼りに書き直さなきゃならなかったんだよ。それは罪じゃない。ほかに何ができたっていうんだ？」

「でも、全員の名前は書きませんでしたよね？　あなたは故意に、いくつかの名前を抜かしたのです」

威勢がよかったトランチの口調は、すっかり鳴りを潜めていた。そこへ先ほどの若い女性従業員がまた姿を見せて、私たちの会話が中断されたため、このあとの展開がどのようなものになっていたのかは何とも言えない。彼女が何事かささやくと、トランチはうなずいてから、私たちのほうを向いた。「こっちへ来てくれ。何があったか話そう」

私たちは彼について戸口を出ると、廊下を抜けて奥の部屋へ足を踏み入れた。部屋に入ると、サイドテーブル上に口を開けた大きな革のバッグがあった。ホームズも明らかにそれを目にした。そちらに目をやるや、足を止めたからだ。だが遅かった。背後でドアが閉められ、振り返ると大きな口ひげの男が立っていた。開いたドアの陰に隠れていたのだ。その手には大型の二連式の散弾銃があり、私たちのほうに向けられていた。

「トランチ、こいつらはおれにまかせておけ」男は訛りの強いしわがれ声で言った。「おれが始末する」そして裏の戸を開けると、そちらへ進めと私たちに示した。

「さてと」狭い裏庭に出たところで、男が声を掛けた。吹きつける冷たい風が耳元で音を立てている。「先へ進んでもらおうか」庭を出た私たちのまわりには、ウェルボーンの沼地がどこまでも広がっていた。

「ばかなまねはよすんだ」曲がりくねった泥だらけの道を進みながら、ホームズが肩越しに言った。「この沼地でぼくたちを殺すつもりなら、絶対に逃げられないぞ」

「出しゃばり屋はお忘れのようだがな、猟の季節がちょうど始まったんだ」男の声が背後から返ってきた。彼がそう言っているあいだにも、沼地の四方から銃声が――一発、二発、三発と――聞こえてきた。「おまえたちの死因は狩猟のときの不運な事故とされる。悲しいかな、そういうことはよくあるんでね」

「この人殺しめ」私は声を張り上げた。「クランクルのことを知らないとでも思っているのか？すぐに知れわたるぞ！」

一瞬彼は黙り込んだが、それも本当に一瞬だった。「そうかい」と悪意に満ちた声が響いた。「クランクルのことがそんなに気になるなら、あいつがいるところへ案内してやろう。おまえたちもそこで仲間入りするんだな！　さあ、さっさと行け！」彼がうなって、私の背中に散弾銃を激しく突きつけた。気持ちが揺れる。何かできることはあるはずだ、おとなしく死ぬわけにはいかない。そう思っても、パニックに見舞われて何も考えることができなかった。

私の前では、しっかりとした足取りでホームズが歩いていた。冷たい風に対して肩をすぼめ、両手をコートのポケットに突っ込んで、広大な沼地の奥深くへと進んでいる。「ワトスン、この道は滑りやすいぞ」彼がまた肩越しに言ってきた。「足を取られないようにな」

このときの私は正直言って、ホームズがこんな絶望的な状況でつまらぬことを口にするのに驚いた。だが次の瞬間、私は気づいた。敵の気をそらすために、私に滑って転んでほしいと伝えているのだ。それでうまくいくか、私にはわからなかったが、それがホームズの望みである以上、やるまでだ。

少し先へ行ったところに、道がやや隆起してから浅くくぼんだ場所がある。私はチャンスだと見て取った。泥の中で左足をわざと滑らせた私は、大きな声を上げながら地面に倒れた。男が散弾銃をさっと下げて私に向けると同時に、鋭い銃声が響いた。ホームズの両手はポケットに突っ込まれたままだったが、彼が振り向きざまにコートの生地越しに撃ったのだとわかった。敵は左腕を撃たれて苦痛の声を漏らしながらも、ホームズに向けて銃をかまえた。私はありったけの力を出して跳ね起きるや、相手に飛びかかり、銃身を上や横へ向けようとした。その動きによって引き金にかかっていた指が動いたらしく、耳をつんざくほどの音を立てて、頭上に広がる空に向かって弾が放たれた。と同時に、私は自分でも信じられないほどの力でこぶしを振り上げ、相手のあごにアッパーカットを喰らわせた。男は泥の上へうしろ向きにどさりと倒れ、銃を落とした。私がそれをすぐさま拾い上げると、ホームズも自分のリヴォルヴァーをしっかりと彼に向けていた。

「やったな、ワトスン。きみの素早い身のこなしのおかげで、二人とも助かったよ。大丈夫か？」

「どうやら薬指の関節がずれたようだ」右手を調べながらそう口にしたが、その部分に触れると痛みで顔がゆがんだ。「固定する必要があるだろうね。ぼくは殴り合いにはあまり慣れていないから」

そのとき、私たちの後方から大きな声が聞こえてきた。振り返ると、〈ワイルド・グース〉からの道を若い男がこちらへ向かって駆けてくる。「やめろ！　やめるんだ！」と声を張り上げながら、腕を振っているのが見えた。その男がさらに近づくと、ロンドンのイラスト入り新聞で目にしていた、オットー皇太子その人だとわかった。「すぐにやめろ！」と言いながら私たちのところまでやって来た皇太子は、大きく息をして、頬を赤くしていた。「私のために暴力を振るうことはこれ以上望まないぞ、シュナーベル。何もかもすっかり打ち明けると決めたのだ。何しろ、あれは事故だったのだからな」

「黙っていろ！」シュナーベルと呼ばれたさっきの男は、ふらふらと立とうとしながらも厳しい口調で言った。「ここへはどうやって？」

「ロンドンでゆうべ遅く、おまえの行き先を知ったのだ。それでけさの始発に乗った」

「今の話に出てきた事故について、お聞かせ願いたいですな」二人に銃を向けながら、ホームズが声を掛けた。「クランクルの死と、ヴァルデンシュタインの外交政策に関係があるようですが」

「何も話すんじゃありません」シュナーベルが素早く口にしたが、皇太子は彼を無視した。

「すでによくご存じのようだから、これも知っているかもしれないが、このところわが国はオーストリアと協議を行なっている。お互いの将来を結びつけようというのが狙いだ。私の父と、首席大臣であるフランツ・クランクルが、長らく支持してきた方針だ。だが、ここにいるシュナーベルがドイツ帝国の立場で主張するには、わが国はドイツと手を組んだほうがいいという。父は身体が弱っており、もう長くないかもしれない。父亡きあとは私が継ぎ、判断を下すのも私となるため、このことは私がよく考える必要があるのだ。

私はある重要な用事でこの地に来ていたので、シュナーベルと密かに会って話し合うことにした。その場所として見つかった最も人里離れたところが、〈ワイルド・グース〉だった。だがあいにく、同じくイングランドにいたクランクルがその計画のことを聞きつけて、私に思いとどまらせようと、この地に駆けつけた。彼が現れた夜、私たちは言い争いをした。実は私はかなりの量の酒を飲んで、相当に酔っていた。そして言い争いの最中に――これは恥ずべきことだが――かっとなった私は、彼を殴りつけてしまったのだ。すると彼は椅子から落ちて炉床の角に頭を強く打ちつけ、絶命した。シュナーベルは私を部屋まで送ると――私はまともなことができる状態になかったので――この件は自分が対処すると言ってきた。そしてこの沼地のどこかで死体を処分し、宿の主人のトランチには金を渡して、私たちはここへは来たことがなく、クランクルはボートを借りてひとりで沖に出て、海に落ちたらしいと言わせたのだ」

「重大な過ちを犯しましたね」ホームズが口を開いた。

「わかっている。自分でも恥ずかしく思っている。酒に酔い、クランクルを相手に癇癪を起こしたことをな」

「ぼくが言っているのは、そのことではありません」とホームズ。「あなたの過ちとは、死体の処理をシュナーベルにまかせたことです。それによって、あなたが完全に彼の支配下に置かれてしまうということがわかりませんか？　この先いかなるときでも、彼は真実を暴露すると脅せば、自分が望むことをあなたにさせることができるのです」

「殿下、この男の言葉に耳を貸してはなりませんぞ」シュナーベルが大声で言った。

「それこそが最初から、この男の狙いだったのでしょう」シュナーベルの激しい怒りを無視して、ホームズが続けた。「あなたに対して支配力をもつことがです。人形師が人形を操るがごとく、自分の命令に従わせることができるように。クランクルがここに現れた夜、彼はこれを好機と見て取って、それをものにしたわけです」

「うそを言うな！」シュナーベルが叫んだ。

「あなたが部屋を出たとき、クランクルが本当に死んでいたのか、あなたは確かなところを知りません」ホームズはなおも続けた。「もしかすると彼は気を失っただけで、本当はあなたが眠りについたあとに、シュナーベルによって殺されたのかもしれない。オーストリアとの同盟を強硬に支持していたクランクルを排除することが、この男の目的に完全にかなっていたのは言うまでもありませんからね」

「それもうそだ！」シュナーベルのしわがれ声がさえぎったが、ホームズの言葉により、若き貴族の記憶の糸は明らかにたぐり寄せられたようだった。

「確かに疑問には思っていた」と皇太子。「私が本当に彼を殺したのだろうかと。酔っ払った恥ずべき状態にはあったが、クランクルは傷ついていないようだったし、翌朝、床に血痕がまったくなかったことには気づいていたのだ」

激怒したシュナーベルがホームズめがけて襲いかかろうとしたが、彼に拳銃を向けられると、すぐにあきらめた。

「この件を判断する唯一の方法は、死体を調べることです」とホームズ。「シュナーベルは沼地のこの方向に死体を埋めたと言っていました。さあ、案内してくれるかね？」ホームズは振り向きながら言った。

「いや。自分で見つけるんだな」

「きみの協力が得られないとは残念だよ。不幸なクランクルの遺体のところまで連れて行ってくれると思ったからこそ、きみにここまでぼくらを引っ張り出させたのに。でも、どのみち遺体はすぐに見つかるだろう。まずは宿へ戻って、当局に事情を話さねば」

〈ワイルド・グース〉に戻ると、トランチの姿はどこにもなかったが、その理由はすぐにわかった。女性従業員の話では、彼は地元の巡査を呼びに行ったという。あんな連中と関わるんじゃなかったと、激しい口調で言っていたらしい。ほんの数分もすると、宿屋の外に二輪軽装馬車《トラップ》が停まって、トランチが自分と同じくらい大柄の警官と一緒に姿を見せた。ホームズが警官にこれまでの出来事を説明すると、シュナーベルは手錠をかけられ、皇太子やトランチとともに宿屋をあとにしたのだった。

「きみが突き止めた内容をホイットル夫妻が知ったら、どう思うのかね。想像もつかないよ」

その日、クロウマーのホテルで昼食を食べながら、私はホームズに言った。

ホームズも笑った。「まったくだ。自分たちの新婚旅行は間違いなく幸せなものだったのに、知らないうちに、同じ屋根の下では国際的な陰謀と殺人が行なわれていたんだから」

のちに聞いたところによれば、フランツ・クランクルの死体は沼地に浅く掘られた穴から回収されたが、その後行なわれた検死では結論が出なかったという。頭部の傷が死因と断定されたものの、検死官によれば、クランクルが殴られたのは一回なのか複数回なのか判断がつかず、結局は事故死という判断が記録されたのだった。トランチ、シュナーベル、フォン・スタム皇太子は、死体の隠匿を図ろうとしたことをそれぞれ認めたため有罪となったが、さまざまな事情を勘案し、事件の外交的な側面も間違いなく踏まえたうえで、裁判所は寛大な判断を下して比較的軽い刑を言い渡した。この件で明らかに懲りたトランチは、沼地にある宿屋へ戻ると、熱心に野鳥観察家の世話を続けた。皇太子とシュナーベルはそれぞれの母国に帰ったあと——私の知るかぎりでは——あの地を二度と訪れていないはずだ。

アーカード屋敷の秘密　ウィル・トマス

The Adventure of Urquhart Manse by Will Thomas

ウィル・トマス
Will Thomas

米ミステリ作家。*Some Danger Involved*、*Fatal Enquiry*、*Anatomy of Evil* など、ヴィクトリア朝ミステリのバーカー・アンド・ルウェリン・シリーズで長篇七作を発表。このシリーズの作品でバリー賞とシェイマス賞にノミネートされたほか、オクラホマ図書賞を二度受賞した。オクラホマ州在住で、ヴィクトリア時代の格闘術や現代の英国鉄道なども研究している。

「ホームズさん、まずは私の話がすむまで、質問も意見もはさまずに、最後までお聞きいただきたいのです」依頼人の女性は、そう話を切り出した。「話が終わりましたら、お聞きになりたいことは何でもすぐにお答えいたします。この問題が解決できれば、スコットランド・ヤードにはできなかったことを成し遂げたことになりますが」

シャーロック・ホームズは相手の女性に向けて片眉を上げると、じっと見つめた。若くて器量がよく、〝夫人《ミセス》〟と呼ぶには若すぎると言えるほどだ。

「いいでしょう」

「それからドクターにも。お約束していただけますか？」

「喜んで約束しますよ、ミセス・アーカート。さあ、どうぞ話を聞かせてください」

「わかりました」夫人はそう言うと、居間の籐椅子に深く腰かけた。小柄で、服装はおしゃれだが、目の下にはくまができており、眠れていないことを示していた。何か重大なことで悩んでいるのだ。

「まずは私についてですが、商船の船長ダニエル・キャヴェルの娘として、タンブリッジ・ウェルズで育ちました。ただ、父は私が六歳のときに、ボルネオ島沖のインド洋で船もろとも沈んでしまいました。それ以来、私は去年結婚するまで、母親と暮らしていたのです。

結婚相手のアレクサンダー・アーカートとは、友人のガーデンパーティで出会いました。本人によれば、弟のアンドルーに引っ張り出されて出席したとのことです。アレックと私はお互いにすぐに惹かれ合い、一カ月もしないうちに結婚を前提とした交際が始まりました。彼の家族は、町外れのオールド・ケント・ロードにある、アーカート屋敷と呼ばれる古い邸宅に住んでいます。木々に囲まれて奥まったところにあり、かつては立派な建物でした。ある日、アレックが私たちを昼食に招いてくれましたが、陰気な古い建物で、女性の手を必要としているのがわかったほどです。そのときに、母と私は彼の弟のアンドルーと会うことができました。弟といっても双子なので、年の差はほんの数分しかないのですが」

ここまで、ホームズは彼女との約束を守っていたが、銀色の小さな鉛筆でシャツのカフスに激しく書きつけていた。

「アレックはロンドンで株式仲買人として働いていますが、アンドルーのほうは——彼はたいしたことは何もしていません。自分では俳優だと言っていますが、たいていは屋敷のちょっとした修理をするだけで、それも有り体に言えば、たいした腕前は持ち合わせていないのです。彼とアレックはどちらも背が高くて赤毛ですが、アンドルーがひげを生やしていないのに対して、アレックはひげが似合っています。

クリスマス前に結婚すると、私はその屋敷に移りました。あの家には悲劇的な感じがすると思うことが、ときどきあります。アレックに言われましたが、彼とアンドルーは一族の中で最後の人間になると思っていたといい、そこに私が現れたことで、将来に対する希望が持てたとのことでした。家の管理を引き受けた私は、少しは明るくしようとしたのですが、家政婦のピートリー夫人が手を貸してくれることはいっさいありませんでした。彼女は陰気な年寄りのスコットランド人で、私があの家にいることが気にくわないらしいのです。ただ、双子の乳母でもあったので、アレックには彼女をよそへやる気はありません。屋敷の東翼は彼女が丸々使っていますが、アンドルーによれば、この東翼は屋根に穴が開いていて、雨による傷みがあるため、いつかは修理したいとのことです。これが先週までの状況です」

ホームズが咳払いをした。私でも聞きたいことは十以上あったので、ホームズなら百は下らないことだろう。それでも彼は約束を守って、話を続けるよう彼女に身振りでうながした。

「月曜の朝のことです。私はピートリー夫人が来ないうちに食費の計算書に目を通したくて、早起きしました。すると階段の下のところで、アンドルーが死んでいるのを見つけたのです。その階段は古くて虫に食われており、板がゆるくなっているところもありました。私もつまずいたことがあって、修理をしないアンドルーをなじったこともあります。彼は真夜中にあわてて駆け下りて、階段から落ちたようでした。私の悲鳴でみんなが起きました。ピートリー夫人は嘆きながら、かなり失礼なことを口にしました。あの家に私がいると、悲劇を招くことになるのはわかっていたというのです。

アレックは悲しみのあまり、どうにかなってしまいそうでした。部屋着のまま廊下を駆け抜けると、硬直した弟の身体を抱え、警察が来るまでずっとそうしていました。双子の弟を亡くすことがどのようなものなのかは、もちろん私には何も言えませんが、あれほど参っている夫の姿を見たことはありませんでした。

それ以来、アレックはとても儀礼的になり、どこかよそよそしいのです。そのことをとがめると、悲しみのせいだと言われました。取り乱しているせいか、彼がピートリー夫人をどなりつけることが一、二度ありました。そんなことはそれまでなかったんです。かなりの心労を抱えているのは明らかでしたので、会社を数日休んで、きちんと悲しむ時間を持ったらどうかと言ってみても、あっさりと退けられました。そして二日前の夜のこと、私が目を覚ますと、アレックが寝室に立って、私をにらみつけていたのです。私は大声を上げそうになりましたが、彼はさっと背を向けると、部屋を出て行きました。あれには奇妙で落ち着かない気持ちになりました。あの家に行くんじゃなかったと思ったほどです。

話はこれで終わりです。きのう事務弁護士に連絡を取って、いい探偵《グッド》の名を尋ねたところ、あなたの名前を教えられました。それでご連絡して、ここに来たわけです」

「いい探偵、ですか？」とホームズ。

「有能な《コンパテント》、といった意味です。その弁護士が言うには、あなたはロンドンで一番だそうで」

ホームズは薄い唇に笑みを浮かべた。

「今のはなかなかのお話でした。では、質問してもよろしいですか？」

彼女は籐椅子のひじ掛け部分をぎゅっと握った。

「何なりとどうぞ、ホームズさん」

「階段の下で死んでいた人物は自分の夫なのではないかと、すぐ思いましたか？　それとも、あとからそう思いましたか？」

　この率直な質問に動揺するかと思ったが、彼女はぐっとこらえた。

「すぐにではありませんでしたが、その後の夫の感じがかなり違っていたので、アレックではないのではないかと、あとで思うようになりました」

「アンドルーが、あなたに惹かれているようなそぶりを見せたことは？」

「実はありました。彼は私のことをいつも見ていたんです。戸口のところに立って、じっと見ていることもありました。食事のときの彼は、アレックとは大違いでよくしゃべり、自分の兄の前でも、私の気を引こうとしたんです。自分のほうが先にガーデンパーティで私と出会いたかったと言われたことも、二度ありました」

「跡取りはアレックのほうですね」

「そうなんです。アレックが全財産——といってもたいしたものではないですが、それを所有していて、彼はその分の責任も負っています。それに、彼による収入だけで、私たちは暮らしています」

「アンドルーには、株や債券や仲買業に関する知識は何もないと？」

「ええ、まったくありません」と、メアリ・アーカートは答えた。「少なくとも、私はそう思っています」

「その兄弟の外見上の唯一の違いは、ご主人が生やしている口ひげだけですか？　あなたと現在暮らしている人物がどちらかだと判断するのに役立ちそうな、痣だとかそのほかの特徴は？」

「残念ながら、ひとつもありません。そのくらい単純にわかればいいのですが」

「案外単純なことなのかもしれませんよ。彼にアンドルーなのかと、どうして直接お聞きにならないんです？」

「そうしたいとはずっと思っているのですが、もしそう聞いて、やはり彼がアレックだった場合には、大きく落胆させることになります。弟の死と向き合うだけでも、つらい思いをしているんですから」

「それで、もし彼がアンドルーの場合には？」

「その場合は、彼はうそをつけばいいだけです。俳優をやっていましたし、夫ほど話に信憑性のない人でしたので」

しばらくのあいだ、彼女は身体を震わせていた。事件の際に感情が表れることをホームズが嫌っていたので、私は気になった。が、彼女は感情を抑えると、質問を続けるよう、うながした。

「つけひげは見分けられると思いますか？」

「そう思いますが、アンドルーはそういったことがとても得意でした。俳優の役のための化粧台も持っていましたし」

「持っていたのか、持っているのか、どちらです、ミセス・アーカート？　あなたの心の中では、彼をご主人と思っているのですか、そうではないのですか？」

「ホームズさん、私に確信があるわけではないのですが、あの人は夫でないと、私は強く思っています。だとすると、あの人は私を含めてすべてのものを手に入れるために、実の兄を殺したんでしょうか？」

「まさにその点を、ワトスン君とぼくが突き止めるつもりです。アンドルーには多少なりとも暴力癖はありましたか？」

彼女は唇を指で軽く叩きながら、この問いをじっくりと考えた。

「ふだんの彼は、言葉ではアレックほど激しくなく、かなり用心深いたちでした。ただ、ひとりのときの彼がどんな感じだったかは、誰も知りません。彼に力がないわけではなかったと言えるでしょう。彼がした修理では、重い木材や岩を持ち上げることもあったので。彼の関心がお芝居にあったからといって、肉体的に弱かったということではありませんでした」

「死んだのが本当にアンドルーだったとしたら、彼はどのように死んだんでしょう？　検死官の見解はどういうものでしたか？」

「事故死という判断で、『偶発事故』という用語が使われていました。階段を下りるときに落ちて、首の骨を折ったのだと」

ホームズは私のほうを見て、眉を上げた。

「そう、階段から落ちると、首の骨を折ることが往々にしてあります。硬い表面に倒れることにより、頭部があらゆる方向にねじれた状態で投げ出されるためです」と私は告げた。

ホームズは依頼人に視線を戻すと、両手の指を付き合わせて山の形にした。

「では、ある晩目を覚ますとご主人が見つめていたという件ですが、そのようすは正確にはどんな感じでした？　威嚇するようだったのか、不安げだったのか、それとも怒っているようだったたのか。あなたの印象はどうです？」

「あれには本当に驚かされました。何よりも、彼は寝起きで、寝巻きも髪もくしゃくしゃだったんです。私に対するあの表情は、恐ろしげだったとしか表現できません。命の危険があると思ったほどでした。何とか落ち着かせようと思ったところ、あの人はいきなり背を向けて、部屋から出て行ったんです。まるで夢の中にいるかのようでした」

「なるほど」とホームズ。「では、あなたが初めてご主人に会われてから今日ここに来るまで、アーカート屋敷の住人は秘密めいていると感じましたか？　たとえば、彼らは近所付き合いをまったくしないとか。彼らが共謀していて、何らかの事実をあなたに隠しているということは？」

「ええ、ホームズさん、それはもう。まさしくそう感じましたし、今はより強く感じています」

「では、あなたの依頼をお受けいたします。訪問者を受け入れることについて、屋敷の人たちは快く応じてくれるでしょうか？」

「大丈夫です。ピートリー夫人は、『私たちは他人とは交わらない』と言っていますが、オールド・ケント・ロードはハイキングをする人がよく利用しています。あの地域でウォーキングをするためのガイドもいますし」

「それは好都合！　では今夜、疲れて足を痛めた旅行者二人組がいきなりお宅の玄関口に現れても、どうか驚かれませんように」

「楽しみにしています。それで、費用のほうは？」

「のちほど手紙を送ります。ひどい内容のものではありませんよ」

「ホームズさん、どうもありがとうございます。ワトスン先生も」

彼女を戸口まで見送った私が振り返ると、早くもホームズは『ベデカー旅行案内』を手にして、タンブリッジ・ウェルズ行きの列車の時刻を調べていた。

「今日の午後か明日に、急ぎの診察の予定は？」

「あったら困るかい？」

「ぼくら以外の人はね」

そう言うとホームズは興味深い事件を期待して、両手をこすり合わせた。それからヤニで黒くなった古なじみのクレイ・パイプにシャグ煙草を詰めると、火をつけた。

「ホームズ、まさかその男は、奥さんを奪うためなら実の兄も殺していいと思ったんじゃあるまいね？　いくらあの人がかわいらしいとはいえ」

「かわいらしいって？　それは気づかなかったな。この一件には、妻を奪うこと以上のものがあるのは間違いないよ。だが、事実より先に理論立てしても、意味がない。昼食をしっかりと食べて、それからケント州行きの準備をしよう」

昼食後、私たちは田舎歩きに見合った服に着替え、丈夫な散歩靴を準備した。リュックサックに数日分の服を詰め、個人的にはしっかりしたリンボク製のステッキと昔の軍用拳銃を念のために選んだ。南へ向かうサウス・イースタン鉄道の通勤列車に乗るため、チャリング・クロス駅には一時近くに着いた。活気がなく暑苦しいロンドンを見捨てて、かくも美しい五月の昼下がりに田舎のケントへ行くことに、気のとがめはまったく感じなかった。

タンブリッジ・ウェルズに着くと、ホームズは英国陸地測量部作成の地図と、『ケントの歴史を巡るウォーキングガイド』を購入した。彼はこれといった運動はやらないが、数マイルの散歩で刺激を受ける、神経質かつ精力的な体質の持ち主だ。私のほうは、田舎を長時間歩くことによって戦争の傷が改善され、南岸の空気のせいで肺は爽やかになっていった。

私たちは乗合馬車に乗って歴史ある町を出ると、アーカート屋敷から数マイルという田舎にふたたび降り立った。疲れてきたからというよりも、現地で知ることに対する予感から、二人とも元気をなくしていった。ようやく目指す家が見つかったが、背の高い錬鉄柵が巡らされて、通りから引っ込んでいる。庭は荒れるにまかせていた。建物は蹄鉄の形をしていて、両翼とも裏側を向き、前面にはポーチコがある。古い建物の骨組みはいまだに頑丈であったが、表面は長年放置されて傷んでいた。昔の幽霊屋敷の見た目に近く、このような家に連れてこられた新婦は、恐ろしく思ったことだろう。

「ここからきみは、歩けなくなる」とホームズが言った。

私は苦痛の叫び声を上げると、左の靴を脱いだ。ホームズが肩を貸してくれて、玄関までたどり着くと、ドアをドンドンと叩いた。数分後、鋭い顔つきの小柄な女性が現れ、私たちのことを怪しげに見つめた。

「すみませんが」ホームズが声を掛けた。「お宅の前にある溝で友人が足をくじいてしまったんです。手当てが必要なようなんですが」

「失せな！」ピートリー夫人が大声で言った。「あんたらのようなのが来るところじゃないんだ

「誰なの？」例の依頼人のものとわかる声だ。

「見たところ、流れ者二人組ですよ」と家政婦。

「友人がけがをしたんです！」とホームズ。「医者に診せなければ！」

「あらあら」メアリ・アーカートはそう言うと、すぐに家政婦のうしろから姿を見せた。「どうしたのです？」

「足をくじいたんだそうです」とピートリー夫人が。「そのまま町まで歩いて帰れるくらいには元気ですがね。うちから金をだまし取ろうっていう魂胆かもしれないですよ」

「何ごとだ？」男の声がして、女性二人のうしろから姿を見せた。背が高く、髪は赤毛で、目は青い。口ひげを生やしている。アーカートなのだろうが、はたしてどちらなのかはまだはっきりしなかった。

「こちらの方がかわいそうに、転んでけがをなさったんです。足首がはずれたに違いないわ」

「わが家では客は断っているのだが」アーカートが答えた。

「でもたぶんこの方は、この家の前の溝でけがをなさったのよ。あれは本当に何とかしないとだめだわ、アレック」

「うちに客は入れない」彼は同じことを口にした。

「ばかなことを言わないで！」アーカート夫人が言い返した。「さあ、お二人とも、中へ入って楽にしてください。長いこと歩いたんでしょうから。ピートリーさん、お茶をお願いね」

「そんなものが必要ですかね」

「なあメアリ」アーカートがたしなめるように言った。

「アレック、この人たちはこの家に来たお客さんだし、もっと言えば、私たちにとって初めてのお客さんよ。きちんとしたもてなしをして差し上げたいの。自分の家で恥はかきたくないわ」

正しい行ないを期待する頑固な妻と、よそ者二人に見つめられて、彼もついに態度を軟化させた。

「わかったよ。では二人とも、どうぞ。田舎者の失礼な態度をお許しください。私はアレック・アーカートといいます」

「シャーロック・ホームズです」と言いながらホームズが握手をした。

「ジョン・ワトスンです」

私は足を引きずりながら前へ進むと、クッションのきいた椅子に倒れ込んだ。

「ぼくたちはこのガイドブックを頼りに、ケント州を回っていましてね」ホームズが話しだした。

「ワトスン君とぼくはロンドンで事務弁護士をしています。この友人がどうしてもシティを出ないではいられなくなったんです」

「爽やかな空気が必要だったんですよ」私はそう言いながら、〝けがを負った〟足首をゆっくりと持ち上げて、クッションへ載せた。「折れてはいないようだ」

「それなら、お帰りになったほうがいいんじゃないですかね！」と、戸口のところから家政婦が言った。

「ピートリーさん、お茶を早く！」メアリ・アーカートが強い口調で言う。

家政婦はぶつぶつ言いながら従った。陰気な年増女で、やせて骨ばっているが、鉄の意志の持ち主らしい。家の中を自由に使えて、自分の意見をあからさまに口にしてもまったく問題ないのだ。彼女に出過ぎたまねをさせないようにするのに、アーカート夫人は手こずっているようだ。

「私もシティで働いているんですよ」アレックが会話を続けた。

「そうなんですか？　どちらで？」とホームズ。

「コマーシャル・ロードにあるカー・アンド・スレッギルです」

「株式仲買人ですか！」と言うと、ホームズは私に向きなおった。「この人には気をつけないといけないよ、ワトスン。抜け目がないことで知られる会社の人だから」

「確かにそうですな。ところで、今日はどちらまで行くつもりだったんです？」とアレック。

「ワドハーストです」

「そんなに遠くまで？　それならひと晩中歩いても着かなかったと思いますよ」

「それがわかって、ひどくがっかりしました。近くに宿はあるでしょうか？」

「残念ながら、五マイル以内にはないですね」

「アレック！」夫人が声を上げた。「今夜はここに泊まるようにお誘いしたら？　部屋はたくさんあるのだから」

「それはいい考えとは言えないね。アンドルーの喪に服しているところなんだから」

「でも、ワトスンさんはけがをされているのよ！　どこにも歩いていけないし、こんな夜分に乗り物を借りられる見込みもないわ」

アレックは言い返そうとしているようだったが、私たちの依頼人の目を見つめてから、やっと態度を和らげた。

「ピートリーさんに言ってこなければ」

「私が行くわ」夫人はそう言うと、目を輝かせながら部屋を出て行った。

「ご厄介になることになり、何とも申しわけありません」彼女がいなくなると、ホームズが口を開いた。「宿泊の費用は――」

「そんな必要はないですよ」そう返事したアレックの青白い顔には、赤みが差していた。

ピートリー夫人は考えられる最低限の礼儀で私たちを部屋へ案内した。食事は焼きすぎた牛肉と生煮えのジャガイモだった。食事のあとは、ホスト役のアレックがウィスキーのソーダ割りをふるまってくれた。

「ここには長いことお住まいなんですか？」とホームズ。

「何世代にもなります。私の祖先はジェイムズ一世とともに、イングランド人と南へ来たんです。それ以来、わが一族はこの地で暮らしています」

「こういった古い建物には、かなりの修理が必要ですよね。どこかしらがいつも壊れて、修理する必要が出てくる」

「それではすみませんよ。この家は崩れ去るんじゃないかと思うことが、ときどきあるほどなんです。弟のアンドルーはこの家の維持に力を注いでいましたが、残念ながら今はもういません。

階段で事故に遭ってしまったのです」

「それはお気の毒に」とホームズ。

「どうも。彼はもういないんです。私たちがいちばん必要としていたときに」

この話を続けることに、アレックは気が進まないようだった。火を見つめて考え込んでいる彼をそのままにして、私たちは部屋を出た。


「ワトスン、きみの印象は？」部屋に入るとホームズが聞いてきた。

「あの男が悪者なら、思っていた以上にうまい役者だよ。口ひげはどう思った？」

「本物に見えたが、ちょっと薄かったな。つけひげを一週間つけていたら、そのあいだにあれぐらいは伸びているだろう」

ホームズは天井に向けて両腕を上げると、いらだたしげにこぶしを握った。

「あの兄弟が並んでいるところを見たかったよ。双子はうり二つだというが、まったく同じ人間というのは二人といない。ごくわずかな傷や染み、ほくろによって、区別はつくものなんだ」

「あの家政婦はなかなかのものだったね。よそ者がもともと嫌いなのか、それともぼくたちにここにいてほしくない理由があるのか」

「ミセス・アーカートが目を覚ますと、自分をにらみつける男がいたことを忘れてはいけない。それが兄弟のどちらにしろね」

「実はね、ホームズ。ぼくは夢遊病なんじゃないかと思っているんだ。もしそうなら、彼女の身が危険かもしれない。こういった例は暴力沙汰になりかねない。途中でじゃまが入った場合は特にね。たとえば、階段のところで無理に目を覚まさせようとしたら、そのような結果にもなりうるんだ。それで、これからどうする？」

「家族が寝静まるまで待ってから、探索の開始だ」

「東翼だな！」私は両手をこすり合わせながら声を出した。

「ああ。東翼のことが特に気になっているんでね」

ホームズも私も、真夜中になるのを待つことには慣れていた。靴を脱いで、大階段を二階へとゆっくり上がっていく。ホームズがきしむ段を探りながら先に行き、私は〝ひねった足首〟でうしろから続いた。見つかる恐れはあったが、万一の場合は頼りになる軍用拳銃がある。

東翼は漆喰が剝げ落ち、壁紙が剝がれ、古い絨毯はかびだらけと、ひどい状態だった。この翼の片側にある四番まで番号がつけられた部屋は、どれも暗かったが、いちばん端の部屋だけは違った。床板は古びて埃をかぶっているものの、その部屋に出入りする足跡がいくつもあったのだ。ホームズが自分の足とその足跡の大きさを比べた。

「サイズは十だ。アーカート兄弟のサイズと非常に近い。どちらかが最近ここに来たのだろう。その目的については何とも言えないが」

私たちは東翼にあるいくつものドアを開けていった。どれも鍵はかかっていない。誰も使っていない寝室は、湿気と腐った木の臭いがした。修理が必要な部屋もいくつかある。工具や塗料の缶が床に置いてある部屋もあったので、ホームズが中に入ってふたに指を走らせると、埃に覆われていた。

「ここまでは、義弟の大工仕事の腕前に対するミセス・アーカートの考えは間違っていないようだ。おっと、静かに！」

ドアの下から明かりがのぞく一室から、声が聞こえてきた。突き当たりの部屋で、階段からは最も離れている。なぜ家政婦が台所からこんなに離れたところにいたのだろうと、私は自問した。その部屋から聞こえる甲高くていらいらした調子は、ピートリー夫人のものに間違えようがなかった。いったい誰に向かって話しているのだろう？　私にわかったかぎりでは、今日の訪問客とこの家の女主人のことで、何者かに不満を漏らしているらしい。耳をそばだてたが、返事らしいものはまったく聞こえなかった。彼女の独り言なのか、それとも部屋に犬か第三者がいるのか？　あらゆることを想像してみた。メアリ・アーカートが気づいたように、やはりこの家は何かがおかしい。結婚した花嫁が期待する理想の家とはほど遠かった。

私たちは家政婦の部屋の壁に耳を押し当てようとして、廊下を進んでいた。と、そのとき、きしむ音を立てる板を、私がうっかり踏みつけてしまった。ホームズは古い柱時計の陰にさっと隠れ、私は戸口の暗く引っ込んだ部分まで急いで引き返した。間一髪だった。ピートリー夫人がろうそくを掲げながら出てきて、あたりをうかがったのだ。腕には散弾銃が抱えられている。有利と思われた私たちの状況はかき消えた。

「誰だい？」彼女が大声で言った。「ふざけてないで、出てきな！」

動く勇気は私たちにはなかった。あたりを見回した彼女は明かりを高く掲げたが、廊下の先までは出てこなかった。彼女が話し掛けていた相手が犬だったら、その犬を解き放ったかもしれないが、家のほかの部分から察するに、牧羊犬のボーダーコリーではないだろう。ただ、彼女が部屋へ戻っても、私たちは考え直したりしなかった。しばらくして時計の陰から出てきたホームズは、ついてくるよう私に合図したのだ。

「さっきは危なかったな」東翼をあとにしたところで、私は漏らした。

「確かにね。ピートリー夫人があんなふうに武器を備えているとは、予想していなかったよ」

「このあとはどうする？　部屋に戻るかい？」

「いや、朝になったら追い出されるだろうから、時間は有効に使わなくては。アレック・アーカートの死体が見つかった階段を調べたいね」

ホームズはそう言うと、ポケットから小型のダーク・ランタンを取り出して、蠟マッチで火をつけた。それを手に、階段のほうへと進んでいく。

「死体というのはアンドルー・アーカートのことだろう？」

「そうだったかい？　まあ、今にわかるさ」

階段の下にたどり着くと、ホームズはさっそく手足を床について、ろうそくを頼りに絨毯を調べた。あるところでは猫のように階段を這い下りて、腐った木の段を調べていた。落下して死体が止まった床では、腹這いにまでなって拡大鏡で調べた。そしてついには、絨毯の臭いを念入りに嗅いだ。

「どうしたんだい？」

「石鹸だよ」とホームズ。「ベーラムの香りがついている」

「ひげそり用の石鹸か！」

「そのとおりだ。それがなぜここにあるのかは、お互いに推測できると思うがね」

「地元の警部が気づかなかったとは驚きだな」

「気づいたほうが驚きだよ」

「これからどうする？」立ち上がってやせた身体を伸ばすホームズに、私は聞いた。

「部屋に戻ろう。きみが最初の数時間、見張りをして家の中の動きに耳を澄ましてくれたら、そのあとはぼくが夜明けまで起きている。ピートリー夫人が朝食をつくりに下りてきたときには、準備を整えておかないと」

「準備って、何の？」

「いやなに、ぼくはちょっとした陽動作戦を立てたんだが、それがうまく機能するには、家政婦をあのライフルから遠ざける必要があるんだよ」

　私が見張っていた三時間は何事もなく過ぎた。ホームズを揺り起こしたあと、私はしっかり着込んだままベッドに横たわって寝入った。明け方、どこか近くで鳴く雄鶏の声で目を覚ました私は、都会のロンドンから遠く離れたところにいることを思い起こした。ベッドに起き直ってみると、ホームズはひざを抱えて椅子に座り、クレイ・パイプの煙草が煙を上げていた。

「準備はいいかい？」待っていたというように、彼が聞いてきた。

「ピートリー夫人は忙しくしているのかな？」

「ちょうど、こんろに火をつけるため台所へ入ったところだよ。彼女がいないすきに東翼を調べに行こう」

「そうだ、それがいい！」

私たちはふたたび階段を登った。私の手には軍用拳銃が、ホームズの手には万能鍵があった。彼はどんな強盗にも負けないほどの腕の持ち主である。家政婦の部屋のドアの前まで来ると、彼が錠をこじ開けるあいだ、私はドアに耳を当てて、中から物音がしないか耳をすました。犬の鳴き声はおろか、人間が泣く声もほかの動物の声も、まったくしない。部屋には誰もいないようだった。

「開いたぞ」とホームズが言ったが、私が反応するより早く、ドアが目の前でパッと開き、私たちはどすんと床に倒された。頭上を何かがさっと通っていった。私は何とか頭を巡らせて、それを目で追った。

「何だ、今のは？」とホームズ。私たちを倒した相手の姿は、彼よりも私のほうがよく見ることができた。

「男だったのは間違いない」

「誰だかわかったかい？」

「ぼくにわかるわけがないだろう？」

そのとき、廊下の先から叫び声が聞こえた。アーカート夫人の声らしい。私たちは素早く立ち上がると、全速力で廊下を駆けていった。その途中でピートリー夫人を追い越したが、彼女はへ

い、足首をけがした私が追い越すと、彼女は軽蔑するように以上に危険なものは手にしていなかった。足首をけがした私が追い越すと、彼女は軽蔑するような目でにらんでいた。

メアリ・アーカートの泣き叫ぶような声がまた響き、彼女の部屋のドアに近づいたときには、家具がひっくり返される物音が聞こえた。部屋に入った私たちが目にしたのは、何者かと必死に組み合っているアレック・アーカートの姿だった。どちらも赤毛だが、もう一方の男が振り返ると、それはあらゆる点で——唇の上にある口ひげに至るまで——アレックにそっくりだった。

ホームズは迷わず、寝巻き姿のままのアレックでなく、服を着ているもう一方の背中に飛びかかった。私もそれに加わり、男の力強い腕にしがみついて、アレックの首を絞めるのをやめさせようとした。この男は墓場からよみがえったアンドルーなのか、それとも、弟の嫉妬心を明らかにするためにアレックが仕組んだことなのかと考えながら。

組み合っている相手が誰であれ、男は実に力が強く、部屋にいる男全員が苦もなく放り投げられそうだった。ホームズが男ののどに腕を回したものの、その太い首に対する効果はほとんどなかった。相手は身体が大きくて力もあり、胸板は厚く、腕は猿のようなのだ。男が腕をぶるんと振るっただけで、私は壁に向かって投げ飛ばされた。隅のほうで縮こまっていたアーカート夫人が、また鋭く叫んだ。

「アーチー！」私の背後からピートリー夫人の声がした。「今すぐその人を降ろしなさい！」

男はその声を耳にするや、長い腕をひと振りして夫人を殴り、気絶させてしまった。続いてホームズを肩から振りほどき、彼を仰向けに投げ飛ばすと、いやな音がした。それがすむと、最後に残ったアレックののどに両手をかけて、息の根を止めようとした。

すでに青白かったアレックの顔は、今や真っ白になり、唇は青ざめていた。私はそののどにかけられた指をはずそうとしたが、鋼のような指で歯が立たない。これ以上はもう耐えられないだろう。医師である私には、アレックが死に近づいているのがわかった。

「アーチー！」と、今度はメアリが大声で言った。「いった何をしているの？　その人をすぐに降ろしなさい！」

筋骨たくましい襲撃者の集中力が切れて、はっとして顔を上げた。困惑した表情で、恥じているようでさえあった。

「聞こえなかったの？」彼女が続けて言う。「同じことを言わないといけない？　今すぐその手を離すのよ」

赤らんだ太い指がアレックののどから離されると、彼は咳き込んで、苦しそうにあえいだ。襲撃者はおどおどとしたようすで見下ろしている。

「この男をご存じで？」私はようやく口を開いた。

「夜中に私をじっと見ていたのは、この人だと思います。亡くなった夫にとてもよく似ています。別の兄弟に違いありません！

ありがとうね、アーチー」彼女は家政婦が口にした名前を使って、話しかけた。「あなたのことを誇りに思うわ。さあ、こっちに来て、私の隣に座ってくれる？　そうしてくれたら、私の手を握っていいわよ」

男は唇にかすかに笑みを浮かべると、部屋を横切って彼女のところまで来た。その表情がすべてを物語っていた。この男は精神的に遅れているのだ。

「つまり」私は続けた。「アーカート兄弟は双子でなく、三つ子だったわけか」

「そのとおりだ」とホームズ。「ワトスン、すまないがピートリー夫人のようすを見てくれないか?」

私は家政婦に近寄った。六十代とおぼしき彼女は、倒れたままだ。身体を抱え起こすと、どこも折れてはいないようだったが、頬に黒っぽい痣ができていた。

「なんとまあ」この家の主人がようやく言葉を漏らした。

「あなたはアンドルー・アーカートさんですね?」とホームズ。

誰もが身を乗り出すようにして、その返事を待った。メアリの手は、つい先ほどまでこの家の主人の首を絞めていた手を、さらに握りしめていた。

「そうです」ようやく彼が答えた。

若い新婦はワッと泣き出した。私が彼女にハンカチを渡すあいだ、分身ともいえるもう一方の奇妙な男は何も言わず、不安げな表情を浮かべたまま、彼女の手を軽く叩いていた。

「ぼくが殺したとは思わないでくれよ、メアリ。ぼくはアレックが結婚して、心からよかったと思っていたんだ。ぼくがきみのことを崇拝していてもね。階段の下で冷たくなっている兄を見つけたあの朝は、ぼくの人生で最悪のときだった。でも、誰にも言えなかったんだ」

「あなたはお兄さんの遺体のひげをそり、つけひげをこしらえて、彼の代わりとなった」とホームズ。

「そうです。ぼくはうろたえました。ぼくたちは家族の秘密を守るよう、つまりアーチーについて誰にも知られないようにと、ずっとしつけられてきたんです」

「彼がお兄さんを殺したのですか？」

「それがわからないんですよ、ホームズさん。アーチーは怒りっぽいですが、あとになると何も覚えていないんです。ただ、兄が結婚してからというもの、彼はメアリに対して非常に興味をもちましてね。アレックには、アーチーはきちんとめんどうを見てくれる適切な施設に入れる頃合いだと話していたんですが、彼は聞く耳を持ちませんでした。結婚の前後にも、アーチーが対処することになるさまざまな変化について何度も話し合ったんですが、アレックはぼくからの提案を自分の能力に対する侮辱と受け取ったんです。彼がアーカート一族のトップである以上、すべての決断をくだすのは彼だったので」

「一連の出来事で、あなたの立場が不利なものになっているのはおわかりですね」ホームズが指摘した。「殺人事件の捜査において、あなたは最重要容疑者となります」

「あなたがこの家に来たのは偶然でないように思えてきましたが、あなたはいったい何者なんです？」

「アーカートさん、ぼくはあなたの義理のお姉さんに雇われた諮問探偵です。彼女がこの家に来てから起きた、いくつもの奇妙な出来事を調べるようにと。おわかりでしょうが、この件は隠しておくことはできません。人がひとり殺されたのですから」

「それはわかっていますし、ぼく自身も裁判で必要と判断された処罰は、いかなるものであろうと受ける覚悟です。ぼくは兄のことが好きでした。彼の死を残念に思わない日は一日としてありません。ぼくはいくつか間違いをしでかしましたが、すべては兄がメアリをこの家に連れてきたときに、アーチーのことを彼女に話そうとしなかったという、兄の大きな間違いを正すためだったんです」

「あの階段にはゆるんだ板がありますね。何があったのか、ご自身で結論をお出しに？」

「いいえ、それはしませんでした。兄が真夜中に階段から落ちたんでしょうからね。あの階段はぐらついていたので、ぼくは直すつもりでした。ただ、アレックが落ちた夜のアーチーは動揺していましたが、問題を起こさなくても動揺することはよくあるので」

「あなたの立場にあれば、それを利用した人も多いと思いますが、なぜそうなさらなかったんです？」

「メアリがこの家に来たことで、ぼくの中で新たな責務が芽生えたと思いたいのです。悪い人間ではなく、彼女を喜ばせられる、いい人間になりたいと思ったんですよ」

「それで株式仲買人になった、と」唇に薄い笑みを浮かべながら、ホームズが言った。

「実を言うと、その部分はぼく自身もかなり楽しむことができました。アレックから仕事の話をいつも聞かされていたので、仲間の名前や仕事の内容もわかっていましたから。初日こそびくびくしていましたが、仕事自体は楽しいものだったんです」

「この件におけるピートリー夫人の役割は？」

目をやると、当人は泣き出していた。しなびた頬を涙が伝っていく。

「家政婦になる前は、この子たちの家庭教師をしてたんです」夫人が話しだした。「数年で、アーチーはどこかおかしいということに、みんな気づきました。アーカートのだんなさまは、アーチーはジフテリアで死んだという話を広める一方で、最高の治療法を探しました。この子には暴力的な傾向があったので、どこかへ入れたほうがいいとみんなに言われても、だんなさまは首を縦に振らなかったんです。『身内の面倒を見るのが家族だ』ということでした」

「そして今日まで、あなたがこの秘密を守ってこられた」とホームズ。

「そうです。この古い屋敷に花嫁を連れてくる権利など、アレックにはないと注意しました。それによって起こるのは、悲劇以外にないからです。奥さんには何の恨みもありません。あなたはいい方ですが、この秘密がいずれ明らかになって、それがいいようにならないことは、わかっていたんです」

部屋にはしばらく静寂が流れた。

「で、このあとはどうなります、ホームズさん?」アンドルーが尋ねた。「裁判所によれば、ぼくは死人になりますが」

ホームズは私のほうを見た。

「ワトスン、アーカートさんの行動についてのきみの意見は?」

私は考えをめぐらせた。時にホームズは、事件全体の責任を私に負わせることがある。それも、ほとんど思いつきで。

「起きたことは包み隠さず、すぐに明らかにしたほうがよかっただろう。しかしながら、彼は自分の立場を巧妙に利用して、他人の妻に何かを要求するということはしていない。自分のものではない秘密を守るために、山積する問題を封じ込めようとしただけに思われる」

「つまり、あなたは責任を免れたということですね」ホームズがアンドルーに告げた。「ワトスン君の論理や判断に文句はつけられませんからね」

「ありがとうございます、ホームズさん。でも、これからどうすれば？　法律に照らし合わせるなら、ぼくは死人です」

「ぼくの意見を聞きたいですか？　それなら、お教えしましょう。あなたは何か口実を設けて仕事を辞めて、悲劇に見舞われたこの古い屋敷を売り払わねばなりません。アーチーは、きちんと見守ってくれる医師のいる適切な施設に入る必要があります。ピートリー夫人がもし辞めたければ、相応の退職金が与えられるべきです。そしてあなたには、引っ越して名前を変えることを提案します」

厳しい宣告とも思ったが、この状況ではそれ以外に選択肢がない。

「それで、メアリは？」とアンドルー。

「それは本人が決めるべきことです」

「私はしばらく実家に帰りたいと思います。ちょっと考えてみたいので」

「アーチーはどうなります？」アンドルーがさらに続けた。「彼に罪はないと思うんですが」

「そうかもしれませんが、いずれにしろどこかへ入れる必要はあります。その一方で、あなたに責任があるとわかれば、矢面に立たされるのは間違いなくあなたになるでしょう」

ホームズは振り返って、依頼人を見据えた。

「奥さん、この件は結論がついたと思われますか?」

「そう思います、ホームズさん。お世話になりました」

「では、ワトスン君とぼくはロンドンへ帰ります。ぼくたちが不在にしたおかげで、裏社会では災いが広がっていますので」

私たちは持ち物をまとめると、駅へ戻っていった。この事件についてホームズがふたたび口にしたのは、駅のホームに着いてからだった。

「ワトスン、家族の秘密はあらゆる災難を招くものだよ。政府の企みと同じように共謀されるものであり、一番純粋な者が一番傷つく場合が多いんだ」

時宜を得た解決で終わる事件もあれば、何カ月も、はては何年も耳にしない事件もある。休暇シーズンのある日、ひと組の男女がベイカー街の私たちの部屋を予告もなく訪れた。きれいに着飾ったその二人は、パリに住んでいるが、そこでは秘密は知られていないという。二人はパリ十八区に住むアンダースン夫妻といった。株式仲買人である夫の髪は赤毛で、ハンサムで堂々としており、妻の〝マリー〟は非常に満ち足りているようだった。医師である私には、彼女は妊娠しているように思われた。やがては、さらなるアーカート家の人間が生まれることだろう。

1890
第2部
1895

一八九〇〜九五年は、ホームズとワトスンにとって激動の時期であった。ワトスンがメアリとの結婚生活を楽しむ一方、ホームズと〝犯罪界のナポレオン〟ことジェイムズ・モリアーティ教授の戦いは激化していた。二人の争いは一八九一年五月四日、ライヘンバッハの滝で最高潮に達する。ワトスンがほかへおびき寄せられて二人きりになると、ホームズとモリアーティは滝の上の滑りやすい岩棚で決闘を始める。モリアーティは滝壺に落ち、ホームズは助かり、ホームズはそれをいいチャンスととらえる。自分が死んだと見せかけられれば秘密裏に仕事を続けることができるし、モリアーティの残党からワトスンとメアリを守ることができるからだ。そこで彼は、自分も教授と一緒に落ちたと、ワトスンに信じ込ませる。ワトスンは失意のうちに英国へ戻るが、ホームズは世界中をめぐって英国政府と兄マイクロフトに与えられた任務を果たす。一八九一年五月から一八九四年四月までに、彼はチベットのラサやメッカ、ハルトゥーム、フランスのモンペリエなどを回った〈空き家の冒険〉参照）。さらには、正典に記されていない多くの土地を訪れたはずである。

ホームズが英国にいないあいだ、ワトスンは親友を失った悲しみに加え、一八九三年には妻メアリの死に直面する。一八九四年四月にホームズがロンドンに戻ると、ワトスンは親友が生きていたことに驚愕し、ふたたびベイカー街二二一Bで共同生活を始める。その後は——特に一八九四年から九五年にかけては——忙しい時期となり、二人は次々にいろいろな事件に出くわすことになる。

死を招く詩　マシュー・ブース

The Verse of Death by Matthew Booth

マシュー・ブース
Matthew Booth

米ラジオ脚本家、ホームズ・パスティーシュ作家。短編集*Sherlock Holmes and the Giant's Hand*などを発表。アメリカのラジオ・ネットワークで*The Further Adventures of Sherlock Holmes*というシリーズの脚本を担当。また、二〇〇八年のアンソロジー*The Game Is Afoot*にホームズ・パスティーシュ二作を寄稿したほか、マンチェスターの私立探偵ジョン・デイキンを主人公とした短編シリーズも書いている。現在は超自然のホラー小説を執筆中。

私がシャーロック・ホームズと一緒に経験してきた一連の事件に興味を抱いてくれた読者なら、アグラの財宝にまつわる暗い事件とジョナサン・スモールの復讐劇が、その出来事の発端となった女性と私との結婚に至ったことを、覚えているだろう。私がメアリ・モースタンと結婚した当然の結果として、残念ながらやむを得ず、ホームズと私との協力関係は解消されることになった。

ただ、みずからの幸せと自分に与えられた家庭内の責務は、私の注意力のすべてを奪うに充分なものではあったが、私は可能なかぎり、あらゆる努力を重ねてホームズとの連絡を絶やさないようにしていた。連絡をしても、彼特有のぶっきらぼうな文面で時たま返事がくるぐらいであったが、私が直接ベイカー街の部屋を訪れることができたときには、歓迎されていたように思う。エドマンド・ワイクと死を招く不吉な詩の謎に私たちが注意を引かれたのは、そんなふうにベイカー街を訪れたときのことだった。

それは一八九〇年九月末に近い、ある日の午後遅くのことだったが、覚えているのには理由がある。以前の日々と同じように、ホームズと私はおなじみの部屋で暖炉のそばに座り、そこには親しい友人のかもし出す雰囲気が、煙草の香りとともに漂っていた。最近の目覚ましい活躍について語るホームズの話を聞いていると、やはり彼のそばからは離れがたいものがあった。彼が

〝七匹目のヘビ〟の謎を解いたという説明をちょうど終えたときに、ハドスン夫人がスコットランド・ヤードのレストレード警部を通したのだった。

血色の悪い顔のこの警部とはしばらくご無沙汰だったので、彼と握手を交わして、目の前の長椅子に腰を下ろすところをふたたび目にできたときは、けっこううれしかった。別に私の家庭に問題があったわけではなく、この状況下でおなじみの三人がそろったことで、興奮すると同時に励まされるような何かがあったのである。

「それで警部」ホームズが声を掛けた。「ここへ来た用件は何かな？　ボスコム池でのマッカーシー殺しで会って以来、忙しかっただろうに」

レストレードは首を振った。「ホームズさん、あれもいやな事件ではありましたがね、私が今関わっているのと比べたら、何でもないですよ」

ホームズの目が期待感に輝いた。「何か困っているのかな？」

「おかしな事件であるのは、間違いありません。引退した投資家のエドマンド・ワイクについて、耳にしたことは？」

「聞いたことのない名前だな」

「かなりの資産家で、容赦ないビジネスの才覚と慈善活動でも知られた人物です。いくつもの慈善団体を後援していますが、多くのライバルを破滅させた張本人でもあります。住まいは、ケント州にあるコーソーン・タワーズという孤立した家です。孤立したというのは、誇張ではありません。背の高い石壁で外界から守られた、広大な敷地に建つ家なんです。招待された者しか入れませんし、それも徹底的に調べられた末のことだそうです。こう言ってはなんですが、これほどまでに外部とつながりがなく、外の影響から遮断された地所や家はどこにもないでしょうな」

「そのワイクという人物は、よほどの人嫌いと見える」とホームズ。

「そうとも言えます」

「で、その男に何があったんだね？」

「死んだんですよ、ホームズさん。けさ寝室で見つかりましてね。心臓を刺されていました」

ホームズは指の爪を見つめていた。「ここまでのところ、ぼくの興味を惹くものはほとんどないようだな。レストレード警部、ぼくたちのあいだに競争意識はあるが、きみは優れた刑事でもある。単純な殺人事件はきみの職務外だとでも言うのかい？」

「ふだんであれば、ホームズさんのじゃまをしようなどとは思いません。ですが、この男は自分の部屋で死んでいたのに、騒ぎがあった形跡もなければ、人が入った方法さえ、まったくわからないときてるんです」

「押し入ったのではないと？」

「ええ」

「ドアや窓は？」

「どれも鍵がかかっていました。ネズミ一匹、入れなかったはずなんです」

ホームズはあくびをした。「空飛ぶ生き物による犯罪は、まだ捜査したことがないがね。密室の謎は説明がつくものだ。ワトスン、〝まだらの紐〟の事件は覚えているだろう？　あれも不可能な謎とされていたが、事実を検討すれば、その答えは火を見るよりも明らかだった」

レストレードは座ったまま身体を動かして、折りたたんだ紙をポケットから取り出した。「密室というだけでホームズさんの気を惹こうとは思っていません。もっとも、その点だけでも私はお手上げなんですがね。ただ、ホームズさんなら、これにも興味をもつのではと思いまして」

ホームズは警部からその紙を受け取った。「これは?」

「ワイクが亡くなった週に受け取っていたものです。短い詩ですよ。ただ、私の考え違いでなければ、死が差し迫っていることを警告する内容だと思われます」

それを聞いたとき、私は思わず身震いしたが、ホームズはいつもと変わらず平然としていた。目は輝いており、厳しい顔つきながらも、心の中ではレストレードからもたらされた知らせに興奮しているのがわかった。私はホームズの背後へ回ると、その奇妙な死の前ぶれを彼の肩越しにのぞきこんだ。詩は大文字の活字体で書かれていて、紙にもインクにも特に目立つところはなかった。

最初のものはこんなふうだ。

IN HATRED AND SHAME YOU DIE.（おまえは死ぬ、憎しみと恥辱にまみれて）
OF GUILT MUST BE MADE YOUR COFFIN.（罪によってつくられた棺に）
LAY DOWN YOUR HEAD AND PERISH.（頭を横たえて息絶えるのだ）
FOR IT COMES FOR YOU AS IT CAME FOR ME,（死は私と同じく、おまえにもやってくる）
A DEATH WHICH NONE CAN DENY,（それは誰にも拒めない）

NOT LEAST THOSE SOULS WHO ARE INNOCENT.（たとえ無実の者であっても）

続いて、二つ目のもの。

THE MAIDEN OF VENGEANCE MUST SERVE（復讐のおとめが）
AS MY CRUEL REPLEVIN.（私の申し立て人となり）
CENTURIES OF WRONG WILL SHE AVENGE;（何世紀にもわたる不正の仕返しを行い）
AND TO OUR DEATHS WILL SHE LEAD US.（われらを死へと導いていく）
HER LIPS WILL TOUCH US BOTH AND CARRY ON THEM（彼女の唇は私たちに触れ）
THE KISS OF THE GUILTY.（有罪の口づけを残す）

しばらくのあいだ、ホームズはこの変わった詩を何度も読み返していた。額に皺を寄せ、パイプから漂う煙草の煙越しに目を細くしている。レストレードと私は口をつぐんだままだったが、ホームズがこのように集中しているときには、静寂こそが彼のいちばんの味方であることを、どちらも承知していたからだった。

「これをどう思う？」不意にホームズが聞いた。

レストレードは肩をすくめた。「私には何とも理解できませんが」

ホームズは笑みを浮かべた。「この魅力的な詩を書いた人物が、シェリーやその仲間の詩人をおびやかす存在になることはないだろう。だが、ぼくが間違っていなければ、この詩には極めて深刻な何かがある。これをきみに知らせてきたのは？」

「被害者の妻のミセス・アガサ・ワイクです。しっかりとした性格の、自尊心の強そうな女性ですよ」

「彼女はこの詩のことを知っていたのかな?」

「本人が言うには、夫とのあいだに隠し事はなかったそうです」

ホームズは一瞬、視線を下げた。「誰にでも秘密はあるものだよ。ほかに、この風変わりな脅迫のことを知っていた者は?」

「夫人の話では、知っていたのは彼女だけだったそうです」

ホームズは素っ気なくうなずいた。「じゃあレストレード、ワイク家のほかの人たちについて話してもらえるかな」

レストレードは手帳を用いて記憶を補った。「今話に出た夫人のほかに、セバスチャンという息子がひとりいます。私に言わせれば、いささかわがままな若者といった感じですがね。使用人は少なく、執事のジェイコブズが率いています」

「それで全員かね?」

「あとは、一家の友人で、この週末に同家に滞在しているジェイムズ・ローマックス医師がいます」

「聞いたことがあるぞ」私は声を上げた。「病気の遺伝性について、少し前の《ランセット》誌にみごとな寄稿をした人だ」

「冷静な方で、お見受けするに、恐ろしく事務的な人のようですが」と警部。「死体を見つけたときに現場を取り仕切ったのが、この人です」

ホームズは座ったまま身を乗り出した。「では、事件の流れを正確に頼むよ」

「前日の夜から話し始めたほうがいいでしょうな。つまり、二日前になります。一家はローマックス医師を交えてそろって食事をし、夜を楽しみました。ところが、食後のブランデーを飲んでいるうちに、ワイクとセバスチャンが言い争い、それが激しい口論へと発展しました。最後はセバスチャンが、父親の相手はこれ以上はごめんだから部屋へ行くと言って、ローマックスに時間を尋ねました。セバスチャンは父親に地獄に落ちろと言い放ち、もしそうなったら、自分たちが吸う空気もきれいになるだろうと口にしたと言います」

「そんな乱暴な言葉を吐いて、本人も今では悔やんでいるに違いない」

「ワトスン先生、まさにそのとおりでして、その後の出来事を考えると疑いの目で見てしまうような言葉です。ところでホームズさん、あなたとの関係で私が学んだことがひとつあるとすれば、それは先入観を持たないということでしてね」

「それはたいしたものだ」ホームズはあざけるような口調でつぶやいた。

「さて、セバスチャンが部屋を出ていったあと、ローマックスはワイクに対して、すぐに仲直りさせようとしました。けんかをしたままひと晩過ごしてもお互いのためにならないと言ったのですが、ワイクも譲りません。『寝る前にあいつが仲直りを望むのなら、そうしたらいい』と言うのです。『だが私には、そうする理由がない。私があいつと話す前に、むこうを落ち着かせるのが先だ』と。そういうのがこの人のやり方のようです」

「口論の原因は？」とホームズ。

レストレードは肩をすぼめた。「父親と息子が口論する原因に何があるでしょう？　私の経験で言えば、愛情か金です。この場合は金でした。申し上げたように、セバスチャンは放蕩息子で、よくない連中と深く付き合ってるんです」

「賭博がらみかな？」

「まさしくそれです。金の問題が出てくる前は、父親は息子に対してかなり鷹揚だったんですが、今は手を貸すことを拒んでいまして、そのことを、セバスチャンが一種の裏切りととらえていました」レストレードはホームズのほうを振り向いた。「さてホームズさん、ここからが核心になります。翌朝、ワイクは朝食に現れませんでした。早起きして庭を散歩するのが日課なので、いつもは彼が一番に起きるんです。ほかの者たちが起きているのにワイクが起きていないというだけでも、不安になるには充分でした。ローマックス、セバスチャン、ミセス・ワイクが、忠実なジェイコブズを伴って彼の寝室へ向かったところ、ドアには鍵がかかっていました。セバスチャンがノックしても、返事がありません。ローマックスも試みましたが、結果は同じでした。ローマックスが床にひざをついて錠前を見たところ、部屋の中が見えませんでした。鍵穴に鍵が差さっていたからです。そこで男三人で力を合わせてドアに体当たりして、部屋に入りました。

中ではワイクが床の上に倒れていました。仰向けで、心臓には、書斎の壁に掛けてあった儀式用の短剣一対の片方が刺さっています。すぐに地元の警察が呼びにやられました。私もすぐに呼び出されて、午前中は取り調べを行いました。そして、脅すような内容の詩を見て、ホームズさんのことを思い出したので、まっすぐこちらに来たというわけです」

ホームズは、さっきまで両手の指先を突き合わせて目を閉じたまま座っていたが、今は椅子から立ち上がって暖炉の前に立っていた。「賢明だったよ、レストレード。それで、その寝室にあるものに何か手で触れたかね?」

「ひとつも触ってません。ドアの前には見張りの巡査を立たせてあります」

「それはすばらしい。さて、今日はほかの用事がひとつ二つあるから、そのお宅には明日の朝早くにうかがうということでどうだろう?」

「いいですとも」

「それはよかった。ワトスン、明日ぼくと一緒に行ってくれるね? 尊重すべきワトスン夫人と辛抱強いきみの患者たちは、きみが一日ぐらいいなくても大丈夫だと思うんだが」

この奇妙な話を耳にした以上、その結末を目にする機会を拒むことなど、私にはできそうになかった。「どんなことがあってもこれは見逃せないよ、ホームズ。ぼくの仕事で、ここまで夢中にさせられることは絶対にない」

「いいぞ、それでこそ忠実なるワトスンだ。ぼくは午前七時にはここへ戻ってくるから、一緒に朝食をとってから列車に乗ろう。ではレストレード君、明日の朝再会したら、大いに魅力的になりそうなこの事件の捜査に取りかかることにしよう」

これはどこかに記したが、ホームズには、思いのまま自分の心と距離を置くことができるという、並外れた能力がある。翌朝顔を合わせたときの彼は、エドマンド・ワイクの不可解な殺人を取り巻く出来事など、気にしたことがないかのような感じだった。私はというと、前日の晩、あまりにこの事件が気になるため、妻とろくに話もできなかった。妻は早くに休んだが、私はいつもより遅くまで起きていて、レストレードが話してくれた事件の流れを思い出しながら、何かしら手掛かりを見つけようとしていた。それは結局無駄に終わったのだが、朝食で顔を合わせたホームズは気力に満ちており、私にはどうしても手が届かない手掛かりを彼がすでにつかんでいるという、おなじみの感覚を味わったのだった。事件について彼がまったくふれないまま現地の駅に到着すると、レストレードが出迎えに来ていた。

「ホームズさん、今回の事件を考える機会はありましたかな?」

「もちろんだよ。犯罪を研究する者が特別な関心を寄せるような、特に興味を引く点があってね」

レストレードは得意満面で顔を輝かせた。「私もなまけていたわけじゃありませんよ。実は、ホームズさんのお手間を取らせるんじゃなかったと思ってるんです。未解決の部分が二、三あることを除いて、この件は解決したんですから」

「きみが解決したというんじゃあるまいね?」

「犯人は捕らえました。もっとも、まだ自白はしてませんが」

ホームズの顔に目をやると、不安の色が見えた。彼の態度をよく知る私の目には、平静さが揺さぶられ、やせ衰えた顔がいつにも増して青白くなったように感じられた。目の鋭さに変わりはないが、警部が見せた自信に当惑したのは明らかだった。

「逮捕したのかい?」

「そうですよ」レストレードはポケットに手をやると、小さな封筒を取り出した。中から手のひらにこぼれ出たのは、ルビーがちりばめられた時計用の飾りだ。「遺体をさらに調べたところ、手の中にこれがありました。床に倒れた際に、犯人の時計からもぎ取ったに違いありません」

ホームズはその飾りを細い指ではさむと、拡大鏡で調べ始めた。「傷はついていない」

「それが何か？」

「いや、何でもないかもしれない」ホームズは肩をすくめた。「これの持ち主は？」

レストレードは勝利のうれしさを隠しきれない感じだった。「これはセバスチャン・ワイクの持ち物と判明しました」

「賭博の借金がある息子の？」

「まさにその人ですよ、ワトスン先生。金が必要なせいで、思わぬ方向へと足を突っ込むことになったんですな」

ホームズは時計の飾りをレストレードに返した。「きみは、ゆうべの話にあった口論がこの殺人につながったと考えているわけだね」

「そうじゃないとでも？」

ホームズはまた肩をすくめた。「そうかもしれないが、見るべきものをこの目で見る機会が得られるまでは、自分の見解は控えておくよ」

レストレードはくすくすと笑った。「どうぞ、ご自分のやり方をされてけっこうですよ。こちらにドッグカート（一頭立て二輪馬車）を待たせてあります。問題の家までは田舎道をかなり行くことになりますので」

顔に当たるそよ風はぴりっとしていたが、天気はそこそこによく、空にはまだ夏の太陽の気配があった。周囲の田園地方や起伏する緑の丘陵は、目を楽しませてくれるようなものだった。これから暗い事件に取り組むのでなければ、この田舎の風景を愛情に満ちた目で愛でることができただろう。だが、馬車が進んでいく道は陰気で、退屈だった。レストレードは誇張などしていなかった。コーソーン・タワーズに至る狭い道は、終わりがないように感じられた。

警部は孤立した家と表現したが、あれほどのものだとは予想していなかった。耳にしていた背の高い壁は、訪問者の気持ちをくじくのに充分なもので、近づきがたいことこの上なく、さらに要塞への入り口となる巨大な鉄の門は、容赦なく道を阻んでいた。その威圧的な防御設備の先から、不似合いな美しさを持つ芝生越しに、ジェイムズ王朝風のマナーハウスが私たちをにらみつけている。その窓は、悪意を持ってこちらを見つめる意地悪い目であり、近づけるものなら近づいてみろと言わんばかりだった。いかなる社会活動も拒否するような家であり、外部からの影響を望んでいない、もしくは許可しないかのようだ。時の経過が痕跡を残しているのは、地衣類と色あせたレンガのみだった。

その家へと続く曲がりくねった道を進んでいくと、痩せて青ざめた顔の老人が中へ招いた。話に出た執事のジェイコブズだと、すぐにわかった。ホームズは彼と言葉を数語交わしたが、ベイカー街でレストレードから聞いた話に加えられるような重要なものは何もなかったので、私たちは悲劇の現場である寝室への階段を上がっていった。階段を途中まで上がったところで、レストレードに呼びかける声があり、私たちは足を止めた。階段の下のほうに目をやると、四十歳代の後半とおぼしき男性が、私たちのほうへ駆け上がってきた。ハンサムな人物で、髪は日没後のほの暗さといった感じの黒であり、その目には知性の鋭さが現れていた。

「こちらがお話に出たシャーロック・ホームズさんで?」男は警部に尋ねた。

返事をしたのはホームズだった。「そうですよ、ローマックス先生」

相手は目を見開いた。「どうして私の名前をご存じなんです?」

「こちらの警部から、この家にはジェイムズ・ローマックス医師という方がおられると聞いていましたし、あなたの懐中時計の鎖に〝JL〟というイニシャルがあるのが見受けられます。ほかに疑問点が残っていたとしても、左手の人差し指にヨードチンキがついていることから、医者と判断するのは難しくありませんよ」

相手は皮肉っぽい笑いを漏らした。「一瞬、何か不思議なことをされたのかと思いましたが、どうやら手品のトリックと変わらないようですな、ホームズさん」

「まったくそのとおりです。ではみなさん、寝室へ参りましょうか」

問題の部屋は家の二階にあり、オーク材の羽目板張りの暗い廊下に沿っていた。豪華なしつらえだが、いささか昔風だ。それぞれの柱に繊細なカーテンが結びつけられた大きな四柱式ベッドが、部屋の真ん中で威圧するように置かれている。その横にある深紅の染みは、私たちの陰鬱な捜査にはおなじみのもので、ワイクが倒れて亡くなった場所を示していた。死体は運び出されていたものの、私たちの足の下にある絨毯のその血痕は、死体がまだ私たちの目の前にあるかのような恐ろしい印象を与えている。

「凶器を見てもいいかね？」とホームズ。

「どうぞ、ここにあります」レストレードが短剣を手渡した。「ごらんのように、デザインはかなり凝っています」

美しい品ではあったが、今回使われた目的のせいで、その輝きは失われていた。柄の部分は象牙の彫刻で、鮮やかな緑色のエメラルドがたくさんついている。つばの部分は二つの鋭い鉤爪のかたちに彫られ、刃は先のほうに向かってやや曲がっている。短剣全体に、死人の血の痕がまだ付着していた。

「みごとなものだ」とホームズ。「一対の片方ということだね？」

「そのとおりです」

「書斎にあったのをみんなが知っていたということでいいかな？」

「ええ、壁に飾られていました」

「凶器として目立つものを選んだのは間違いない。これはもちろん儀式用の短剣であり、特殊な形式の処刑を行なう、ある古代の暗殺者集団に使われたものだ」

その見立てが正しいというように、ローマックスがうなずいた。「この短剣は古代エジプトの暗殺者集団であるエル・ハッリカーンのものです。行動規範を逸脱した者を処刑する際に用いていました」

「しかもその暗殺者集団は、政治的目標ではない罪のない者たちも故意に殺していた——ぼくの記憶が正しければですが」

「間違いありません。ホームズさんは博識ですな」

「乱読家で通俗文学について幅広い知識をもつと言われたことはありますがね。あなたも似たようなところがあるとお見受けしますが」

ローマックスはこれをほめ言葉として顔を赤らめた。「古代エジプトの歴史を語るエドマンドの話を、何度も耳にしましたのでね。彼が情熱を注いだもののひとつでした」

ホームズは短剣をレストレードに返すと、部屋のドアのほうへ向かった。ひざをついて、拡大鏡を手に、鍵穴と蝶番を調べ始めた。最後に拡大鏡を目に近づけたまま、絨毯から鍵を拾い上げて、詳しく調べた。

「ドアが押し破られたときに、この鍵が床に落ちたんだな」

「そうだと思います」とローマックス。

ホームズは立ち上がった。「ローマックス先生、確かあなたが鍵穴から中をのぞこうとしたものの、部屋の中は見えなかったのでしたね」

「この鍵が差し込まれていたんです。鍵がかかっているか、ドアは何度か試してみたんですが」

「なるほど。ほかに誰か鍵穴からのぞいてみた人はいましたか？」

「いえ、できるだけ早くドアを破ったほうがいいと判断しましたので」

「賢明な処置でした。部屋に突入した際、あなたはワイクさんが亡くなっているのをすぐに確かめましたか？」

「いずれにしろ、火を見るより明らかでしたよ」とローマックス。「セバスチャンが『まさか、死んでるぞ』と言ったので、私は近づいて、そのとおりだと確かめたのです」

「あなたはそのときまで、ドアのところにずっといたので？」

「ええ」

「どうもありがとう。よくわかりました」

「ひどい話ですよ。こんなふうに息子が父親を殺すなんて」悲しそうな顔でローマックスが言った。

「あの若者の犯行だと確信しているのですか？」

ローマックスは困惑したような表情でホームズを見つめた。「あなたはそうではないと？」

「ぼくは偏った判断はしません。事実が導くところへ行き、その事実が認める結論だけを出します。レストレード、次は未亡人と話をさせてもらえるかな」

六十歳くらいと見えるアガサ・ワイクは、明らかに悲しみに沈んでいながら、冷静かつ誇り高い女性だった。ホームズの求めにより、夫人からは彼と私だけで話を聞いた。レストレードはすでに彼女と話をしていたし、ほかに用事もあったので、特に反対はされなかった。私たちが客間に足を踏み入れると、ワイク夫人は威厳と控えめな気品を漂わせながら挨拶した。その態度から、私が彼女の気持ちに共感する思いはさらに高まった。悲しみに青ざめた顔をしていても、かつては魅力的だったと思われる繊細な表情を保っている。ただそれも、時の経過によって徐々に失われているようだった。彼女はホームズの手を取ると、悲劇によって厳しさを増した声で、彼に話しかけた。

「私以上に苦しんだ女性がいるものでしょうか、ホームズさん。夫が死に、息子にその責任があると知った女以上に」

「おうかがいしますが、息子さんが本当に罪を犯したとお考えで?」

青白い彼女の頰に、さっと赤味が差した。「私に希望を与えてくれるのですか? 今のご質問からすると、あなたは息子の無実を信じていらっしゃるようですが」

「そう信じるだけの理由がありますので」

「理由をお尋ねしても?」

ホームズは首を振った。「ぼくがお役に立つためには、まず奥さんは我慢して気持ちをしっかりと持ち、ぼくが適切と感じた行動を取ることを認めてください。ぼくが妥当と思ったときに考えを明らかにする許可も、含めてです」

「おっしゃるとおりにいたします。私が望むのは、夫には正義、息子には無罪の証明、それだけですから」

「そのどちらも、あなたにもたらすことができると思っていますよ。レストレード警部に、ご主人が受け取った奇妙な詩のことを話されましたね。その内容はあなたにとって何も意味しないということですが」

「まったく意味がわかりませんでした」

「手渡しで届けられたのでしょうか?」

「いいえ、郵便でした」

「ご主人は封筒を残されていましたか？」

「いえ、あいにくと、捨ててしまいました」

「それは残念ですね。封筒というのは、訓練された観察者に多くの秘密を教えてくれるものなんです」ホームズは一瞬、間を置いた。「あの詩については、ほかの誰も知らないのですね」

「ええ、誰も」

「息子さんも？」

「もちろんです。エドマンドはあの詩をセバスチャンに知られないように、苦労していました」

「ご主人がローマックス先生と知り合って、どれぐらいになりますか？」

夫人はちょっと考えた。「五年ほどでしょうか」

「知り合ったきっかけは？」

「共通の友人の紹介です。詳しいところは、私は知りません」

ホームズはうなずくと、座ったまましばらくじっと考えていた。「奥さん、質問はこれが最後で、あとはもうおじゃましません。ご主人はヴァイオレット・アッシャーという名前の女性のことを、あなたに話したことがありますか？」

夫人はこの質問に不意を突かれ、しばらく返事ができなかった。驚いて頬に手をやっていたが、ようやく答えた。「ホームズさん、主人の人生に別の女性がいたとおっしゃりたいんですか？　その名前はどこから手に入れたものなんです？」

ホームズは手を伸ばして落ち着かせた。「奥さん、心配は無用です。不義といったたぐいのことを言っているわけではありません」

「では、今おっしゃった女性は誰なんですか？」

「大きな悲しみを抱えた女性です。奥さんと同じように」

「そんな名前は聞いたことがありませんが」

「お聞きになったことがないせいで、あなたの命があるのかもしれないんですよ」ホームズは謎めいた言葉を残すと、部屋から出るよう私にうながし、悲しみにひたる夫人をあとにした。

「さあ、ワトスン」廊下に出ると、ホームズが抑えた声で言った。「静かな場所を見つけて、状況をよく考えてみようじゃないか」

それからの三十分間、私たちは悲劇のあった家を囲む美しい芝生を散策した。ホームズが黙ったままなので、私はその静寂を破ろうとはしなかった。彼の心は、私たちが足を踏み入れたこの一風変わった事件のあらゆる事実を検証している最中なのだと、わかっていたからだ。そこで私は、心が和む鳥のさえずりや、そよ風の穏やかな香りを、自分の心に染み込ませることに集中した。家の中の暗い謎とは対照的に、その庭があまりに安らかに感じられたので、ホームズに声を掛けられたとき、私はどきりとした。

「口をつぐんでいてくれるという才能は、ぼくにとってかけがえのないものだよ、ワトスン。それに、きみがそばにいてくれると助かるし、安心できる」

「きみの考えをじゃましたくなくてね」

「ありがたかったよ。おかげで、この件に関するぼくの考えはかなり固まった」

「解決したのかい？」

「ぼくにとって、殺人者が誰かということは、問題じゃなかった。ぼくの興味を引いたのは、あの詩だ。あれを解釈することが、今度の事件の鍵となり、ある深刻な誤審問題につながるんだ」

「どういうことなのか、ぼくにはよくわからないんだが」

「それは当然だし、恥じることはない。さあ、すぐにレストレードを見つけなくては。この件にけりをつけよう」

私たちは家の中へ戻った。ホームズはすぐに執事のジェイコブズをつかまえ、ローマックスを見つけて書斎に連れてくるよう頼んだ。それがすむとホームズは書斎へ向かったが、そこではレストレードが捜査の報告書をまとめていた。ホームズは机の角に腰をのせて、警部を見つめた。

「レストレード、その報告書は近いうちに書き直したくなるかもしれないよ。セバスチャン・ワイクは無実だと、きみには言っておかなくてはね」

「ホームズさん、どうしてまたそんなことを？」

「あの時計の飾りこそ、彼の無実をはっきりと示すものだからさ」

レストレードは鼻で笑った。「あれこそが彼の有罪をはっきりと示すものじゃないですか！」

ホームズは首を振った。「ところが、あの飾りが息子の潔白を証明するという証拠を、きみ自身が提供してくれたんだよ」

「どういうことです？」

「ベイカー街で聞いたきみの話によると、セバスチャンは寝る際に、ローマックスに時間を尋ねたということだった。ルビーの飾りがついた時計を持っていたのに、なぜ彼は時間を尋ねる必要があったのか？　さらには、父親を殺しに行くときに時計を身につけるというのは、ありうることなのか？　いったい彼はなぜそうしたのか？」

「でもあの飾りは、死人の手の中にあったんですよ」

ホームズはもどかしげに手を振って、その反対意見を払いのけるようなしぐさをした。「それは、手の中に仕込まれたからだ。飾りに傷がなかったことからも明らかだよ。きみが言うように、あれがもぎ取られたのなら、飾りとくっついている鎖の輪は間違いなく曲がっただろうからね。レストレード、あの飾りは鎖からはずされたあと、死人の手の中へわざと置かれたんだ」

「でも、いったい誰がそんなことを？」

「言うまでもなく、セバスチャンをこの件に関与させたいと思っている者さ。殺人の動機になりそうなものと、疑惑をそらす手段を、親子の言い争いに見て取った人物だよ」

「でも、その言い争いの場にいた、ほかに唯一の人間となると……」

その瞬間、ドアをノックする音がして、ホームズがさっと立ち上がった。彼は大げさな身振りでドアを開けて、相手を招き入れた。「さあどうぞ、ローマックス先生。ご協力、感謝します」

「私でお役に立てることでしたら、喜んでお手伝いしますが」

「では、警部の前のこちらの椅子にお座りください」ホームズが机のそばの椅子を示して、ローマックスを導いた。「ぼくたちを助けてくださる一番の方法は、あなたがエドマンド・ワイクを殺した理由を説明することです」

彼は抗議のため椅子から立ち上がろうとしたが、ホームズに肩をしっかりつかまれたため、無駄だった。「先生、騒がないでください。逃げ道はないんですから」

一瞬、ローマックスはほかの選択肢を検討したが、私たち三人が相手では逃げられないと悟ったようだった。罠にかかったネズミのように、彼はホームズをにらみつけた。「何の権利があって、私のせいにするんだ?」

「あなたのことは、初めから怪しいとにらんでいたんですよ。ぼくはこの事件の初めに、不可能に思える犯罪だろうとどこかしらに解決策はあると警部に言いました。このような謎に対する解決策は、決まってごく単純なものであると、ぼくは経験上わかっています。特に今回の問題に対する答えは、あなた自身が述べられたみずからの振る舞いにありました。あなたの話では、ドアを破ったとき、セバスチャンが、父親が死んでいると口にしたとのことでした」

「ああ、そう話したことは覚えている」

「それはけっこう。では、あなたはその言葉を耳にしたあとに死体へ近づいた、と言ったことも覚えておられるでしょうね」

「その発言のどちらにも、さして重要なところは見当たらないが」

「そうでしょうね。ただ、この発言の意味が、ぼくにはすぐに強い印象を与えたのです。ぼくはこう自問せざるをえませんでした。あなたは部屋の外にいたとき、みずからこの状況を取り仕切ることにした。それなのに、なぜドアのところにずっといたのかと。あなたが急に消極的になった理由は何だったのか？　あなたがセバスチャンと一緒に死体に近づくほうが、間違いなく自然です。医師という立場であれば、なおさらですよ」

相手のあざけるような表情が強まった。「それで、どのような結論を出されたんですかな、ホームズさん？」

ホームズは笑みを浮かべたが、そこに茶目っ気はいっさいなかった。「それはいずれ話します。ぼくが次に考えたのは、ドアの鍵のことでした。あなたの話によると、ドアが破られる前に鍵穴から中をのぞいたのは、あなただけでした」

「そのとおりだ」

「それは間違いないのですね？」

「ああ」

「そうなると、そこが問題になります。鍵穴からのぞいたのがあなただけということは、鍵が差さっていたというのはあなたの証言しかないことになります。実際には、鍵穴に鍵はありませんでした。なぜなら、鍵はあなたのポケットに入っていたからです。あなたはワイクに招かれて寝室へ入ると、そこで彼を殺し、ドアから鍵を取って、部屋を出てから鍵をかけました。そして翌朝騒ぎになると、あなたは自分がこの状況を取り仕切る立場になるようにしました。鍵穴を確認するのはほかの誰でもなく、あなたでなければならなかったのです。あなたはそのとき、鍵穴に鍵が差さったままだと言い、その言葉を疑う者などいませんでした。そしてドアが破られると、あなた以外の人は部屋へ入り、注意はワイクの死体に集まります。鍵穴に差さっているという鍵をあなたが床に落としても、誰も気づかなかったわけです。落とした場所は、ドアが破られた際に鍵穴から落ちたと思われるような、ドアの内側でした。鍵を落とすためには、ドアの近くにいなければならない。だからほかの人がみな部屋に入ったとき、あなただけがすぐに死体に近づかなかったのです」

レストレードは興味を募らせながら、このやり取りに耳を傾けていた。やがて身を乗り出すと、机の上で両手を組み合わせた。「そうなんですか、ローマックス先生？　言っておきますが、あなたの発言はあなたにとって不利に使われる場合があります」

「否定する理由はないですよ。私がなぜそのようなことをしたか、ホームズさんが説明してくれることでしょう」

ホームズはポケットに手を突っ込むと、今回の捜査のきっかけとなった不吉な二篇の詩を取り出した。「これがなければ、あなたの動機はわかりませんでした。あなたは復讐のときが迫っていることをワイクに知らせたかった。彼があなたの意図したとおりにメッセージを読み取ったのかどうかは、ぼくたちにもわからないところですが」

「私にはわかっていましたよ。この詩の裏にある真実が見えたという顔をしていましたからね」とローマックス。

「その真実とは？」レストレードが尋ねた。

ホームズが詩を指し示した。「この二篇の詩には、死のメッセージが隠されているんだ。最初の詩の二行目の最後と三行目の最初をつなげると、人の名前の一部になる。同じように、四行目の最後と五行目の最初をつなげても、名前の一部になる。このパターンはもう一方の詩でも同じで、やはり名前が出てくる。そして、それぞれの詩の最後の単語でメッセージは完成する。続けて読むと、メッセージはこうだ。『フィンリー・ミード・無実《イノセント》、ヴィンセント・アッシャー・有罪《ギルティ》』」

ローマックスがわめきたてた。「まさしく有罪なんだ、あの悪党は！」

ホームズは私のほうを向いた。「ワトスン、きみは覚えているだろうが、ぼくはミセス・ワイクに、ヴァイオレット・アッシャーという名前を聞いたことがあるかと尋ねたね。ヴァイオレットは、冷酷で乱暴なごろつきであるヴィンセント・アッシャーの妻だった。彼は、自分の妻がフィンリー・ミードという男と陰で会っていたと知り、怒り狂った。嫉妬によって燃え上がった激しい怒りから、この男は彼女を殴り殺した。そして、妻の愛人であるミードに罪をかぶせて、自分は法の網を逃れた。裁判後、アッシャーは姿を消し、その消息は二度と知られていない。おそらくは自分の罪が暴かれるのを恐れて、今や誰もが知るワイクという名前に変えると、別人として新たな人生を始めたんだ」

すべて理解したというように、レストレードがうなずいた。「その事件のことは覚えていますよ。ミードが不利となる証拠は決定的でした。あれがでっち上げられたものだという疑いはまったくなく、有罪は明白とされたんです」

ホームズは冷たい視線をローマックスに向けた。「あれはひどい誤審でした。セバスチャンと父親が言い争っていた場面は、あなたには詩的正義と思われたことでしょう。ワイクがミードに対してしたように、悪者を殺してその罪を息子に負わせること以上に、ふさわしい復讐があるでしょうか」

ローマックスは真剣な表情でうなずいた。「その誘惑には逆らえませんでした。私の母親の旧姓がミードで、フィンリーと母はきょうだいなんです。私は両親のことは知りませんが、このおじは私の人生に大きな影響を与えました。彼の死は私にとって大打撃で、このおじにかけられた容疑のことは信じられませんでした。実際に何があったのか、その真相を探し出すことを、私は長年夢見てきたのです。ところが、いくら調べても何も出てこず、失意のあまり私の心はすさんでいきました。

アッシャーのことは知らなかったのですが、その名前を忘れたことは一日としてありませんでした。私がエジプトでエドマンド・ワイクと出会ったとき、私から大切なおじを奪った人間が自分の親友になりつつあるなど、知るよしもなかったのです。この皮肉な成り行きには、今でも苦しく思っています。当然ながら、ワイクは私の正体を知らないので、私たちの友情が運命のいたずらだと思う理由など、お互いになかったわけです。

私はある日、まったくの偶然から、家族の古い知り合いに出会いました。その人とは長いこと会っていなかったので、最初は誰だかほとんどわからなかったのですが、話していくうちに、アッシャーとおじの双方の友人であることを思い出しました。その人の名前はハリー・クームズといいましたが、彼から聞かされた話に、私は心底震えました。彼はヴァイオレット・アッシャーに対する暴行を目撃したといい、フィンリーは無実だと言うのです。当然ながら私は、なぜそのとき警察に通報しなかったのかと尋ねましたが、彼はこの事件の直後に新世界へ向けて船で出発しため、裁判のときには国にいなかったのでした。さらに本人が言うには、ヴィンセント・アッシャーにどんなことをされるか怖かったので、彼に逆らうことはおろか、他人の命を救う勇気さえなかったというのです。

ご想像がつくかと思いますが、この話に私は心を打ち砕かれました。ところが、クームズの話にはまだ続きがあったのです。彼は私がワイクと一緒にいるところを何度も見かけていて、私がこの人物の正体に気づいていないと思いました。ほかの部分で私を大いに傷つけた相手と一緒にいることが、彼には理解できなかったからです。自分の親友が不倶戴天の敵だと知ったときの衝撃たるや、おわかりいただけることと思います。しかし彼からアッシャーの写真を見せられた私は、その事実を受け入れざるをえませんでした。私の魂は正義を求めて叫ぶ一方で、心は真実の無情さに怒り狂ったのです。

私はクームズに、一緒に警察へ行こうと強く言いましたが、断られました。ようやくのことで説得できたところ、またもや運命のいたずらで、彼はその夜に亡くなってしまいました。このような状況では何か犯罪があったのではと疑いたくなりますが、そうではありませんでした。彼の心臓は長い人生の末に疲れ果て、長年抱えてきた重荷がついに下ろされたのです。

もちろん私には、アッシャーが有罪であることとフィンリーが無罪であることの証拠はありませんでしたが、正義を求める気持ちも消えませんでした。何が私を突き動かしていたのかは、自分でもよくわかりません。長年の失意と怒りによって心が毒されたからか、それとも正義を信じる気持ちが自分の中でとうの昔に消え失せたからなのか。その理由が何であれ、私はフィンリー・ミードのかたきを討とうとしました。だが法律が彼を救うことはなく、それができるのは私による復讐だけだったのです。死が迫っていることを、私は彼に伝えたいと思いました。私は影に置かれた短剣ではなく、日に当たって明るく輝く、冷酷な正義になりたかったのです。あのメッセージが私からの死の知らせでした。ワイクだろうがアッシャーだろうが、あれを理解できたら、自分の終わりが近い理由がわかったことでしょう。もしわからなくても、私は気にしませんでした。私なら、あの死の前触れが表すものはわかったからです。ただ、彼も理解したと、私にはわかっています」

ホームズは強い関心を抱きながらこの発言を聞き終わると、やつれた顔に困惑の表情を浮かべて部屋の中を歩き回った。

「ぼくが犯罪者に共感したことは、以前にもありました」と、彼が口を開いた。「事件の終わりにあたって、自分の良心とやり合ったこともあります。ですが、今回はそれはできません。あなたの考えはこの個人的な仕返しによってあまりにぼやけてしまっており、罪のある者を殺して無実の者を有罪にするというご自身の計画が、あなたをアッシャー本人と変わらない存在にしてしまっている点が、自分でも見えなくなっているからです。ですから、あなたに哀れみをかけることはできません」

ローマックスはしっかりした眼差しで、顔を上げた。「あなたの哀れみは求めていませんよ、ホームズさん。それは望んでいませんし、必要としてもいません。私は自分の良心を慰めながら、死へと向かいます。警部、あなた方のもろい司法制度が私に与えると判断するいかなる処罰も、私には受ける覚悟ができています」

ワイク夫人に夫の死の真相を説明したときのようすを記して、この話を引き伸ばす必要はないし、セバスチャンの釈放と母親との和解を詳しく記す必要もないだろう。エドマンド・ワイクの暗い過去を伝えたときのことは、公にせずにおくべきものだと感じている。母親と息子は、この男の罪に対し充分に苦しんできたと思わずにいられなかったからだ。それでも、正義が働かなかったわけではなく、ジェイムズ・ローマックス医師はみずからの罪にしたがって、死刑となった。新聞に出ていたその発表をホームズに伝えたところ、彼は暖炉の火のほうに顔を向けて、首を振った。

「ワトスン、わが国の司法制度は公正で賞賛すべきものだよ」と、彼が口を開いた。「だが、絶対に間違いがないわけではない。もし間違いがなかったら、ぼくたちのような人間による裁きなど存在しないだろうからね。それどころか、司法制度はぼくたちよりも強大で確実な権力なんだ」

無政府主義者の爆弾

ビル・クライダー

The Case of the Anarchist's Bomb

by Bill Crider

ビル・クライダー
Bill Crider

米ミステリ作家。一九八一年にニック・カーター名義で処女長篇を発表、その後一九八八年にアンソニー新人賞を受賞したダン・ローズ・シリーズの『死ぬには遅すぎる』（早川書房）から年に三、四冊のペースで長篇を発表。五十作以上の長編と、同数の短編小説を発表してきた。アンソニー賞を二回、デリンジャー賞を一回受賞したほか、シェイマス賞とエドガー賞にもノミネートされた。邦訳はほかに『鮮血の刻印』（新潮文庫）など。テキサス州生まれ。ダン・ローズ・シリーズの最新作は *Between the Living and the Dead*。

私は自分が歳を重ねることに、さして喜びを感じていない。親友のシャーロック・ホームズから冒険に出かけようと誘われることも、今ではなくなった。ホームズが養蜂で毎日を過ごしているのに対して、私のほうは医師の仕事を退き、昼下がりの時を、なんらかの理由で発表されなかった数多くの事件に関する自分のメモに目を通しながら過ごしている。そこには、活字になることのなかった、若くて元気に満ちたころの自分がいるのだ。遠い過去の冒険を思い起こすことに多少の喜びを感じた私の耳に、「さあ、ワトスン、獲物が飛び出したぞ！」というホームズの声が聞こえたような瞬間があることは、否定しない。だが、実際にはその声を二度と耳にすることがないのだと、自分でもわかっている。

私がその昔に書き記した話を、世間の人たちがいまだに時間を割いて読んでくれていると知るのは、ささやかな喜びでもある。そうした作品をホームズは軽んじており、あざけるような態度を見せることもあった。しかし、そうした書きもののおかげで私が今でも読者から手紙を受け取っていると知れば、彼も大いに面白がることだろう。手紙の中には、ストーリーにおける矛盾点に関する質問もよくある。たとえば、私がジェザイル銃弾でこうむった傷の位置が足なのか肩なのかとか、私やホームズの人生におけるさまざまな出来事の順序がおかしいといったことについてだ。

そういった質問に対する答えは自明のものとずっと思ってきたので、わざわざ返事を書くことはめったになかったが、それは無作法だったかもしれない。今回にかぎり、明白な点をひとつ述べておきたいと思う。そうした質問をしてくる人たちにとっては、これで充分なはずだ。私が記した話は、細かな部分に関してはほとんどが正確であるが、全体として正確でなかったことは、充分にあり得ると言える。これは多くの理由により事実であるが、いちばん顕著な理由は、ある出来事が起きたかもしれない時間や場所について、私自身が確信していないという、単純なものなのだ。私のメモは、あわてて書いたり、単に事の概略のみを記したりという場合が多い。それをあとから順番通りにしようとしても、人間の記憶は誤りやすいため、いつも正しくできるわけではないのである。

例をひとつだけ挙げると、ホームズはライヘンバッハの滝における痛ましい出来事のあと、しばらく不在だったが、一八九四年の四月に英国に戻ってきたと一般に考えられている。それは私も承知しているが、この日付が間違っているということもありうるのだ。すでに述べたように、こういったことについて私がいつも正確であるというわけではないのだ。なぜと言われても説明に困るが、ある事件のメモを調べると、この年のことについて不確かだったのはやむを得ないということが理解できる。その事件を記録に残すことにより、他人にとってではなく私自身にとって、物事がはっきりすることだろう。

一八九四年の二月のある晩、私は、以前ホームズを通じてやり取りがあった程度の知り合いから手紙を受け取った。緊急を要する案件について話したいので、ディオゲネス・クラブまで来てほしいという、ホームズの兄マイクロフトからの要請だったのである。

当然のことながら、私は当惑した。マイクロフトがいったい私に何を望むというのだろう。彼はまぎれもなくロンドン一変わった男であり、ロンドン一知的な人間のひとりである。ホームズが手がけた事件のいくつかでは、マイクロフトが助言をしたこともあったが、そうすることは彼の人生における一番の関心事ではなかった。彼は情報を集めて分析することが仕事であり、あまりに多くの情報を抱えながら、それを頭の中の膨大なファイルにきちんと整理しているため、政府にとってほとんど欠かせない存在になっていた。彼がひと言発するだけで、国の政策が確立されたり変更されたりという事態になるほどだったのだ。ホームズが彼に手を貸したことも時おあり、私もある程度は関わってはいたが、それでも求められて指示を受ける助手にすぎなかった。すべての推理を行っていたのはホームズだったのである。

興味を抱いた私は、準備をすませると、馬車に乗ってディオゲネス・クラブへ向かった。ここはほかの多くのクラブとともにペルメル街にあり、よく知られたものとしては、トラベラーズ・クラブ、アシニーアム、それにリフォーム・クラブなどがある。一方でディオゲネス・クラブは有名ではなく、マイクロフト本人と同じくらいに変わっていて、普通はクラブに入らないような人にとっての安息の場所となっていた。このクラブに足を踏み入れる者は、全員が完全に沈黙せねばならず、誰のことも干渉してはならないという規則になっている。この規則を守れない者は即刻放り出されるのだった。

薄ら寒い二月の夜で、灰色の霧は通りを滑るように流れ、石造りの建物をじっとりと包んでいた。窓の明かりがぼんやりと揺れている。私は御者に料金を払うと、クラブへ入っていった。ガラスがはめ込まれた長い廊下から、クラブ全体を見通せた。会員はそれぞれ距離を置いて座っていて、静かに何かを読んでいたり、空間を見つめたりしている。

その廊下からすぐのところに、会話が許可されている訪問者用の小部屋があるので、私はそちらへ足を向けた。そこではすでにマイクロフトが待っていたが、私が受けた最初の印象は、前回に会ったときよりも彼の身体がさらに大きくなっているというものだった。その外見から判断するに、彼は相当の大食家で、かつてはホームズからも、この兄が身体を動かすのは自分の部屋とディオゲネス・クラブのあいだの短い散歩だけだと聞かされていた。私は医師として、自分の身体をもっと大事にする方法について何らかのアドバイスをすべきなのではとも思ったが、相手が忠告を求めたりお節介な忠告を受け入れたりするような人ではなかったので、このことは話題にしなかった。

「ああ、ドクター・ワトスン」部屋に入った私に、彼が声を掛けてきた。「どうぞ座ってください。立ち上がらなくて、すみませんな」

「かまいませんよ」私はコートと帽子を脱いで、洋服掛けに掛けた。立ち上がるのも、彼にはひと苦労だろう。その小部屋の大部分を占めるほどの巨体なのだから。彼が座っている椅子は、その身体に合うように作られた特注品に違いない。私は部屋にあった普通の椅子に腰掛けた。

その私を、マイクロフトは特徴的な薄い灰色の目で見つめていたが、私が落ち着いたところで話しだした。「今日の午後にグリニッジ公園で起きた、フランス人の悲しい出来事については、聞いておられると思いますが」

確かに聞いてはいたが、それは患者のひとりに言われたからだった。私はホームズと違って、センセーショナルな新聞記事を熱心に読むほうではない。ただ今回の出来事は、相当にセンセーショナルなものだった。若いフランス人男性で、名の知れた無政府主義者のマルシャル・ブルダンがグリニッジ公園で転び、彼が隠し持っていた爆弾が爆発したのだ。それによって彼は左手を吹き飛ばされ、腹部の大部分に重傷を負ったのだった。

「その男はまさに自業自得ですよ」事件を知っていると認めたうえで、私は口にした。「転んだのは運が悪かったが」

「ブルダンにとってはそうですが、われわれにとっては違います。彼が目的地にたどり着けなかったのは、実に幸いだった。さもなければ、どれほどの被害が出ていたことか」

彼は言葉を切ると、私が話すのを予期しているかのように見つめてきた。それはまるで、ホームズ自身がその場にいるような感じだった。というのも、私にも自分と同じくらいの推理力があるとみなして質問することが、ホームズにはよくあったからだ。彼は「ぼくの方法を知っているだろう」と言って、私から何かしらの反応を引き出すのを待った。マイクロフトも今、同じことをしている。

「どのような被害が出ていたかもしれないと？」しばらくしてから私は聞いた。

「実はそれが問題でしてな」と、マイクロフトが答える。「いや、いくつかある問題のひとつと言うべきか。シャーロックから、あなたは物事の核心に至る術を心得ていると聞いていたが、まさしくそのとおりのようですな」

これは光栄だったが、そう思うべきではなかった。なぜなら、何の話なのか、私にはまったくわかっていなかったからだ。

「いいですか」とマイクロフト。「ブルダンの狙いが何だったのか、われわれはつかんでいません。彼はなぜ爆弾を持っていたのか？　どこへ向かっていたのか？」

「向かった先は天文台で間違いないでしょう。名の知れた無政府主義者であり、同じような仲間がいて、そういった連中のリーダーだったのかもしれない。天文台の破壊が狙いだったんですよ」

「それはありそうにない」とマイクロフト。「考えてみてください、ワトスン先生」

私はもう一度、ホームズの方法を応用してみた。そしてようやく、マイクロフトが目指す方向が見えた気がした。

「天文台を破壊するほど大きな爆弾だったら、手と腹の一部が吹き飛ぶぐらいではすまない。彼の身体は広範囲に飛び散ったことでしょう」

マイクロフトはかすかに笑みを見せた。「そのとおりです。したがって、彼の狙いは天文台の爆破ではなかった。しかもこの件には、もっと重要な点がある。ブルダンは大金を持ち歩いていたんです。その金はどこで手に入れたものなのか？　ブルダンは仕立屋だが、裕福ではない。最近はあまり仕事をしていなかった。爆弾がらみの何らかの理由で、この金を渡されたに違いないのです。誰から渡されたのか？　その理由は？　ブルダンはこういったことを話せる程度には息があったのに、そうすることを拒んで、けがもとで間もなく死にました。私たちには答えが必要なのです」

これはめったにない難問だったが、なぜマイクロフトがこの件を私と話しているのか、依然としてわからなかった。ホームズとの関係から、私の理解力もある程度は鋭くなったのかもしれないが、推理力においては、肩を並べるまでには決して達していない。それを言うならマイクロフトのほうが優れているが、彼は自分の能力をさまざまな目的に用いており、さらには、自分の部屋やディオゲネス・クラブの外で身体を動かす気はないのだった。その点を考えると、彼が私に求めているものが見えてきた。そして彼の次の言葉で、私のこの考えが正しかったことが証明されたのである。

「今から一時間のうちに、警察がオートノミー・クラブに踏み込む。ブルダンが会員だったクラブです。あなたも聞いたことがあるでしょう」

「無政府主義者が集まる、悪名高いところですね」

マイクロフトがかすかにうなずいた。「そう言われています。とにかく、私には警察外の人間が必要でしてね。つかんだことを報告してくれる人物として、あなたほど信頼のおける人はいない。連中が見落としそうな興味深い点も、先生なら気づくかもしれない。何しろ、彼らは警察にすぎず、シャーロックにはかなわないのだから」

「私だって彼にはかないませんよ」

「あなた自身、思ってもみないことになるかもしれませんよ」マイクロフトはそう言うと、立ち上がろうとした。

私は多少困惑したまま立ち上がり、マイクロフトに手を貸そうとしたが、彼は自分だけの力で何とか立った。

「表に馬車があります。今夜、あなたの自由にできて、必要なだけずっと使える御者を手配しておきました。今回の件であなたの助手になってくれるでしょう」

ああ、この場にホームズがいてくれたらよかったのに。私が始めようとしているこのゲームのことを、彼なら高く評価しただろう。だが実を言えば、自分に助手がいる——ましてや会ったこともない御者がいるよりは、ホームズの助手でいるほうが、私には数段居心地がよかった。それでも、マイクロフトが推薦するぐらいなら、ちゃんとした人物に違いない。私はコートと帽子を身につけると、できるだけのことをするとマイクロフトに告げた。

「あなたなら立派にできますよ。ただし、急がなくてはいけない。踏み込むのは九時の予定です。始まったときにクラブにいなければ」マイクロフトはそう言うと、折りたたんだ紙を私に手渡した。「警察から書類の提示を求められたら、この書状を見せるといい。なくさないように」

その書状をコートの内ポケットに入れると、私はマイクロフトに別れを告げた。

ディオゲネス・クラブを出ると、霧は濃くなり、寒さはさらに増していた。私はコートの前をかき合わせて、マイクロフトが言っていた馬車を探した。扉から少し離れた縁石に二輪辻馬車《ハンサム》が見えたので、そちらへ向かった。馬車にたどり着くと、横の暗がりから男が現れて、かすれた声を掛けてきた。「どうも、だんな。ジョン・ワトスン先生とお呼びしても?」

「ああ」と私は答えた。「きみの名前は？」

「アルバートと呼んでください。今回はお手伝いできて光栄です。先生とシャーロック・ホームズさんのことは、いたるところで耳にしますし、先生のお話も読んでいます」

アルバートは黒っぽいスローチハット（縁の垂れたソフト帽）を深くかぶっていたため、その縁で目元が覆われ、表情をうかがうことはできなかった。厚ぼったいコートを着て前かがみになっており、背丈の判断もつかなかったが、見た目より高い印象を受けた。どことなく見覚えがある気がしたものの、ロンドンでは馬車に数多く乗っているので、この御者の馬車に乗り合わせたことがあったのかもしれない。

「ホームズの事件を記録した私の話を読んでくれて、うれしいよ」

「ただ、ひとつだけおうかがいしたいんですがね」とアルバートが言った。「無作法をお許しください。先生のお話は、ちょっと大げさに書かれているんじゃないですか？」

「そんなことは断じてないよ。さあ、オートノミー・クラブへ行かなくては。道はわかるのかい？」

「もちろんです」と彼は答えたが、それ以上何も言わなかった。私が馬車の座席に乗り込むと、彼は私の上部後方にある外の席へと上がった。

「出しますよ」と、彼が座りながら聞いてきた。その声は、お互いのやり取りの助けとなるように設置された、小さな跳ね上げ戸から聞こえてくる。

「ああ」

御者が馬に向かって舌鼓《ぜっこ》（舌を鳴らすこと）をすると、馬車はゆっくり走り出した。パカパカという馬の蹄の音が、霧にとけ込んでいく。座席の目の前にある革のカーテンは寒さに対して下げられており、すべてが霧に包まれているために横窓から見るものも何もなかったので、私はこの時間を利用して、マイクロフトが言ったことを考えてみた。ブルダンに金を渡した者がわかれば、マイクロフトが言っていた別の問題に対する答えも、見つけやすいだろう。ただあいにく、私にはそれをどうやればいいのかが皆目わからず、オートノミー・クラブへ向かう道中でも、何も考えが浮かばなかったのだった。

「ここで停まったほうがよさそうですね」クラブから一ブロックほど手前で、アルバートが声を掛けてきた。

馬車の窓からのぞくと、霧によって視界が阻まれているものの、私たちの前方に馬車が数多く停まっていて、クラブのドアの前に警官が立っているのが見えた。遅れてやって来た会員を逮捕しているらしく、少なくとも現在のところ、会員は驚きつつも協力的なようだった。

現場にはそれ以外の人たちもいて、多くがプラカードを掲げていた。こういった人たちのことは新聞で読んだことがある。彼らが持っているプラカードの文言はだいたい同じようなもので、詰まるところ『無政府主義者は出て行け』というものだった。外国人はみな無政府主義者であり、関わり合いを持ちたくないと考えているのだ。私自身は無政府主義者を支持しないが、無政府状態にまったく関心を持たない移民も、かなりの数を知っていた。

「そうだな」私はアルバートに言った。「ここで停まろう。警察のじゃまはしたくないからね。指揮官に挨拶して、どういう状況か聞いてみることにしよう」

アルバートが降りてきて、馬車から出る私に手を貸してくれた。私が歩道に降り立つと、彼が声を掛けた。「おれたちは名乗らないほうがよくはないですか？　警察は部外者を好まないから」

私はスコットランド・ヤードの警部を何人か思い浮かべた。彼らは私のこともホームズのことも好きではないが、ここにいる警官たちとは感じが違うとも思える。それでも、アルバートの忠告は妥当だった。目立たないでいたほうが、多くのことをつかめるかもしれない。

彼が『おれたち』と言ったことに、私は気づいた。

「きみも来る気なのか？」

「それがマイクロフト・ホームズさんの指示なんです。先生にご一緒して、お手伝いするようにと」

「わかったよ。じゃあ一緒に行って、探ってみるとしよう」

クラブへ向かって二人で歩きながら、私はコートの内側に手をやって、マイクロフトの書状があるか確かめた。間違いなくある。それを見せる必要が生じた場合に備えて、確認したかったのだ。クラブではすでにちょっとした混乱が生じているようだったので、アルバートの提案が最善の手段となりそうだった。

クラブの入り口にたどり着いたちょうどそのとき、遅れてきた会員のひとりが逮捕されて激怒していた。男はフランス語でわめきながら、腕を振り回して警官を殴りはじめた。警官たちは彼を壁へ押さえつけようとして取り囲んだ。周囲の連中のひとりがプラカードを使ってこのフランス人を叩こうとして、仲間たちが叫びだした。彼らのほうが、逮捕された無政府主義者とされる人たちよりよっぽど危険に見えたし、明らかにこのフランス人に対して危害を加えようとしている。警察は混乱の収拾にかかりきりだったが、状況の把握はできつつあるようだった。

「うまいこと、気がそれています」とアルバート。「先生、ついてきてください」

アルバートは助手の立場から先導者へ昇格したように振る舞っていたが、私は文句を言わないことにした。そのままついていくと、彼は忙しくしている警官のあいだを通り抜けて、クラブに入っていった。そこはディオゲネス・クラブほど豪華でもなければ、静かでもなかった。男たちが少人数で固まって、いくつもの言語で大声でしゃべっている。ドアマンの姿がなかったが、無政府主義者はそのような存在を認めないのかもしれない。

「外にいた連中に見覚えのある者はいましたか？」アルバートが聞いてきた。

「このクラブの会員でかい？」

「いえ、それ以外の連中です。プラカードを持っていた人たちのほうです。あの中のひとりに見覚えがある気がしたんですが」

ホームズのように人の顔をすぐ覚えられる能力が、自分にもあればいいのにというのは、前からよく思っていたことだ。それでも少し時間をかけて、表にいた連中のことを思い起こそうとした。あまり明るくなかったものの、何人かの顔はちらりと見えた。フランス人をプラカードで叩こうとした男は、確かに見覚えがある。さらにもう少しすると、その理由を思い出した。

「あの中のひとりはヘンリー・スターンズだった」私は声を上げた。「移民排斥主義の団体の指導者で、無政府主義の傾向がある連中を皮切りに、全外国人の追放を目標としている男だ。新聞に出ていた写真を見たことがある。議会での議席の獲得を目指しているらしい」

「その男で間違いないと思いますよ」アルバートはそう言うと、集まって話している英国人に近づいていったので、私も続いた。

「警官が間もなくやって来ますが」アルバートが声を掛けると、彼らの会話と身振りが止まった。

「ほかに出口はありますか？」

「もちろんあるさ」赤ら顔でもじゃもじゃの髪をした大柄の男が言った。「でも、それは使わない。おれたちは臆病者じゃないからな。おれたちには、ここに集まって、好きなことを話す権利がある。ところで、そちらさんは？」

「マルシャル・ブルダンの友人です」

「そうかい。おれたちにこの手入れをもたらした悪党か。せいぜい尻尾を巻いて、出口を見つけるんだな。あんたがやつの友だちだと知ったら、警察とは話だけじゃすまなくなるぞ」

アルバートの考えはまったくわからなかったが、彼は自分の行動に大いに満足しているようだった。

「警察など怖くないですよ」と彼が言う。「友だちのことが心配なだけですから」

「あいつはおれとは友だちじゃなかった」相手の男がそう言うと、そばにいる連中もうなずいた。自分たちとも友だちではなかったというように。「ここにはブルダンの友だちはほとんどいなかったからな」

「彼には、何があったのか事実を知ろうとする、彼の身を心配してくれる人がいたはずなんですが」

「デレベックのことかも」眼鏡をかけた小柄の太った男が言った。「ブルダンの大家だった人だ」

私たちとは反対側の壁際にひとりで立っている、髪が白くなりかけて軍隊風の中年男を彼が示した。

「どうも」とアルバート。「先生、行きましょう」

またもや彼が先に行き、私があとに続いた。彼には何やら隠れた強さがある。

デレベックは、こちらが近づくのを見ていた。私たちとは話したくなさそうだったが、逃げもしなかった。彼のところにたどり着くと、アルバートが私のわき腹をそっと突いてきた。この場で何をすべきか私がわかっていることを、彼は明らかに望んでいる。そこで私は自己紹介した。

「シャーロック・ホームズさんの面白い話を書いておられる、あのドクター・ジョン・ワトスンですか？」デレベックは声を上げた。続いて、アルバートのほうを向いた。「すると、こちらがその偉大なご本人で？」

アルバートと私はくすくすと笑った。「違いますよ。こちらは御者のアルバートです。彼の馬車を使う可能性はあるかもしれませんが」

「馬車を使うですって？」とデレベック。「何のためにです？　それにそもそも、ワトスン先生はなぜここにいるんですか？」

「あなたの下宿人であるマルシャル・ブルダンの死について調べているんです」

「それはどういう立場で?」

「女王陛下の政府の代理です」私はマイクロフトの書状に手を伸ばしながらそう言おうとしたが、デレベックが無政府主義者、もしくは最低でも無政府主義者の仲間であることを思い出した。書状は彼をうならせるよりも、怒らせることになるだろう。

「この事件に興味を持っただけなんです」ホームズなら何と言うだろうかと考えようとして、少ししてからこう告げた。「興味を引く要素があるんですよ」

「そうなるのも無理はないですがね。私の友だちの死について、警察が何かを見つけるとは思ってません。ただ、先生の書かれている話が誇張でないのなら、あなたのことも信じられると思います」

誇張うんぬんという意見には腹を立てないようにしたが、低く笑うアルバートの声が聞こえた気がした。

「きみの信頼は間違っていないよ」私はデレベックに言った。

「そうと決まれば、ここから出ましょう」とアルバート。「警察が入ってきています」

彼の耳は私よりも鋭く、振り返ると、確かにそのとおりだった。警官が表玄関から入ってきていた。

「裏口があるはずだ」と私は言った。「それを使おう」

部屋の中で集まっている人たちのあいだを縫うように進んでいくと、暗い通路に出た。そこから階段、ドアへとつながっている。通路を通るのをじゃまする者もおらず、ドアを抜けると、霧に包まれた臭いのきつい路地に出た。

「ここで待っててください」とアルバート。「馬車を取ってきますので」

路地に残されるのは気が進まなかったが、それはデレベックも同じようだった。だがほかに選択肢はなく、立ち去ったアルバートの姿はすぐに霧の中にかき消えた。

私はその場に立ったまま、ホームズが尋ねそうな質問を考えようとしたが、隣に彼が立っていたらと考えたその瞬間、会えない寂しさをかつてないほど強く感じた。それでも、彼ならこの状況にどう対処するのかと頭を働かせていると、ある考えが浮かんだ。

「今日下宿人が外出するとき、あなたは家にいました？」私はデレベックに尋ねた。

「ええ、でも、私がこの悲しい出来事といっさい関係がないことは忘れないでください。爆弾のことは、まったく知らなかったんです。マルシャルと私は政府を信用してませんし、ないほうがいいと思っていますが、どちらも決して暴力的じゃありません。抗議をして、世間には訴えかけましたが、暴力に訴えたことは一度もないんです」

真実を話している口ぶりだったが、こういったことに絶対はない。

「警察はブルダンの部屋の捜索を？」

「いえ、でも行なうものと、私はずっと思っていました。警察は今では、彼がどこに住んでいたかをつかんでいるはずです」

レストレード警部のやり方は経験上知っていたので、警察がつかんでいるかどうか確信はなかったが、ブルダンの部屋を自分たちが最初に見られることは喜ばしかった。ただ、私による捜索は、ホームズが行なうものには到底及ばないだろうが。

「金のほうは？　ブルダンはかなりの金持ちだったんですか？」

「いえ、まったく。爆弾が爆発したときに大金を持っていたとのことですが、その出所については何も知りません」

「彼が部屋を出たときは、持っていなかったと？」

「持っていたのかもしれません。私がけさ、クラブで朝食を終えて戻ってくると、彼が部屋から出てきて、何も言わずに私の横を素通りしていきました。それだけでも珍しいことでした。彼は包みを二つ持っていたのですが、そのことを聞く間もなくドアから出て行ってしまったんです」

何もかもが興味深い情報だったが、それをどう判断したらいいのか、私にはわからなかった。しかし質問を重ねる時間はなかった。アルバートが馬車に乗って戻ってきて、私たちの前で停まったからだ。彼がデレベックの住まいを尋ねると、住所はフィッツロイ街だという。私たちが乗り込むや、アルバートが路地から馬車を出して、静かなペースで通りを進んでいった。オートノミー・クラブからは離れていくが、警察の目はうまくかわせていた。警察は今やクラブを占拠していて、プラカードを持った人たちは全員追い払われ、霧が立ち込める歩道は静かだった。

私がアルバートとのあいだにある小さな戸を叩くと、彼はすぐに開けた。パイプの煙の臭いがして、吸う音も聞こえた。自分でもわからない衝動から、私はデレベックが言ったことを彼に伝えた。強い勢力がからんでいそうなので、ここから先は注意して進める必要があるとしか、彼は言わなかった。その意味を聞こうとしたが、彼は戸を閉めて、会話を打ち切ってしまった。私はデレベックに向き直った。

「あなたとブルダンは、政府の転覆のことをよく話題にしましたか？　仮の話としてですが」

「もちろんですよ。私たちは政府に反対なんですから。ただ、暴力にも反対でして、その点は、マルシャルは私以上でしたね。彼が爆弾を使おうとするなんて、想像できません」

「そのような計画があっても、彼があなたに相談しなかったというのは、ありうることですか？」

「ええ、彼は秘密主義でしたから、私には隠していたかもしれません。私の非暴力主義を知っているので、なおさらです。でも、天文台を爆破するような計画なら、私に話したと思いますね」

デレベックはもっと話そうとしていたのかもしれないが、馬車はフィッツロイ街の住所に着いていた。アルバートが馬車を停め、デレベックと私は降りた。デレベックは私たちを家の中へ入れて、ブルダンが住んでいた部屋まで案内してくれた。

彼の部屋はかなり片づいていたので、捜索に時間はかからなそうだった。何か変わった香りがしていたが、ごくかすかだったため、それが何かはわからなかった。アルバートも気づいたらしいが、何も言わなかった。デレベックは気づいていないようだった。

私は机とその中身から捜索を始めて、クローゼットや引き出しをのぞき込み、ベッドの下までのぞいてみた。

「みごとな進め方ですね」捜索を終えた私に、アルバートが声を掛けた。「ホームズさんがすべての捜査であなたを頼りにしているわけがわかりますよ」

「そうかね。でも、それは具体的にはどういう意味なんだ？」

アルバートは机のそばへ行くと、本を指さした。「まずは、この本です。先生がこれを動かしたので、その下から鉄道の時刻表が出てきました」

私はその本をたいして動かしておらず、わきへ押しのけただけだったし、しかもその下にある紙には気づいていなかった。だが、私がそのことを言うより先に、アルバートはその紙を拾い上げると、衣裳だんすに近づいていった。

「それから、ここです。並んでいる服から、何着かなくなっていることに、先生は気づきました。服は先生がベッドの下から見つけた旅行かばんに入っていることでしょう」

私は旅行かばんなど見つけていなかった。薄暗い部屋の明かりが、ベッドの下までほとんど届いていなかったからだが、アルバートは身をかがめて見つけていた。彼の視力は信じられないくらい鋭いに違いない。彼は時刻表をポケットに収めたあと、ベッドの下から旅行かばんを引っ張り出してベッドの上に載せ、開けてみた。

「ほぼいっぱいですね」アルバートはそう言うと、かばんを閉じた。

「ブルダンは旅行の計画について、何か話を?」一連のようすを見ていたデレベックに、私は尋ねた。

「いえ。ただ、フランスの家のことは恋しがってました。彼はアメリカも旅したけど、英国以上に気に入らなかったようで」

「ほかにもあります」アルバートが言った。「いや、正確に言うと、ありません。なくなっているものがあるんです」

「なくなっているって?」とデレベック。

「ええ。ワトスン先生の巧みな捜索によってはっきりとわかったことですが、この部屋には爆弾作りに用いられたと思われるものがないんです。設計図もなければ、化学薬品も何もない」

私は、部屋に入ったときに気づいた香りのことをまた思い浮かべたが、もうその香りがしていないので、あえて言わなかった。

「爆弾はよそで作ったのかもしれない」

「それはどうでしょうか、先生」アルバートはそう言うと、ポケットから時刻表を取り出して、机の上に広げた。「これを見てください」

彼が時刻の列を指で指した。ドーヴァー行きの出発時刻が丸で囲まれている。

「ブルダンはフランスへ行くつもりだったのか」

「おみごと《エクセレント》、ドクター・ワトスン」アルバートにそう言われたので、私は彼に鋭い視線を浴びせた。彼はスローチハットをかぶったままなので、顔が隠れて表情を読みとれなかった。

「彼は死んだとき、金を持っていた」私は続けた。「爆弾と一緒に」

「ただ、どちらのものも、誰かがここに持ってくるまでは、この部屋になかったと考えられます」とアルバート。「彼はここに金を置いておきたくなかったんでしょう。たとえ彼があなたのことを信頼していてもね、デレベックさん」

「その金は誰が持ってきたと?」

「それこそがまさに問題だ」と私も言った。「この情報は当局に伝えたほうがいいだろうな、アルバート」

「そうですね」という彼の言葉とともに、私たちは出発の準備をした。

戸口を通り抜けたとき、私のコートの袖がドアの枠を軽くかすめた。

「おやおや!」と、アルバートが大声を上げた。「ワトスン先生、またやりましたね!」

「またとは?」

アルバートは、私のひじの高さにあるドアの枠についている、染みか汚れのようなものを指し示した。それ以外の木部は、かなりきれいだ。

「これを見てください」その染みを見ながら、アルバートが言う。「先生が今、示してくれましたが、これは重要そうですよ。封筒はお持ちですか?」

「いや、持ってないが」

「どうぞ気にせずに」アルバートはコートのポケットから封筒を取り出した。「たまたま持ってましてね」

彼はドアの枠の木部からその汚れをていねいにこすり取ると、封筒に入れた。封をしてから、それを私に手渡した。

「これはなくさずにお持ちを」と言われたので、私はわかったと答えた。

「お願いします」アルバートが満足そうに言う。「では先生、ほかには何かありますか?」

「いや、特にないと思うが」

自分たちが何をつかんでいるのか、私にはまだよくわかっていなかった。そこで、デレベックに協力の礼を述べて別れると、私はホームズがするように、馬車の中で考えをまとめようとした。が、それを始めるか始めないうちに、アルバートが会話用の戸を叩いてきたので、私は戸を開けた。

「先生、結論に達しましたか?」

「いや、まだだ。証拠はかなりあるようだが、はたしてどういった意味があるのか」

「お友だちのホームズさんなら、何と言うでしょうね?」

私はもう一度、問題の解決に集中した。そもそもの始まりからスタートして先へと進みたかったが、いったいどこから手をつければいいのだろう?

「時刻表によれば、ブルダンはフランスへ帰ろうとしていたようだった」私はようやく口を開いた。「そのためには、金が必要だった」

「すると彼は金をどうやって手に入れるでしょう?」とアルバート。「何か危険な仕事でもするでしょうか?」

「爆弾だ。そうだよ、デレベックによれば、彼は暴力的な人間でなかったという。だが、充分な報酬があるのなら、誰かの代わりに爆弾を仕掛けることもしたかもしれない」

「そうなると、名の知れた無政府主義者に金を払ってまで、天文台に爆弾を仕掛ける動機をもつ者とは、誰になるんでしょうか?」

馬車が進んでいく。冷たく湿った空気が馬車の中まで入ってきて、おかげで考えがはっきりしたようだった。

「何かを手にできる者、もしくは大義を推し進められる者だ。あるいはその両方ともか」

「たとえばヘンリー・スターンズのような？」

「そのとおりだ。今回の件は、英国にいる多くの人に、無政府主義者全員に対して反感を抱かせるものだ。それも、よその国の無政府主義者に対しては特にね。スターンズと移民排斥主義者は、政治の世界で間違いなく発言力を強めることになる。議席を確保したようなものだ」

「筋が通りますね。それに、スターンズが実際に被害をもたらすのではなく騒ぎを起こしたいのなら、天文台は格好の標的になります。有名な施設ですが、国の経済にとって不可欠なものではないので」

「ブルダンは死ぬことになるがね。それは本人も予期していなかったはずだ」

「そうですね。不慮のことだったに違いありません。彼は転んだせいで、予定よりも早く爆弾を作動させてしまったんでしょう。それで、みずからの死を招いたんです」

「それが事の真相のようだな」と私。「証拠はないがね」

「あると思いますよ。ブルダンの部屋で、何かの臭いに気づきませんでしたか？」

「気づいたが、何なのかわからなかった。かすかだったし、すぐにすっかり消えてしまったから」

「まるで、誰かの服についたものが持ち込まれたかのようでした」とアルバート。「あのドアの枠を汚したもののように」

急にわかった。「絵の具だ。あの臭いは油絵の具だったんだ」

「プラカードを塗るのに使うようなものですよね。封筒に入れたサンプルをスターンズのグループのプラカードと比べたら、同じだと思いますよ」

一瞬私は喜んだが、あることが心に浮かんだ。「あの絵の具はたくさんの人が使ったかもしれない。スターンズだという証拠は何もないぞ」

「マイクロフト・ホームズさんなら、彼の服を調べて、すぐに突き止めますよ。それに、フィッツロイ街で人を質問攻めにするはずです。スターンズを見かけた人はいるでしょうからね」

彼の言うとおりだった。これで、マイクロフトから与えられた問題は解けたと確信した。

「ディオゲネス・クラブに着きました」アルバートが声を掛けてきた。

馬車が停まると、私は手を借りずに降りた。歩道に立って、アルバートが降りてくるのを待ったが、彼が馬に向かって舌鼓をしたので、馬車が動きだしていた。

「待ってくれ!」私は呼び掛けた。「きみも一緒に来て、マイクロフトに話をしてくれないと」

「先生、おれの手伝いはもう必要ありませんよ。先生がおひとりでみごとにやってのけたんですから」

「全部を私ひとりでやったわけじゃない」と言ったが、彼の耳には届いていないらしく、馬車は走り去って、霧の中に飲み込まれた。私は彼のことをしばらく見送ると、自分が突き止めたものをマイクロフトに差し出すべく、クラブへ入っていった。


おそらく読者のみなさんは、ホームズが英国に戻ってきたのは一八九四年四月になってからだとすることに、私が疑念を抱いている理由がわかったことだろう。変装となると、彼は実に巧みで、そのキャリアのあいだに、私を含めてあらゆる人を、数え切れないほどだましてきた。その彼がまたしてもやってのけたということはあるのだろうか？　もしそうだとしても、彼は一般に考えられている復帰後、そのことについてひと言も触れていない。ただ、年月が過ぎた今になると、霧が立ち込める寒い冬の夜には特に、あの無政府主義者の爆弾の事件のことと、誰が誰を手助けしていたのかということに、私はいまだに思いを馳せるのだ。

The Adventure of the Willow Basket by Lyndsay Faye

柳細工のかご　リンジー・フェイ

リンジー・フェイ
Lyndsay Faye

　米ミステリ作家。西海岸で育ち、プロの女優として数年活躍したあと、ニューヨークに移住。長編ホームズ・パスティーシュ *Dust and Shadow: An Account of the Ripper Killings by Dr. John H Watson* でデビューした。その後ニューヨーク市警の歴史を研究し、ニューヨーク最初の警官のひとりティモシー・ワイルドを主人公とした『ゴッサムの神々』(創元推理文庫)で、エドガー賞にノミネートされた。同シリーズ三部作のほかにも長編ミステリを意欲的に発表、その作品は十四の言語に訳されている。また、*Strand Magazine* などの雑誌にも短編を発表している。ニューヨーク在住で、ベイカー・ストリート・イレギュラーズ会員。

「あれはかなりいい腕前の職人だよ」シャーロック・ホームズは私の問いに答えてそう言いながら、シガレットケースから細い煙草を一本抜きだした。「さらに言うなら、ガラス職人だな。あやうく熟練の演奏家と見間違うところだったよ。いやはや、食事をたっぷりとったあとだと、的はずれの推理をしてしまうらしい。ぼくの力が求められることもあるだろうから、明日は何も食べずにいよう」

残り少なくなった煙草を見て顔をしかめているホームズを、私は驚きの目でみつめた。

「失礼、こういう場では煙草を遠慮して――」

「そういうことじゃない！」私が二人のあいだに広がる白いリネンのテーブルクロスをとんと叩いたせいで、二人のウィスキー・グラスが震えて軽い音をたてた。「立てつづけに八人というのは、多すぎるよ。いくらきみでも、預言者のまねは難しいんじゃないか？」

「ずいぶんな言い草だね、ワトスン」ホームズは煙草に火をつけて、にやけそうになるのをこらえている。「ぼくは今まで、預言者のふりをしたことはないよ。まあ、ドック地帯にいる、人が苦労して稼いだ貯えから金をだましとろうとする不快な輩を突き止めたことは、十一回ほどあるがね。そうだ、エラズマス・ドレイクという男なんかは、鏡とおもちゃの笛と中国製の着色火薬を使って、一ダースもの未亡人をだましたんだった。あと三年は刑務所から出て来られないだろう」

「まあ、預言者と言ったのはすまなかったよ。でも、ちらっと見ただけで八人の職業を見分けたじゃないか。きみの推理を裏づけるには、ぼくなら、まったく見ず知らずの人物に近づいて、生活や習慣をまとめた報告書を提出してもらわなくちゃならんところだ」

「そんなことをする必要はないって、今ならわかったろう？」

「そうだな。で、ガラス職人の男のことはどうやってわかったんだい？」

ホームズは銀のシガレットケースを上着の内ポケットに戻し、そのケースのように目をきらりと輝かせた。私たちは〈シンプスンズ〉のお気に入りのテーブルについて、いつものようにすりガラス窓のむこうの通行人をながめていた。だが、ガス燈の点灯員たちによって通りにともされたばかりの明かりと、窓から漏れる光だけでは、ホームズが高い評判を得たあの些細なことまで見抜く鋭い目にも不充分になったため、目を店内の客に転じたところだった。

早い時間の食事だったので、ホームズのヒラメ料理と私の羊の脚は、下げられてからずいぶんとたっている。ひっそりと座る私たちのまわりには、腹をすかせたジャーナリストや、若いチェス・プレイヤーなどがいて、ダイニングルームの牛肉や葉巻、見慣れた階段の格子模様などをみつめている。ホームズは蝶に出会った蒐集家さながら、誰彼かまわずピンで標本をとめてやるとでもいうように目をつけていった。その並外れた能力には、私もつねに楽しませてもらっているが、その晩は差し迫った用件もなく、ウィスキーのおかわりをする以外に何もすることがない二人の友人どうしとして、のんびりやっていたのだった。

「あの男が熟練のガラス職人だとわかったのは、熟練のトランペット奏者ではないからだよ」ホームズは人差し指をかすかに動かして演奏するまねをした。「服は上等で、ぼくやきみの着ているものよりやや劣る程度だった。したがって貴族階級でもなければ普通の労働者でもなさそうで、むしろ敬意を払われる職業のようだ。頬はこけているものの、発達しすぎと言えるほどしっかりした顎をしているし、唇のまわりの静脈がかすかに腫れている。肺も力強そうだ――きみが十分前に彼の咳の音を聞いていたかどうかはわからないが、かなり大きい咳を何度も繰り返すので、ガラス食器が大丈夫か心配したほどだ。だから最初は、オーケストラか、ちゃんとしたミュージックホールに所属する金管楽器の演奏家だと思った。その間違いをこの店のすばらしい魚料理のせいにはしないが、とにかく彼の手を見てすぐに間違いだと気づいた。演奏家なら楽器のバルブを押し下げることで指の腹が硬くなるが、そうでないかわりに、いくつもの軽いやけどがあったんだ。だから、あの男はガラス吹きなんだよ。彼の時計鎖の値段を読み間違えたのでなければ、工房のある店を経営しているというほうに十ポンド賭けようじゃないか。だからといって、彼の食事のじゃまはしなくていいよ、ワトスン」

私はそっと拍手をしながら、身体を振るわせて笑った。「すまないね。きみの目を疑うなんて愚かだったよ」

「疑念をもつことは健全だと、広く認められているからね」ホームズは遠まわしに文句を言いつつも、即座につり上がった彼の薄い唇が、褒め言葉に気をよくしていることを示していた。自分の並外れた能力を率直に評価されると、とりわけ満足するのだ。

それから四十分ほど、もう一杯ずつウイスキーをおかわりして、だらだらと話したり、黙ったままでいたりして、自分たちにとってまさに最適な過ごし方で時間を楽しんだ。ホームズにしては珍しい気分のようだった。彼はきびきびと猛烈に仕事に精を出したかと思うと、黙って考えこんでいることもよくある。極端な彼の性質は同居人に負担を強いたり、友人を悩ませたりするが、むしろホームズ本人が煩わしく感じているのではないかと思う。忙しく動いているでもなく、周囲の愚鈍さに沈黙の抵抗をして長椅子でだらりとしているのでもない、こうしてリラックスしている彼を見るのは、うれしかった。

〈シンプスンズ〉にいるのもそろそろ飽きてきた私は、辻馬車を使わずに歩いてベイカー街まで帰ったらどうだろうかと思った。六月半ばの春の風は喜ばしいほどにふわりと心地よく吹きつけ、じきにやってくる夏のむっとする暑苦しい空気とは大違いだったからだ。そうもちかけようとしたとき、ホームズの表情が一変した。物憂げにどんよりとしていたまぶたをぱっと開いて何かを見据え、のんびりとくゆらしていた煙草を急に強く吸い込んだ。

「どうした？」私はすでに彼のほうに顔を向けていた。

「事件だよ、ワトスン。つまらんものじゃなくて、刺激的な事件だと期待しようじゃないか」

われらが友人、レストレード警部の姿が目に入ったのは、そのときだった。きちんと手入れした山高帽をそわそわといじりながら、ぎらぎら光る瞳で店の中を見まわしている。そのずるがしこそうな顔立ちには、いつもの気取ったようすはみじんもなく、小柄な身体が塵の躍る明かりの中でさらに縮こまって見えた。私が手を上げると、匂いをかぎつけたテリアよろしく、一目散に私たちのテーブルに突進してきた。

「ほう、殺人事件があったようだね！」いつものようにすっかり機嫌がよくなったホームズが声を上げた。「レストレード警部、さあかけたまえ。よければコーヒーも頼むが——」

「コーヒーなんて飲んでる場合じゃありません」警部は息を切らせながら腰をおろした。

ホームズは驚いたように目をしばたたかせて見せたが、無理からぬところだった。警部のわざとらしい不安げな態度の裏に何やらいらだちが感じられるのが、私もわかった。レストレードという男は時に横柄だが、そっけないところは決してないのに、今回は私たちのどちらにも挨拶をしなかったからだ。

そう思いながら私は、背筋をぴんと伸ばして冷静な顔つきをした警部を、じっと見つめた。だがこの観察は失敗に終わり、警部がやや混乱しているということしかわからず、どんな問題が起こっているかまでは探り出せなかった。それは一八九四年のことで、四月にセバスチャン・モラン大佐のみごとな逮捕劇があった年だが、ホームズの生還という出来事に比べればたいしたことではなかった。私が警部と顔を合せたのは、そのとき以来だった。

ライヘンバッハの滝に落ちて死んだと思われた友人が戻ってきてからというもの、自分は見捨てられていたのだという心の痛みと、思いがけない奇跡がもたらした喜びのあいだで、私は強い感情の葛藤に悩まされてきた。だが六月になると、時折ホームズの目に浮かぶ、取り憑かれたような目の色に気づき、それが、短気のせいで広い心から気づかいが消えうせたりするときに見せる、哀れむような礼儀正しさと結びつき、あのときの彼はほかにどうしようもなかったのだということを、私は確信した。妻を亡くした私に深い心痛はあったものの、難破船の生還者と再会できたようなあふれんばかりの喜びを、古くからの友人レストレードにも同じように感じてほしかった。

「その殺人事件について話してくれたまえ」とホームズは言った。「気を散らされるからコーヒーを辞退するというのならね」

「なんですって?」レストレードは不満げに言うと、指でこめかみを押さえて考えこんだ。

「事件のことを説明してくれないか、きみは焙煎したコーヒー豆の刺激を断るつもりのようだから」

「私は英語で話しているんですがね、ホームズさん」いらいらしながらカフスボタンをぐっと引っ張って落ち着こうとしている。「これは犯罪なんですよ。凶悪な事件だ。巻きこみたくはなかったんですが。ベイカー街に訪ねていったら、ハドスンさんがここで食事をしていると教えてくれましてね」

「なぜわかったかというと、きみの――」

「いつもの座興はなしにしてくれませんか、ホームズさん」レストレードは珍しくとげとげしい口調で言った。

ホームズは黒い眉を高く上げ、私も同じように眉を上げてみせたが、彼のほうは怒っているというよりむしろ興味津々だったようだ。四月にホームズがロンドンに戻り、カムデンハウスで警部の歓迎を受けたあと、彼らはモラン大佐に課せられた容疑について議論していたが、あのとき以来、警部とホームズが一緒にいるのを見たのはこれが初めてだった。私は馬巣織りのクッションのきいた椅子にもたれて、居心地悪くぼんやりと座っていた。

「確かに殺人事件ですよ」レストレードは認めて、咳払いをした。「ジョン・ウィルトシャーという男が、昼近くにバターシーの自宅の寝室で死んでいるのが発見されました。遺体からは毒物も検出されず、危害を加えられたような痕跡も見当たりません」

「その状況で殺人事件と断定するのは、おかしいね」

「血液がなくなっていたんですよ、ホームズさん。彼の身体にはほとんど血が残ってなかった」

レストレードは身震いを抑えて続けた。「消えちまったんだ」

背筋に寒気が走った。死を嫌悪するよりうっとりするというホームズの姿は、混沌とした回顧録のいたるところに書いたので、彼の奇行についてはとやかく言うつもりはなかった——そうは言うものの、すっかり夢中になっている彼には、ひとこと釘を刺しておいたほうがよさそうだった。その一方、私が敵意としか呼べないものでレストレードはいら立っていた。

「そう聞けば恐ろしがってひるむ人もいるでしょうが、あなたはそういう人たちとは違うでしょう」警部は挑むような視線をホームズに投げかけた。

「恐ろしさの度合いは故人の人柄にもよると考えていることは、認めよう」ホームズは、いつもの他人を見下したような態度であくびまじりに答えた。「きみが親切に話してくれればだが」

「私のつかんでいるのはこういうことです。ジョン・ウィルトシャーは、亡くなったその晩に夫人と旧友とともに食事をとっていました。その後、ヘレン夫人は夫のために風呂の湯を準備をさせました。家政婦の証言によれば、呼び鈴が鳴ったので湯を温めただけで、そのほかのことは特になかったと言っています。上級ハウスメイドも、夫人は事件の当夜自分の寝室でやすんでいて、主人の安眠を妨げて怒られたりしないようにしていたと話しています。ひとりの男が魔術で失血死させられたくらいじゃ、あなたの夕食をじゃまする資格はないんでしょうね」

「警部がホームズを必要とするときはいつだってぼくらが駆けつけると、あなたはよく知っているじゃないですか」と私は断言した。

そのとき一杯のウイスキーが警部の前に置かれた。ホームズは制服を着たウェイターにかすかにうなずいてみせた。「さあ、やってくれ——その状況はこの一杯にふさわしいと思わないか」

グラスを傾けると、警部の顔は落ち着きを取り戻すだけでなく、冷笑さえ浮かべた。「もう推理を？」

「ずいぶんと無理を言うな」ホームズはそっけなく言った。「いったい、どうしてほしいんだ？ぼくは自分への挑戦や依頼人を求めているんだが、今のところどちらもない。ぼくの備忘録から吸血鬼ものを探して、電報で打つかい？ それともきみと犯行現場に行って根比べをするかだ。遺体は動かしてしまったのか？」

「いえ、まっすぐここに来ましたから」レストレードはごくりと唾をのみこんで言い返した。「好むと好まざるとにかかわらず」

私は唖然としてホームズを見ると、彼もくぼんだ目をわずかに見開いていた。痛烈な切り返しを期待したが、ホームズはかすかに気落ちしたように口を閉ざした。それから驚いたことに、すっと立ちあがると、店内の趣のある煙草売り場に首を向けて冷たく言い放った。「きみの言うとおりにしよう、レストレード。もっと煙草を買ってからだがね。きみが煙草を必要だと思わせたんだから。ワトスン、すまんが勘定を払っておいてくれ」

それまでのんきな一日を楽しく過ごしていたところへ、いきなり馬車をとばして惨劇の場へ向かうことになったので、その犯罪現場を私は決して忘れられないだろう。ジョン・ウィルトシャーは、品よくしつらえられた寝室で死んでいた。日の光を入れようと大きく引き開けられたエメラルド色の厚手のカーテンが、星なき夜のとばりのもとでそのまま忘れられている。モスリン地のカーテンがかかった浴室に横たわる死者。警官が行き交う室内の空気はよどみ、嫌悪感で張りつめた雰囲気だった。そばにあるラグの上に敷いたゴム引き防水布がまだ湿っているところから、遺体は検死官がそこで調べてから元の姿勢に戻されたらしい。ウィルトシャー氏の頭と上半身が見えたが、口もとがゆるみ、唇はチョークのようにまっ白だった。荘重な調度品に囲まれた死体という、舞台背景と中心物がまったく不調和なところが、ぞっとするほど恐ろしい――いや、不吉だ。手を伸ばして故人の肌に触れでもしたら、何世紀ものあいだ放置されてひからびた紙か何かのように、崩れて灰燼と帰してしまうのではないか。生前はすらりとした男だったようだ。目の下が深くたるみ、唇の薄いへの字型の口をしている。

検死官が暗澹とした表情でメモをとり終え、レストレードに合図されると脇によけて、ホームズと私に遺体が見えるようにしてくれた。ホームズは感謝のしるしに口笛を鳴らし、レストレードのひんしゅくを買った。

「皮膚は布のように白くなってすっかりひからび、血管が干上がって身体が縮んでいる。まるでしなびて殻だけになってしまったみたいに」私は手短に述べた。「しかし、こんなことになった原因の傷が表皮にひとつもついていないのは確かなんですか？　この防水布の上で調べたんですよね」

「そのとおりです、先生。この場で綿密に調べましたが、レストレード警部がどうしても元どおりにしろとおっしゃるので。ホームズさんがいらっしゃったら、元の位置やら水そのものやらが手がかりになるかもしれないからと」検死官が儀礼的にうなずきながら答えた。

「ほう」とホームズは穏やかに言った。「今日起きた奇跡というのは、殺人事件の状況だけだとばかり思っていたが。おみごと、レストレード君」

ホームズは遅ればせにちょっぴり仕返しをしているらしく、浴室のほうへ身をかがめる彼を見ながら警部は歯をくいしばっていた。目利きに余念のない鑑定家さながら、彼は水に浸かった死者の手を持ち上げて象牙色の甘皮を調べ、唇の上のほうに垂れたその手の下側をのぞき込んだ。黒っぽい髪の毛と傷のない頭皮を調べ、しぼんだまぶたまでめくって、もう何も見ていない瞳孔をむきだしにした。できることなら手伝いたいのはやまやまだったが、医学の出る幕はない悪夢のような状況としか思えず、私はただ見守っていた。ホームズは次に、指先で銅の浴槽の縁沿いをなぞり、なまぬるい水にまでさわってみて、その指先を鼻に近づけた。

「おいおい、そんな」レストレードが私の耳もとでつぶやく――いらだちではなく、おなじみの気安い仲間意識にしか聞こえなかった。

私はにやにや笑いを隠そうと口ひげに手を伸ばしかけ、声をひそめて付け加えた。「ホームズがこの世の誰よりも徹底した捜査をするんじゃなかったら、ここにはいないさ」

「確かに」レストレードがため息をついたところで、ホームズはふたたび姿勢をまっすぐにした。

「ぼくは人一倍耳がいいんだよ、あいにくとね」ホームズは辛辣に言った。「すばらしい。徹底した仕事ぶりですね、検死官の――アダムズさんでしたっけ？　そう、ミスター・アダムズ。おっしゃるとおり、遺体の表皮は無傷です。ここで殺されたとして、傷があれば水の中に血液が混じったはずですが、この液体はまじりけなしで、ひとりの男の全生命力が流れ出たとは思えない。血液の痕跡など皆無ですよ。もっと詳しい検査をする必要があるかもしれないし、それはぼくにもできますが、それより急を要することがある。この証拠はそのままにしておけますね？　よし。ぼくにも毒の形跡は見つからないが、いずれにせよ毒を盛って人の血を奪うのは、ぼくらが相手にしているのが科学的にまったく未知の物質でないかぎり、医学的に不可能だ。ということは、ここになんらかの手段で血をしぼりとられた男がいて、浸かっている水は澄んでいる。死体が動かされていたとしても、それでは何ひとつ解明されないが……」

「しかし死体は動かされていません」ホームズの期待するような間に、アダムズが応えた。「首のうしろ側と、もうひとつ前腕に深いくぼみがある――浴槽に当たっていたところです。この場所で血液を奪われ、そのまま死に至ったのでしょう」

「すばらしい！」ホームズが声をあげた。

「ええ、われわれだけでもそのことには気づいたんですよ、ホームズさん」レストレードはぼそっと言った。

ホームズは警部にとりあわず、アダムズが遺体搬送を手配する警官たちに手を貸そうと出ていくと、犯罪現場に注意を向けた。そして、いつもどおりにあらゆる手を尽くした。いくつかの区画に分けて、ほっそりした両手を宙にひらひらさせながら歩きまわり、闇に光明をもたらしてくれそうな異常がないか探っていく。十五分ばかり、敷物、額入りの写真、マホガニーの寝台架、そして部屋にあるあらゆるものの裂け目という裂け目を調べていたが、こぶしで唇をこつこつ叩いてレストレードを振り返った。

「よかったら、この気の毒な男の経歴を教えてもらえるかね？」

「もちろんですよ。ウィルトシャー氏はシティにある銀行に勤めていて、ここに住んで六年ほどになります。時間がなくてろくに聞き込みはしていませんが、今日の午後、直接の上司からちゃんとした人物だという報告が届きました。使用人たちは、陰気な男だが雇い主として不満はないと思っているようです。目立った借金はないし、わかっているかぎり敵もなし――ヘレン夫人と二人、平穏な暮らしぶりで――」

ホームズがパチンと指を鳴らした。「忘れていたわけじゃないが、あまりにも印象的な死体にどうやら気がそらされていたらしい。ゆうべ、彼は旧友をもてなしたんだったね――奥さんと二人で。その奥さんの話を聞くことにしよう」

そう言ってホームズが部屋を出ていくと、レストレードがあとに続き、私はその背の低い男に歩調を合わせた。「今回ぼくらがここにいることが、警部を苦しめているように思えてならないんだが」

彼は驚いたような目を向けてきた。「まさか、助けてもらって苦しめられるはずがありませんよ、先生。いつだってお目にかかるのはうれしいんです。ただホームズさんが――いや、何でもありません、ホームズさんはこれまで私が考えてることなんか少しも気になさらなかったし、今さら気になりはじめるってこともないでしょうから、これ以上は言わないことにしますよ。あの人を待たせてしまいますよ。この段階で面談を望まれるのはもっともです。確かに客があったし、呼び鈴を鳴らして風呂を用意させたのは妻だ。ウィルトシャー夫人には私もまだ話を聞いていません。夫の姿を見たとたんばったり気を失って、私がお二人を迎えに行っているあいだに意識を取り戻したばかりなんです。殺人犯を探し出すべきときにホームズさんの気まぐれを気にしてちゃいけないって、いつも自分に言い聞かせるんですがね」

いくつかの理由でまだごまかされたような気分だったが、私は彼について階段をおりていくことしかできなかった。私たちは、ありったけのランプを灯したこぎれいな客間で待った。明るい部屋に色とりどりの陶器が飾られ、壁は鉢植えの緑樹に覆われている。居心地のよさがどことなく気にさわった。かつて人間だったあの縮んだ皮が通用口から裏手へ、そして最後には死体置き場へ運ばれるという、上階で間違いなく起きている醜悪な出来事に思いをはせると、ますますごてごてと陽気な部屋に見えてきた。

入ってきたヘレン・ウィルトシャー夫人は、当然ながらひどく動揺しているようすだった。蒼白になった魅力的な顔に、ふくよかな唇を震わせている。緑色の目の縁が赤く、せっぱつまった気持ちでわしづかみにした淡いブロンドの髪の毛は乱れていた。年のころは夫と同じくらいで三十代半ばの、狼狽はしていても美しい女性だった。ホームズがさっと立ち上がって気安い態度で長椅子まで案内すると、彼女は今にも飛び立とうとする鳥のようにひょいと座った。

ホームズはやさしく笑顔を向けて、自分の席に戻った。女性にしか、しかも情報を引き出したいときにしか見せない、うっとりするような優しさだ。とはいえ、そう言っただけでは足りないだろう。彼は女性との交際を求めないのではなく、女性が傷つくのを見たくないと心から嫌悪しているのかもしれない。

「具合はよくなられましたか？　気つけにちょっと飲みものでもいかがですか？　ここにいる友人は医者ですから、何か気つけ薬になるようなものを喜んで探してきてくれるはずですよ」

「私……いいえ、そんな……」ウィルトシャー夫人は身じろぎして、ほほえもうとしたが、あまりうまくいかない。彼女がずっと黙っているので、ホームズは励ますような顔つきで話を継いだ。

「スコットランドのご出身とお見受けしましたが。レンフルーシャーのペイズリーあたりですね、ぼくの耳が聞き間違えていなければ」

ウィルトシャー夫人のどんよりした頬に薄く赤みがさした。「はい、ホームズさん、あのへんの話し方はずいぶん忘れてしまいましたけれど」

「ええ、ごくかすかにしか残っていません。けさは長いこと散歩にいらっしゃったんですね、奥さん？　バターシー・パークや遊歩道のすぐそばにお住まいですと、特にこの季節など気持ちいいことでしょう——でも、その靴からすると、今回はテムズ川沿いをそぞろ歩かれたらしい」

夫人は珊瑚色のスカートにうずめた指をねじり合わせながら、上目づかいに見た。「まあ、ええ、ホームズさん。散歩に出かけていました。それで、やっとお昼ごろになってから知ったんです——ああ、だめだわ、私にはとても」小さくすすり泣きが混じる。「健康のためによく長い散歩をするんです。その習慣を今日ほど悔いたことはありません。うちに帰ってきてみると、大騒ぎになっていて、もう警察の方たちがみえてました、あの……あの……」

「まったくですね」

「そのあとひどく具合が悪くて。ほんのちょっぴりしか力が残ってないみたいなんです——こんなありさまでお許しください、でも……」

また消え入るような声になっていき、またもホームズが話をつなぐ。「ゆうべのお客さまのことを話していただけますか？」

夫人はうなずき、涙を浮かべた。「ホレーショ・スワンという男性で、多少は名の知られた探検家です」

「まさか！」ホームズが声を上げる。「その人のことなら知っています。学術論文で名をあげていらっしゃいますね」

「ええ、その方です」そう言って、彼女は唇をかすかにひきつらせた。「夫とは古い知り合いなんですが、スワンさんはずっとシャム（現在のタイの旧称）へ、現地の野生生物を研究しにいらしてました。たいへん楽しくお食事して、長い時間すごい勢いで話しながらずいぶんクラレットを飲んだものですから、ジョンは疲れたようでした。私は入浴なさいと言って、あとは夫をひとりにしておきました。あの人、きっと……ときどきふさぎ込むことがありましたから、ホームズさん。だけど、あんなことになるなんて……」

そこまで言うとウィルトシャー夫人はすっかり動揺して、部屋を飛び出してしまった。レストレードがホームズと視線を交わした。おかしななりゆきに、先ほどまでの不機嫌をすっかり忘れている。彼は膝の上に肘を載せて身を乗り出した。「ご主人を熱愛していたんですな」

「そんなふうに見えたかもしれん」ホームズは抑揚をつけずに答えた。

「気の毒に、あんなひどいショックを受けたんじゃあ、神経が切れそうになってもおかしくない。そのホレーショ・スワンとやらを探し出すべきじゃないか？」私が口をはさんだ。「で、事件に関係しているかどうか確かめるんだ」

「いつもながら、驚くほど的確にわかりきったことを思いついてくれるね」ホームズが皮肉っぽく言った。「それにしても不思議だな……いや、やっぱり何でもないのかもしれん」

「何が何でもないんですか、ホームズさん？」そう尋ねるレストレードの細い鼻の上に、深いしわが刻まれていた。

「ちょっとした思いつきにすぎないんだ、たぶんつまらないことなんだろう。だが、どうしてまたテムズ川沿いなんか散歩したんだろう。健康によくないはずだ。バターシー・パークを抜けて行けばいいのに」ホームズは考え込んだが、立ち上がると呼び鈴を鳴らした。

すぐ現われたメイドに、ホームズが言った。「家政婦を呼んでもらえないか――何という名前だろう？」

「ミセス・スタッブズです」

「ではミセス・スタッブズを。よろしく」

レストレードはうっかりうなずいてしまい、ホームズの証人選びに同意するかのように両脚を前に伸ばした。私はといえば、ホームズがどんな気分にとりつかれたにしろ、あわよくばまぐれでもいいから当たりが出て、そこからまた万事うまくいくようにと願った。やってきたスタッブズ夫人は、巻き毛をきっちりとまとめ髪にした、包容力のありそうな女性だった。実際的で頑固そうな目を光らせ、てきぱきした態度だ。両手を身体の前でゆるく握り合わせてトルコ絨毯の上に立ち、わずかに肩を落としているのだけが、その日の彼女がひどく疲れているしるしだった。

「ご用でしょうか？」

「スタッブズさん」ホームズは立ったまま、行ったり来たりしながら質問した。「ぼくの名前はシャーロック・ホームズ。こちらは友人で相棒のドクター・ジョン・ワトスン。そしてこちらは、スコットランド・ヤードのレストレード警部です。このたびの件を解明するのに、ご協力いただけないかと思いましてね。家政婦として働いてどのくらいになりますか？」

「六年でございます。ウィルトシャーご夫妻がバターシーにお住まいになってからずっと」

「仕事に満足していますか？」

「しています」

「亡くなったご主人のお人柄を説明してくれませんか？」

「ジョン・ウィルトシャーさまは甲斐性のある方でした。わたくしにはあまりお話しする機会がございませんでした。ときどきふさぎ込んでいらっしゃるのかもしれないとお見受けすることもありましたが、乱暴な言葉を吐くようなことは決してなさいませんでしたし、お加減のよろしくないときも、ただお疲れなだけで、それ以上深刻なことではないように思われました」

「では、ウィルトシャー夫妻は、一緒にいて幸せだっただろうか?」ホームズは質問を続けながら、煙草を選んでいる。

スタッブズ夫人は、気分を害したというよりは我慢がならないというふうに鼻を鳴らした。「世間並みにお幸せだったと思いますけど。けんかをなさったことは一度もございませんし、銀行のお仕事でだんな様がお留守がちなときも、奥様はいやな顔ひとつなさいませんでした」

「そうなのですか?」ホームズは燃えさしの鑞マッチを暖炉に放った。「ゆうべ、何があったんだと思います?」

さすがの家政婦もついに動揺したかと思えたが、彼女はそれを抑えて、平板な表情をくずさなかった。「それはきっと、こちらのみな様方がはっきりさせてくださるものと信じております」

「けさ、誰かが侵入したような形跡はありませんでしたか?」レストレードが口をはさんだ。

「ございません。いえ、はっきりとは」

ホームズもレストレードも緊張して動きを止めた。『はっきりとは』って、どういう意味です、スタッブズさん?」レストレードが問い詰める。

「くだらないことですが、新しく入った皿洗《スカラリー》いメイドが買い物かごをどこかにやってしまいまして」スタッブズ夫人は肩をすくめた。「これがちょっとおめでたいじゃすまない抜けた子で、今日は家中がひどくごたごたしておりましたし――かごはそのうちひょっこり出てくるでしょう。あの子は先週なんか、使用人たちの夕食を片づけたあとで、どうやったものやらパン入れに輪型チーズを入れてしまいましてね」

レストレードはがっくりきて元気をなくした。

「どんなかごなんですか、スタッブズさん？」ホームズはくいさがった。

みんながホームズにけげんな目を向ける。

「どこにでもあるような、柳の枝の裂き編みかごです。長さは一フィート半くらいで、あまり幅はありません。肩に掛けられる取っ手付きで、綿のキッチンタオルで裏打ちしてあります」疑い深い口調ながら、スタッブズ夫人はすらすらと答えた。

「ありがとう」ホームズはそう言うと、大股で歩きながら暖炉の前でちょっと身体をひねった。

「もうひとつだけ教えてください。ホレーショ・スワンさんがお帰りになったあと、ウィルトシャーさんのご機嫌はいかがでしたか？」

「不機嫌でいらっしゃいました」家政婦はきっぱりと答えた。

ホームズは足を止め、とっさに聞き返した。「いつものご病気だろうか？」

「もっとひどかったです。悪い予感がしていらしたのかもしれません」スタッブズ夫人は険しい表情で口を引き結んだ。「あんなふうにお亡くなりになるという……神さまが警告しようとおぼしめしたんですよ。では、またご用の節はどうぞお呼びください。よけいな仕事がどっさりございますので、失礼させていただきます」

家政婦が出ていくと、レストレードは膝をたたいて勢いよく立ち上がった。まだ説明されていない憤怒がよみがえっていた。「真剣に捜査しているんですよ、ホームズさん！」

ホームズはくるりと振り返って警部に向き合った。秀でた頬に赤みがさし、非難の言葉に初めて怒りをあらわにすした。「ぼくだって真剣に取り組んでいるんだよ！」

「ああ、そうでしょうとも。なくなったジャガイモかごの詳しい説明が、殺人犯をつきとめるのに大いに役立つっていうんでしょう！　あなたはそうやって謎を解く——皿洗いメイドを尋問すりゃ、幸先のいいスタートになるでしょうよ——だけど、こっちは殺人犯を捕まえますからね。うちの連中の仕事が終わったかどうか、見にいかなくちゃ」レストレードはうなるように言うと、足音も荒く飛び出していった。

「警部はいったいどうしてしまったんだ？」あっけにとられているホームズを見やりながら、私はいぶかしげに言った。

ホームズは猛烈な勢いで煙草を吸うと、吸い殻をトレイでわざとたたきつぶして、黒っぽい髪の頭を振った。「日が暮れるころには仮説が六つあった。そのうちの五つが取り消されたよ」そう言うと、外廊下のほうへ向かった。

「それじゃ、どうして？」帽子と手袋を身につけながら、私は蒸し返した。

「まだ解けない謎がひとつある」

不満を唱えようと口を開いた私の前に、ホームズの見覚えのある無表情な顔があった。彼はくるりと顔をそらし、両手をポケットに突っ込んだ。その後、私たちはいまいましいウィルトシャー邸をあとにした。

「だけど、殺人事件なんだよ、ホームズ！　もっと尋問したほうがいいんじゃないのか？　使用人――」

「ぼくだけで解明できる謎だからだ」ホームズがさえぎった。「実は、たった今解明した。五分ほど前にね。ちっとも難しい謎じゃなかったんだ。さあ、ワトスン。ホレーショ・スワンに会って言い分を聞こう」

バターシーから帰ったレストレードが、ベイカー街に行ったあと私たちを〈シンプスンズ〉で見つけたのは、七時をだいぶ過ぎたあとだったという事情もあり、私たちがホレーショ・スワンのもとを訪れることができたのは、翌朝になってからだった。スワンはベイカー街から数マイル離れた、ウォールサムストウ近くの屋敷に住んでいた。まずいことになっているといけないと、警部が四輪馬車と警官二人を手配してくれたので、レンガづくりの小さな町を通り過ぎ、趣のある崩れ落ちそうな教会を見ながら、雪のようなサンザシの白い花びらが散る中を走るのは、楽しいものになるはずだった。すねたようなむっつり顔の警部と、無表情でだまりこくったホームズがいなければだ。私はといえば、この恐ろしい事件をホームズがどう解決するのかを早く見たいと、期待に胸を躍らせていた。

私たち三人は、ようやく問題の屋敷の前に立った。屋敷は魅力的なグレーの石でぐるりと囲まれ、小道のむこうには曲がった石の階段が見えた。縦仕切りのある窓のガラスは、風に踊る白い柳の枝を映してきらきらと光っている。ところが、ホームズは砂利道に入ると歩みをゆるめた。レストレードと私はこれまでの経験から、彼が何か考えを述べてくれるのかもしれないと、スピードを落とした。

すると、ホームズが完全に立ち止まった。背中が震えている。私たちは息を殺して、彼が口を開くのを待ちかまえた。あるいは、私が話しかけるのを。

「で、いったいどうしたっていうんですか？」まだホームズにいらついているという口調で、レストレードが言った。

ホームズはくすくす笑い、両手をこすり合わせた。「まったく完璧だよ。きのう、ホレーショ・スワンのことは聞いたことがあると言ったろう？　ぼくは、ある種の淡水野生生物について特別な世話をするというテーマの論文を、いくつか読んだんだ」

「それがどうしたっていうんですか？」レストレードは怒ったような口調だ。

「科学者のすまいにしては、いささか奇妙な屋敷じゃないかい？」ホームズはそう言うと、ウインクしてみせた。「巡査たちを呼んでくれ。スワンに会おう」

警部は茶色い瞳の目を驚いたように大きく見開くと、すぐに小道を数ヤード戻って、巡査たちを手招きした。彼らが追いついたころ、ホームズは玄関の扉を元気にノックして中へ招かれ、私もあとに続いた。

多少の説得が必要だったが、無口な執事は巡査たちもスワン氏の書斎に入れてくれた。部屋に入ったとたん、私はどこに目をやったらいいのかわからなくなった。そこは科学者の研究室らしくいろいろなものがしつらえてあった。化学実験用の器具や、金箔を使った革表紙の本、そして標本の入った瓶で満ちている。特に標本は何百とあり、気をつけの姿勢で硬直した無数の兵士たちのように、棚にずらりと並んでいる。それを見ると、ホームズの顔にさらに微笑が広がった。

スワン氏は驚いた顔で机のむこうから姿を現した。がっしりした体格で、もじゃもじゃの赤みがかった髪、ハンサムだがバランスに欠けた顔。私たちができるかぎり朝早く出発したせいか、まだドレッシングガウンに室内用スリッパという姿だ。ホームズと私を見たときは単に興味をそそられたくらいの表情だったが、レストレードのうしろに制服姿の巡査を見つけると、怒りに満ちたしかめ面に変わった。

「諸君、ミスター・チャールズ・カトモアをご紹介しよう」ホームズの声がした。「スコットランド当局を困惑させた悪名高きドラモンズ銀行強盗事件の黒幕にして、二十以上の科学論文を書いた著名な科学者であり、さらにはミスター・ジョン・ウィルトシャー――実名マイケル・クロスビーを巧妙に殺した男でもある。ついでながら、クロスビーは七年ほど前、この男が六千ポンドの現金を持って逃走する手助けをした。二人には女性の共犯者がひとりおり、その女性はミセス・ヘレン・ウィルトシャーという偽名で諸君に紹介された。この奇妙な事件の結末としては、なかなかじゃないかね、レストレード？」ホームズはうれしそうだ。

警部は一瞬、呆然として突っ立っていた。しかしチャールズ・カトモアが凶暴なうなり声を上げてドアに突進すると、考えている暇などなくなった。二人のたくましい巡査が飛びかかり、暴れる相手と格闘した末、なんとか手錠をかけた。

「そんな権利はないぞ！」チャールズ・カトモアは私たちに向かって叫んだ。「こんなに経ってるんだ、逮捕する権利なんかあると思ってるのか？」

「それこそぼくも思っていた問題ですよ、カトモアさん」とホームズ。「こんなに長いあいだ、略奪した金とともにシャムで安全に暮らしていたのに、なぜ帰ってきたんです？」

まだ逃れようともがきながらも、強盗犯の顔はさっと無表情になった。彼は私たちに毒づきながら、隣の居間に引きずられていった。巡査たちはそこで次の命令を待つことになる。

「ありゃいったいなんなんです？」とレストレード。「今まで聞いたこともないような、はっきりした自白だな。でもまだ説明のつかない――」

「そう。だが、これで説明がつくだろう」ホームズは振り向くと、ほとんどうやうやしいといったしぐさで棚からガラス瓶をひとつ取った。

中には赤いちっぽけな生き物が一匹いて、薄い緑色をした液体の中に浮かんでいた。大きさは私の親指の先くらいもなく、ウジ虫のような胸の悪くなるかたちをしている。見たとたん、嫌悪感で皮膚がひりひりした。目はないが、小さな虫の片方のはしが、吸盤のように口を開けている。

「シャムの赤ヒルを、よくごらんいただきたい」ホームズは演説口調で、それを私たちに見せた。

「われわれの使うものとは違うがね、レストレード、殺人の凶器となるものだ。ぼくは血液の研究をしているうち、その一環としてヒルに興味を抱いたんだが、これは世の中に知られているうちでも致命的な能力をもつ標本のひとつだ。口の部分にある種の酵素をもっていて、襲った犠牲者をそれで麻痺させ、朦朧とさせる。そして、相手が気づかぬうちに吸い取った血で、もとのサイズの何百倍にもふくれあがり、同じ酵素が犠牲者の傷口を収縮させて、ちょっと見ただけではわからないようにしてしまうんだ」

「なんと恐ろしい！」警部はささやくような声で言うと、私が考えていたことを口にした。「でも、それをどうやって――」

「チャールズ・カトモアとマイケル・クロスビーは、ドラモンズ銀行強盗事件の犯人として知られていたが、完全に潜伏していた」ホームズは標本を棚に戻すと説明を始めた。「クロスビーの写真はまったくなく、その特徴だけが記録されていた。彼は顔を知られていない銀行家で、犯行の際は内部で手引きをしたんだ。だがカトモアは、事件が明るみに出たときすでに海洋生物や湿地帯の植物、淡水野生生物などの研究で知られており、その写真がスコットランド当局によって手配書とともに配布された。ぼくはそれで彼のことを知ったんだ。二人はエディンバラで同じ学校にいたという。クロスビーよりカトモアのほうがはるかに知られていて、七年前の事件のとき、カトモアにはヘレン・エインズリーという婚約者がいた。ぼくらが話を聞いた夫人さ。チャールズ・カトモアとホレーショ・スワンという二人の生物学者が同一人物だとは、きのうまで夢にも思わなかったよ」

「どうもまだわからないんだが」と私は口をはさんだ。「きみ自身、なぜ戻ってきたのかと彼に聞いたね。なぜカトモアはクロスビーを殺さねばならなかったんだろう。しかもこんなときになって」

「それは推測の域を出ない問題だな」ホームズは認めた。「カトモアが尋問を受けたあとでないと、わからないことだ。が、ぼくはこう考えている。銀行強盗のあと、カトモアは自分の分け前よりもかなりたくさんの金を奪って逃げた。二人の犯人のすまいを比べれば、わかることだ。彼はシャムに潜伏し、別名で論文を発表しながら、英国に帰っても正体がばれなくなるような日を待ち望んでいた。一方クロスビーは、ロンドンという汚水溜めに消えたあと、カトモアのいないあいだにヘレン・エインズリーを自分のものにして結婚し、銀行の仕事を続けたが、失った自分の取り分のことをずっと嘆いていた。一般に、人を裏切った者は決して戻ってこないと信じられがちだが、カトモアはおそらくずっとヘレン・エイズリーのことを思っており、彼女を失ったことを後悔して、戻ったのではないだろうか。ゆうべの再会は友好的なものとして行われ、カトモアはクロスビーの取り分を返すと誓ったのだろうが、結果はこのとおりさ」

「この殺しは感情のなせるわざだったと言うんですか?」レストレードはホームズに詰め寄った。

「ある種のね。感情に基づくが、前もって準備されたたぐいのものだ。チャールズ・カトモアにはきみも会ったろう」ホームズは机に軽く腰をのせた。「彼とウィルトシャー夫人は、一度は婚約した仲だ。彼は永久に潜伏しているようなタイプの男とは思えんね。どこかへ、あるいは誰かのために、戻りたいと思うはずだ」

「でも、彼女の夫は?」

「彼女と自称ジョン・ウィルトシャーという男の結婚は、当然ながら便宜的なものだった。二人はお互いの秘密を知っていたし、孤立もしていたはずだ。ぼくは結婚生活に詳しいわけではないが、スタッブズ夫人の言うような、けんかをしたことが一度もない夫婦など、いるかね？　けんかをすることがめったにないにしても、必ずしも幸せな結婚かどうかはわからないし、しょっちゅうけんかをする夫婦が不幸せとも言えない。だが、絶対にしないとしたら？　それは結婚生活ではないだろう。ともかく、ぼくとしては早く夫人を逮捕したいところだね」

「なんの容疑で？」とレストレード。

「精神的に不安定な夫のために風呂を用意させ、その中にシャムの赤ヒルを入れた容疑さ」ホームズの刺すようなテノールが重々しく響いた。「チャールズ・カトモアが忍び足で階段をのぼり、気づかれずにヒルを入れたなどと考えてるんじゃないだろうね。なぜ英国に帰ってきたのかとカトモアに聞いたとき、彼は答えなかったが、すでに自分が犠牲になると決めていたんだろう。かつての婚約者を守る気でいたんだ。彼女が法の手を逃れることはできないが、その気持ちはりっぱなものだね。彼女の証言なしでは、なくなった柳細工のかごの謎についてぼくが発見したことを証明するのは難しいが、あの家での彼女の行動から見るに、カトモアが起訴されれば口を割ることだろう。あの二人は、以前から会っていたはずだ。おそらく、カトモアが英国に戻って、この屋敷を買い取ったときから」

「なくなった柳細工のかご？　そんなものに何の意味が？」

「レストレード、血を吸ったヒルは今どこにいると思うんだ？」ホームズは、もう待てないというように両手を広げた。

「そうか！」私ははっと息をのんだ。「ホームズ、きみは正しいよ。正しいはずだ。二人は共謀していた。きみは、彼女がなぜ公園でなくテムズ川沿いを散歩したのかと言っていたね。彼女はヒルを布にくるみ、柳細工のかごに入れて逃げたんだ。ヒルは今、テムズ川にいるに違いない」

「人類史上最も不快な水域を、さらに不快にするとはね」ホームズはくすくす笑って手を叩いた。

「よくわかったな、ワトスン」

「カトモアはヘレン・エインズリーを置いて去ったものの、決して忘れることができなかった。それが、また失うことになるとは」私はこれまでを思い起こしながら言った。「つらい話だ」

「それであなたは」レストレードはさらに詰め寄って、責めるように言った。「それをきのうから知っていたって言うんですね？」

ホームズも警部をにらみつけた。「考えてもみたまえ。ジョン・ウィルトシャーはシャムのヒルに殺されたんだとゆうべ言ったら、きみは信じたか？」

「信じたかもしれません」

「笑い飛ばしたに違いないさ。そういう容赦のない迫害は、もううんざりだ」

「迫害？」レストレードはうなるように言った。「いつ私があなたを迫害しました？　ばかげたことを。まるでお笑いだ」

「ぼくはちっとも面白いと思わないね」

「二人とも――」私は口をはさもうとした。

「じゃあ、おもてでけりをつけませんか？　一対一で」レストレードは殴り合いでけりをつけたいとでもいうように、肩を丸め、両手を固く握りしめた。

「ああ、いいだろう」ホームズも怒りを込めた声で言い、背筋を伸ばした。「二人だけのほうがいいなら」ホームズの身を気づかうほどのことはないが、厄介なことになったと思い、私は一歩しりぞいた。だが、レストレードは怒りの顔を私に向けた。

「あの男は――」警部が声を上げた。「いや、行かないでください、ワトスン先生。この問題に関する私の気持ちは、あなたにも知ってほしい。あのときあの男はですね、ホームズさん、あなたを撃っていたかもしれないんだ。私の命を賭けてもいい」

私は口をぽかんと開けて二人を見たが、ホームズは黙っている。

「なのに、あなたはどうしたか？」レストレードは怒りで顔をまっ赤にしている。「一緒に戦おうとするかわりに、ワトスン先生を置き去りにしたあげく、自分は死んだと思い込ませた。彼の結婚式で、一緒に祭壇に立っったんでしょう？　あなたとは無関係というような記事を書かれることに、彼が喜ぶとでも？　私だってそうだ。あなたの死をそこらの新聞の売り子から知らされたとき、私がどう感じたと思います？　ヤードに行ってみたら、パタースン警部が、あなたが三カ月かけて追ったという悪党どもを逮捕するんだと言って飛び出してった。あのときだってそうだ。そんな扱いを受けるはずがないと、私たちは思ってたんですがね、ホームズさん。それはあなたもわかってるんだと」

いつも青白いホームズの顔が、警部の話を聞くうちにさらに青くなっていった。だが、彼の顔から読み取れるものはなかった。一方、私はといえば、心臓が喉まで飛び出してきそうだった。なんとか口を開こうとしたとき、相変わらず冷静な顔のホームズが片手を上げて制すると、冷淡に言った。「モリアーティ一味を破滅させるために必要な書類を、きみでなくパタースンに渡した理由を知りたいんだね？」

「そう、その点が問題だと思いましてね」小柄な警部は不満そうに言った。

ホームズは警部にのしかかるようにして、彼独特のいささか尊大な雰囲気で言った。「ぼくがあの役目にパタースンを選んだのは、彼がきみでないからだ」

「なんと……」警部はあまりの怒りで言葉に詰まった。

ホームズは何ごともないかのように指の爪を見つめている。「モリアーティ教授は、直接的にしろ間接的にしろ、四十人以上の殺人に関与していたということが証明されている。実際には五十二人だとぼくは思っているがね。パタースンはヤードの警部としてはましなほうで、ぼくも一緒に仕事をしたことが二回ある。きみとぼくが一緒に仕事をしたのは……」ホームズは正確な回数を数えようとした。「確か……三十八の事件でだ。今回を入れると三十九回だね。きみの洞察力をもってしても、捕まえるのが難しかった相手も、たくさんいたはずだが、これもそのひとつだ。それで、きみが問題にしているその非常に興味深かった一件で、ぼくが何回撃たれたか、聞きたいかね？」

「何回ですか？」レストレードの声はいささか弱々しかった。

「十九回だ」ホームズは静かに言ったが、その声は熱を帯びていた。「だから、きみの言う〝あの男〟に撃たれるかもしれないのに、ぼくが気づいていなかったと、そう思っているのなら、きみはぼくが思っていたよりも愚鈍な輩ということになる」

そう言い放ったホームズは、懐中時計を確認すると、さっさと部屋を出ていった。

残された私たちは、一瞬何も言えずにいた。

「なんてこった」レストレードはうなるように言うと、片手で顔をこすった。「私は世界一の愚か者ですな。なんというか……救いようがない」

「ぼくとしては……」どうしようもないというしぐさで私も言った。

「そう、そうです、行きなさい！」警部は私の肩を押した。私のほうは巡査たちと相談します。ホームズさんが私を愚鈍だと言ったのは正しいんですから、しょうがない。さあ早く！」

私はあわててホームズのあとを追った。いったん関係なくなった物事への彼の無関心さを考えると、一件落着したこの家にとどまっているとは思えなかったが、玄関への通路へ駆けだした。そのむこうには、春も終わりの朝の、涼しげな空気がある。

ホームズは三十ヤードほど先にいて、蔦の垂れ下がる石塀に背中を預けていた。空へのぼっていく煙草の煙しか見ていないが、私が来るのを待っていたようだ。追いついた私は、今にも口から飛び出しそうな言葉をのみ込んだ。この状況には慎重に対処しなければならない。いくつか方針を考えて、傷を広げずに丸く収められそうなことを思いついたら、たちまち呼吸が楽になった。

「なあ、ワトスン」私が何も言わないうちに、ホームズのほうがぎこちない声で切り出した。引き締まった腕を交差させ、片方の眉をつり上げてみせたが、まだ私のほうを見ようとしない。「この件できみからも特に言いたいことがあるんじゃないのか？　言ってくれよ、ぜひとも関係者全員の意見を――」

「ホームズ」私は心をこめて彼の腕を握った。「ぼくの言いたいことは何もかも、もうきみの頭に浮かんだはずだよ」

彼はようやく私をまじまじと見て、いつもなら奇妙に込み入って解釈しがたい犯罪現場に向ける、かみそりのように鋭い視線で、私の顔を探った。永遠に続くかと思えるほどじろじろ見たあげく、口もとに悲しげな笑みをかすかに浮かべた。

「じゃあ、ぼくの答えもきみの頭に浮かんだんだな」彼は小声で私のせりふをなぞった。「確かに?」

「もちろんだとも」

私のほかには誰も目にしたことはないような、たじろいだ表情が、ふっと彼の鷲を思わせる顔をよぎった。まだ腕をつかんでいる私の手をとんと叩いて、煙草の吸い殻を塀に押しつけた。

「警部が謝って――」

「謝る必要はない。チャールズ・カトモアも痛い目にあって身にしみているだろう、逃げていくよりも戻ってくるほうがたいへんなのさ」

「ホームズ――」

「そう、いろいろと興味深い特徴のある事件ではあったが、ぼくはひどく疲れたよ」そう言うホームズは、すっかりいつもの誇り高く実際的な彼に戻っていた。「レストレードと警官たちと、もう落ち着いているだろうぼくらの獲物と一緒に、馬車でロンドンに帰ろう。ベイカー街でお茶を飲みながら、ぼくは朝刊に目を通すから、きみのほうは、どんなにグロテスクに潤色された話か知らんが、次に世界を悩ませてやるつもりで用意しているぼくらの冒険譚にでも、とりかかればいいさ。それからぱりっとした服に着替えて夕食にオイスターでも食べたら、八時にはマスネ（ジュール・マスネ、フランスのオペラ作曲家）の『マノン』だ」

そういうわけで、ホームズが劇的に姿を消したことを非難していた善良なるレストレード警部は、以来、違った見方をするようになった。彼がホームズに対し、このときの感情的な会話のことをふたたびもちだしたかどうかは、とても社交的とは言えないどちらの男からも、私は聞かされていない。あれ以来、話題にすることはなかったのではないだろうか。それでも、今このときに至っても、ホームズが腕っぷしのいい仲間を求めたりレストレードが英国きっての名探偵を必要としたりするとき、二人は躊躇なく互いを訪ねていく。銀行家クロスビーの恐ろしい死は巡回裁判で殺人と確定し、さらに審理されることになった。チャールズ・カトモアとヘレン・エインズリーの運命はまだ定まらないが、この二人もまた、わが不変の友、比類なきシャーロック・ホームズの存在を不満に思う動機をたっぷりかかえた、おびただしい数の犯罪者たちの仲間入りをしたのである。

無政府主義者のトリック　アンドリュー・レーン

The Disappearing Anarchist Trick by Andrew Lane

アンドリュー・レーン
Andrew Lane

米作家。三十作以上のフィクション、ノンフィクション、ヤングアダルト小説を発表したほか、ゴーストライターをつとめた作品もある。十四歳のホームズを主人公としたヤング・シャーロック・ホームズ・シリーズを八作発表、二十カ国以上で刊行された。邦訳は『ヤング・シャーロック・ホームズ1 死の煙』など三巻までが静山社刊。本アンソロジー所収の彼の作品には、このシリーズ第三巻の話につながる部分がある。レーンが九歳にして初めて自分の小遣いで買った本が、『緋色の研究』だったとのこと。

これまで発表した私と友人シャーロック・ホームズとの冒険譚において、彼が一種の（ドイツの哲学者ニーチェの言葉を借りれば）「超人」であるという印象を、私が与えていたかもしれない点は、医者として意識していた。けがをせず、病気に苦しむこともなく、ほかの人たちが遭うような事故にも縁がないというものである。読者のみなさんは、このイメージを世間の人たちや警察、さらにはもっと重要なことに、犯罪界へ広げたという点では、私と共謀したことになるのだが。

言うまでもないが、このイメージは事実ではない。この姿は、複雑な場面や状況に手を加えたり凝縮したりして描かれたものである。ホームズは、私が出会った中では最も並外れた身体を持つ人物のひとりで、身体を衰弱させるような肉体的苦痛を気にしないその能力たるや、正直言って驚くべきものだ。それでも私は長年のあいだに、彼がさまざまなけがや病気に苦しむところを見てきた。これは指摘しておきたいが、彼はいい患者とは言えないのである。

もちろん、狡猾な殺人犯カルヴァートン・スミスを罠にかけるために、珍しい熱帯病にかかったふりをしたときのことを言っているわけではない。あのときのホームズは、持ち前の演技力で瀕死状態にある人のふりをしただけだった。だが、本物の病気になったときのホームズは、病気になったふりをしたときとほとんど変わらず、怒りっぽくて扱いにくいのである。これは彼がときどき見せる、精神が不安定な徴候のことを指しているわけではない。心の科学は肉体の科学より数世紀も遅れているが、ホームズが見せるある種の行動特性が、いわば標準とは異なる精神状態にある人に共通するものだと理解できるぐらいには、私はウィーン学団の著作を充分理解している。ただし、このことは弱さの表れとは言えない。それとは正反対で、ホームズの脳の働き方こそが、探偵として成功した理由であり、障害ではないと理解するに至ったのだ。

だが身体の問題に戻ると、一八九四年冬のある出来事を、私は特に思い出す。このときのホームズは、私が「猿と合板ヴァイオリンの問題」としてのちに書いた事件の捜査を続けていたが、この事件については彼から強く言われたため、原稿の発表には至っていない。原稿は、何らかの理由により世間の目から遠ざけられたほかの事件と同様に、ブリキの文書箱にしまわれている。

ところでこの事件の終盤に、ホームズはテュルプ教授が称する「苦痛と退廃の施設」の火災から逃げる際に足首をひねってしまったため、私はほとんど彼を抱えた状態で、馬車を求めてハックニー・ウィックの通りを駆けずり回らなくてはならなかった。ベイカー街に戻ると、当然ながら私は彼の足に包帯を巻いた。彼はすでにステッキを何本も持っていたため、それを格闘ではなく、身体を支える本来の目的に使うことができたのだが、それでも治療にはできるだけ安静にする必要があった。そのため、彼が国家の重要な件で兄のマイクロフトから協力を求められたのは、言うまでもなくタイミングとしてはよくなかったのである。

私たちは馬車に乗ると、マイクロフトの行きつけのクラブではなく、ホワイトホールにある彼のオフィスへ行った。その部屋が黒っぽいオーク材の羽目板張りで、外の大理石の廊下が静かだったので、両者のあいだにさして違いはなかった。

「二十年前とまったく同じオフィスだとはね」ホームズが言った。「そのあいだに何度となく昇進して、省も二度変わったというのに」

「見慣れた環境のほうがいいのでな」マイクロフトが低く響く声で言った。一時的に肉体に問題を抱える弟が立つそばで、彼は強化椅子に腰掛けている。その姿を戸口に立って見ながら、リウマチ、痛風、そのほかのさまざまな問題は、この体重によってどの程度まで引き起こされているのだろうかと、私は思った。それに、彼が弟に椅子を勧めなかったことも目についた。

マイクロフトは眉をひそめた。「おまえがここに来た覚えはないが」

「十五歳のときに忍び込んだんだよ」何でもないことというように、ホームズが答えた。「多くのファイルがそのときと同じ場所にある」

マイクロフトは驚いたようすも見せずに、首を縦に振った。「そうか、スエズ運河の一件だな。すっかり忘れていた」

「どうだか」と、ホームズが言い返す。「あれのせいで、お互いに丸々十年間も、ほとんど口を利かなかったんだから」

「非常に深刻な政治問題で互いの立場が異なっていたし、おまえの行動は早計だった」

「ぼくの行動は間違っていなかった」

「正義と道徳の点では、おそらくそうだろうが、国際外交の点では明らかに違う」マイクロフトが大きな手を軽やかに振った。「だが、時は過ぎ、お互いに若かりしころからははるかに遠くまで来た。実は身体を動かすことになる任務に、おまえの力を借りたいと思っていたのだ。私のほうは自分の工作員を使うことができないのでな。ただ、おまえは走ることはもとより、歩くことにも問題があるようだから、この件は当てがはずれたということになりそうだが」彼はそう言って、ホームズと私を交互に見た。「ところで、テュルプの件ではよくやったな。何人かの大臣は、家族との時間をもっともつという表向きの理由から、この二、三日で辞めることだろう」

「あの男は社会にとって不愉快な存在だった」とホームズ。「それに、本人に起きたことはすべて自業自得だ。ただ、ぼくのことは心配無用——素早く動くように求められれば、モルヒネが痛みを消してくれるでしょう——」彼はここで、私に向けて手を上げてみせた。「それによってけがの程度を悪化させることになると主治医が指摘するのなら、必要とされる身体を動かす任務はこちらで行うと提案したいね。ぼくが首都に抱えているたくさんの工作員の力を借りて」

「そうだな、若いウィギンズも二十歳の誕生日を迎えただろうし、かつての宿無し連中の大半も、それほど違いはない。おまえがまだあの連中をときどき使っているのは知ってるぞ。不正規隊の次の世代と合わせてな。けっこうなことだ。さて、簡単に言うと、この情報は最大級の慎重さで扱ってほしいのだが、ここロンドンを拠点とする無政府主義者の団体が、全スパイのリストを入手したことがわかっている。ヨーロッパ各国の政府が大陸中に潜入させた者たちのリストだ。承知していると思うが、無政府主義者が集会に投げ込んだ爆弾によって十二人が命を落とした数年前のシカゴのヘイマーケット事件以降、無秩序で指導者のいない、政治に疎いこの連中のことを、わが政府は以前よりもはるかに真剣に受け止めねばならなくなっている。この連中を抑え込まないかぎり、やつらは望むものが手に入るまで、人殺しをやめないだろう。連中の望みとは、あらゆる政府を転覆させて、定義もはっきりしないような理想主義の集団力によるものに置き換えることにほかならない」

「あの爆弾によって命を落としたのはひとりだけだった」と、ホームズが皮肉っぽく言った。「警官四人を含む、残り十一人の死は、シカゴ警察が群衆に向けて無差別に発砲したことによるものだ。でも確かに、無政府主義者が社会的価値観に対して、明らかに存在する危機であることは、ぼくも意識している。それで、ぼくたちがどう力になれると？」

「この無政府主義者の細胞は——連中が自分たちのことをそう呼んでいるのだが——リストを国外へ持ち出して、国際的な協力者に渡すつもりなのだ。このリストは膨大で記憶できないから、実際に身につけて運ばざるをえない。無政府主義者たちの正体はつかんでいるが、連中がリストを持っているところを捕まえる必要がある。反論の余地のない訴えを起こせるよう、知らないうちに持っていたなどと言い逃れができない状況でな」

マイクロフトの言い分は、私には驚くほど弱いように思われたが、ホームズは明らかに同意していた。「兄の真意としては」と、私のほうを見ながら彼が言った。「この悪党の一味は以前にも情報を国外へ持ち出しており、誰かがまたやるといけないから、その手順を知りたいということなんだよ」

「この連中は、現在ロンドンのフォーチュン劇場で公演を行っているロシアの劇団と関係がある」弟の言うことは無視して、マイクロフトが続けた。「ロシアは無政府主義者の考えのるつぼだ。ピョートル・クロポトキンの理論のおかげでな」彼は首を振ると、私のことをちらりと見た。「この男は、生まれはロシアの王子なのだよ。信じられるかね？　もっと分別があってもいいように思うかもしれないが。とにかく、この劇団は例の情報を持ち出すことに何らかの形で関与していると思われる。ただ、弟の言うことも正しい——連中がどのような手順を踏むのか、われわれにはわかっていないのだ」

「すばらしい」ホームズはそう言うと、手を叩いた——彼がそうするには、ステッキを本棚に立てかけてバランスを取りつつ、痛めていない右の足首に体重をかける必要があった。「ぼくたちもチームの一員に加えてくれてかまわないよ」

結局、その日の夕方に私はホクストンの横丁にある戸口に立つことになった。寒さのせいで吐く息が顔の前で白くなり、それがロンドンに数多くある暖炉からの煙と混ざっていた。身体が凍えないように、足踏みせずにはいられなかった。

マイクロフトによれば、この無政府主義者の〝細胞〟の主導者——裁判官なら「監督者」と言うところの人物——は、立派な教育を受けた若いアイルランド人女性で、その燃えるような赤い髪で見分けがつくという。リストを持っているのは、この女で間違いないとのことだった。また、マイクロフトが自分の工作員を使うことができない——正確なところは、使いたくても使えない——理由は、不審物を持っている彼女を捕まえようとして、すでに何度も失敗しているからだと、彼は認めた。彼らはこの任務に明らかに不向きであるだけでなく、この赤毛の無政府主義者とその仲間に顔が割れてしまっていたのである。

「私はね」私たちが立ち去る際に、マイクロフトが声を掛けてきた。「これが彼女の最後の旅になると思っている。行き先はロシアだ。無政府主義者の集会があるからだが、彼女はこれに合わせて国を出る計画を立てたと考える以外にない。この女がすんなりと連絡列車に乗るようなことはない。監視されているとわかっているからな。秘密の脱出計画を立てていることだろう」

ホームズは身体を楽にできるよう、角に停めた馬車に乗っていた。御者はシンウェル・ジョンスン――この手のことではホームズにたびたび使われている、しがないボクサーだ。

張り込んで三時間が過ぎたころ、問題の家のドアが開いて、寒さに備えて着込んだ、やせた人間が出て来るのが見えた。腰当てから女性とわかったが、乳白色の顔を包むように垂れ下がっている赤い髪が、私たちの目標であることを示していた。彼女は家を出るタイミングを、辻馬車が通るのに合わせていた。通りかかった馬車を手を上げて停めると、歩道に寄せられた馬車に向かって、呼び掛ける声が聞こえた。「フォーチュン劇場までお願い」しわがれていたが、教養のありそうな声だった。

この行き先は、ホームズが予想していたいくつかの可能性のうちのひとつだった。馬車が縁石から離れていくと、私は反対側の戸口に身を寄せていた、大人になったベイカー街不正規隊のひとりに向けて、指を三本、素早く立ててみせた。その彼がほかの不正規隊をその劇場へと向かわせて、待たせてある荷馬車でちょっとした遅れを演出するべくあとに残るとわかっていた私は、前方へ走ってホームズのいる馬車に乗り込んだ。

「フォーチュン劇場まで急いでくれ！」と、ミイラのように着込んでいるジョンスンに呼び掛けた。

「三番目の選択肢だったか」と、ホームズがつぶやいた。「だが、一番可能性の高いものではあった」

劇場まで二十分かかったが、その間ホームズは、あごを胸につけるようにして、ずっと黙ったままだった。劇場に着くと、私は向かいの店の戸口に身を隠せる場所を見つけたが、ホームズは足を引きずりながら劇場の中へと入っていった。

入り口のあたりには人がおおぜいいた。この夜の外出前に、みずからの身体に振りかけた香水にヘアオイル、アフターシェーブローション、オードトワレなどをもってしても、風呂に入っていない人々の体臭は感じられた。通りを覆う馬糞、細々と燃えるガス灯、それにロンドン中に広がる石炭や薪の火の煙によるさまざまな悪臭と相まって、胸が悪くなるほど重苦しい感じがした。私はロンドンは大好きだが、年を重ねるにつれて、きれいな空気と田園地方の静寂を望むようになっていた。

私は顔の下半分をマフラーで巻いて、鼻ではなく口で息をしようとした。

寒い中、戸口でひとり待ちながら、私はどういうことが起こるかと考えを巡らせた。彼女が移動中に目的地を変えていたら？　フォーチュン劇場が二つあったとしたら？　思い出そうとして、私の心はほんの一瞬どきどきしたが、その答えは記憶の中から急に出てきた。常識的な移動範囲内に、フォーチュン劇場はひとつしかない。はるかかなたのバーミンガムまで行くつもりでないかぎり、フォーチュン劇場へ行くのなら彼女はここに来るだろう。

劇場の外には、中で現在行われている出し物の広告があった。奇術や手品のショーをやっているようだ。私は熱心なファンではないが——ホームズはよくヴァイオリンのリサイタルに私を連れ出すものの、もし私ひとりなら、かわいらしい踊り子や女性が出ているものを選んでいた——このような出し物はロンドンにはいくつもあり、手品がちょっとした流行になっていることには気づいていた。

私は店の戸口のところから、見張っていることを気づかれないようにしつつ、人だかりの中から目標を見つけようとした。戸口の陰になった部分が役に立ったが、マイクロフトによれば、この女性は頭がよく、油断のない人物だという。

人だかりを見渡したが、先ほど目にした特徴的な赤毛は見当たらず、その髪を隠すようなスカーフやかつら、帽子も見えなかった。私はホームズとの付き合いから、変装に対しては鋭い目を持つようになっていたので、彼女が見た目に何か手を加えていても見抜くことができる自信はあった。

霧の中から人影が現れて、私の横で立ち止まった。それはウィギンズだった——かつてホームズの使い走りをしていた宿無し連中のひとりだが、現在は石炭の配達人をしている。それでも、彼はいつでも顔を見せては、進んで手を貸してくれていた。寒さしのぎのため服の襟を立て、帽子は顔を覆うほど深く下げている。金髪の前髪だけが飛び出ていて、そこに霜がついていた。特徴を消した、優れた尾行者だと認めざるをえなかった——私がいる場所から見える、六人ほどの無為徒食のやからと遜色ない格好をしているのだ。

「何か情報は？」と、私は尋ねた。

「あの女の乗った馬車はピカデリーで動けなくなってます」と、ウィギンズが答えた。彼の吐く息が、やかんから出る蒸気のように、口元から大きく膨らんだ。「馬車が殺到して、みんな思い思いの方向に行こうとしてるんです。怒号が飛び交って、殴り合いまでしてますよ。それでも、あと五分でここに来るとは思いますがね」

「彼女がその馬車に乗っているのは確かなんだな？」

うなずくウィギンズ。「確かもいいところですよ。あの人が家を出てから、馬車の一方の扉をずっと見てたんですから。反対側はメラーが見てました。ぼくたちに見られずに出られっこないですよ」

「それなら、今のところは問題なさそうだな。彼女に顔を見られたということはあるまいね？」

「自分でわかるかぎりはですがね。陰になったところからは出なかったですし、帽子も深くかぶっていたので」

私は通りにさっと目を走らせると、判断を下した。「よし――きみは劇場の裏へ回って、楽屋口まで行ってくれ。劇場に入った彼女が、こちらの気づかないうちに裏から逃げ出すというのはごめんだからな」

「彼女が本当にその楽屋口から出てきたら、どうします？」

もしホームズがこの場にいたら言いそうなことを、私は考えつこうとした。「彼女のあとをつけて、最終地点まで行ったら、できるだけ早く連絡をよこしてほしい。駅や船着き場、波止場のほうに向かっているようだったら、警官を呼んで逮捕させるんだ」

「何の容疑でです？」

「そうだな、スリとでもして、しばらくそのままにしておけばいい。さあ、彼女が来ないうちに、行ってくれ」

ウィギンズはそっと立ち去ると通りを横切り、横丁から楽屋口へと向かっていった。ほかに誰かいないかと、もう一度あたりを見渡したが、知った顔はひとりも見つけられなかった。彼女が現れたときに見失わないためには、この場にあと五人は必要だろうが、今の私には二人しかいない――しかも、そのうちのひとりは自分だった。可能性が多すぎるし、ミスするパターンもたくさんある――ミスしたら、マイクロフトは不満に思うだろう。ホームズはひとりで尾行するときは、いったいどのようにしていたのだろうか？

劇場の入り口近くに一台の馬車が停まり、御者が手綱を引くと、馬がうしろ脚で立って鼻を鳴らした。その馬車から女性がひとり、そっと出てきて、歩道に降り立った。身体の向きを変えて御者に硬貨を渡すと、相手は帽子に手をやった。彼女が背を向けないうちに、別の客が馬車へと乗り込んで、行き先を告げた。

その女性の帽子の下から、流れ出るような赤毛が見えた。服は先ほど見たときと同じで、帽子も同じである。彼女で間違いない。結局のところ、彼女が私たちをまくことはなかったのだ。見ていると、彼女は人だかりの中を劇場の入り口へ向かっていった。チケットを見せたようには見えなかったが、入り口のところにいる制服姿の係は手を上げて、彼女を通した。

私は戸口から離れると、通りを横切った。馬の前を走ったときに、その馬が墓石並みの大きな黄色い歯で、私の襟を嚙んできた。

ホームズが私のチケット代をすでに払っていて、入り口の係に預けてくれていた——そのため私は名前を言うだけで、中へと入れた。前方に、私が追う女性の赤毛を隠した帽子が見える。彼女は、舞台の正面に向かう二つある通路の一方を進んでいた。見ていると、彼女は最前列の席に腰を下ろした。

私は最後列の席へと座り込んで、待機した。私のまわりを、芝居好きが席を埋めていく。見回したが、ホームズの姿はどこにもなかった。

数分ののち、劇場内のガス灯が消されて、舞台の端に並ぶガス灯だけがついている状況となった。防火幕が舞台の上のスペースへゆっくりと上がっていくと、背景幕が見えてきた。山々が描かれており、舞台上にはインドとアジアのシンボルが大量に入り混じって飾られた平面パネルが並んでいた。

舞台の前にあるオーケストラ・ピットでは、楽団員が東洋風の旋律を奏でた。短調で不協和音のものばかりである。数秒後、金の龍が刺繡された、青色の波打つシルクのガウンを着た大きな口ひげの男が、舞台袖から出てきた。その顔はドーランで光っており、そのせいで東洋風の見た目になっている。肌は土色で、目はアーモンド形だ。髪は帽子で覆われているため、禿げているようにも見えるが、背中にはお下げの髪が垂れていた。それからの十分間、その男は何もないところから花にトランプ、硬貨に各国の旗を次々と出してみせて、魅了された観客から盛大な拍手を浴びていた。

私は舞台を見ていなかった。二十列前に見える帽子から、目が離せなかったからだ。私は、彼女がその帽子を他人にかぶるように渡したかもしれないと思い、自分のばかさ加減と力のなさに腹を立てていた。ところが、彼女が頭を少し横に向けたときに見えた横顔は、彼女の家の前で目にしたものと同じだった。あれは例の女のままなのだ。私は安堵のため息を漏らした。

ホームズの姿を捜して再度見回したところ、今度は見つけた。舞台を見下ろす右側のボックス席にいたのだ。包帯を巻かれたほうの足を、楽になるようにボックス席の手すりに載せており、オペラグラス越しに赤毛の女性を見ている。数秒後、彼は自分が見られていることに気づいたようで、オペラグラスを下げて私のことを見下ろすと、うなずいてみせたのだった。

オーケストラが演奏をやめて、楽器を置いた。私が舞台に目を戻すと、衣装を着た男は手の中からハトを出したところらしく、ハトが舞台の端へと飛んでいった。

「みなさん！」その男の声ははっきりしていて、劇場内を覆うざわめきに負けずによく通っていた。彼が強いアジア訛りで話していく。「これからみなさんには、公衆の面前で行なわれたものとしては史上最高とされる、信じられないような驚異のトリックをお目にかけます！」期待に満ちた観客の拍手を受けて、こう付け加えた。「このトリックには観客の方のお手伝いが必要です！」彼が見渡すようなしぐさをしてみせた。「どなたか、われこそはという方は、いないでしょうか！心配は無用です——害はありません。私は助手を失ったことはないのです……」そこで一瞬、間を置く。「これまでのところは！」この軽めの冗談に合わせて、オーケストラがジャンと短い音を鳴らした。観客が笑う中、彼が続けた。「最前列の美しいご婦人はいかがですかな？」

帽子をかぶった例の赤毛の女は、彼がほかの人に話しかけているかもしれないので、左右を見渡した。そして問いただすかのように、自分のことなのかという身振りをした。後ろからは見えなかったが、「私のこと？」というしぐさをしたのだろう。

中国風のローブを着た手品師がうなずいて、手を差し出した。「お嬢さん、さあ、どうぞこちらへ！」

私は座ったまま、緊張していた。ボックス席にいるホームズのほうを見上げると、彼は座ったまま身を乗り出せるように足を下ろしており、この状況をしっかりと見つめている。これは何かの企てなのだろうか？　これによって逃げおおせようとしているのか？

彼女が立ち上がると、観客からの拍手が増した。彼女は軽くうなずいて、ステージの横へと向かっていく。オーケストラ・ピットの横を過ぎた先に、舞台に上がる五段の階段があるのだ。

私は緊張して見守っていた。もし彼女の姿が消えたら、舞台へと駆けつけざるをえなかったが、あとのことにはかまっていられなかった。

幸い、階段を上がって舞台の上に立っても、彼女の姿が消えることはなかった。ここで初めて私は、彼女の全身をほんの一瞬でなく、ちゃんと目にすることができた。ほっそりしていて美しく、高い頬骨ととがったあごの持ち主である。どこか遠くの国から来たという異国風の見た目をしていたが、先ほど耳にした声には、軽いアイルランド訛りがあった。オーケストラの楽団員た

ち も首を伸ばして、階段を上がる彼女を見ていた。彼女ほど魅力的で優美な人を、しばらく目にしていなかったのだ。もしくは、長いスカートの下からのぞく足首が見えたのかもしれない。舞台へと上がる彼女の手を、手品師が取った。「みなさん!」と、彼が呼び掛ける。「みなさんには、世界がまだ若かりしときにはすでに古く、チベットの山奥で師匠から弟子へと伝えられてきたトリックをお目にかけます。これは私が、人里離れた洞窟で暮らす皺だらけの賢者から、個人的に教わったものです。あなたの目を開いて歓喜をもたらすトリック——それこそが、この〝天使の変化〟です!」

観客が自然と拍手を始めて、オーケストラが高い山頂に吹く風を思わせる、不気味でこの世のものではないような空気の感じを奏でる中、手品師が赤毛の女性を舞台後方へと導いていった。隠れたワイヤによってパネルが引き上げられると、舞台の上五フィートの高さにある壇へとつながる、木製の階段が姿を見せた。その壇は木の柱で支えられており、壇の下のスペースには何もなく、奥の背景幕がはっきりと見えていた。

手品師は私たちの目標を、その階段の下へと連れて行った。そこで手を離すと、彼女は壇へと上がっていき、それから観客のほうを向いた。両手は控えめに身体の前にやっており、頭は下に向けている。手品師はその壇の下を歩いて背景幕のところまで行き、そこで回れ右をして戻ってきた。壇の下に何の仕掛けも隠されておらず、あるのは空間だけだと、はっきり示していた。彼が舞台の前方へ戻ってくると、舞台の頭上の暗闇から赤毛の女性の真上に、輪がひとつ下りてきた。彼女の背と同じくらいの長さがある半透明の物質が、その輪のまわりに張り巡らされている。

それが降りていき、彼女の全身を包み隠した。

私は緊張した。彼女がこの物質に覆われているあいだにどうにかして逃げて、仮に楽屋口から出て行くような場合には、捕まえるのはウィギンズに頼らざるをえない。そのように逃げるのなら、私は劇場の正面に回って、出て来る彼女を待ち受けることになる。ただ、ホームズによれば、この劇場の出口は二カ所のみとのことであり、彼女があのヒールで走れるとも思えなかった。

結果的に、私が行動に出る必要はなかった。円形の布の端が壇まで達するや、何らかの隠された仕組みによって上部がはずされたのだ。その物質がひらひらと下へ落ちて、壇と階段を覆った。するとそこには、われらが目標がまだ立っていたのである。その顔と髪はすぐに確認できた。だが、着ている服は白いシルクのガウンになっており、頭の上から後方へ広がるぐらいに羽のついた翼が生えているようになっているのを目にして、私は仰天した。まるで感動的な宗教画から飛び出てきた天使のようだったのである。

息を吞んだ観客はやんやと拍手を浴びせたが、これで終わりではなかった。彼女は上のほうを見つめていて、顔は下からの燃えるような色で輝いており、両手は身体の前で組まれている。私が驚いて見とれていると、背中から生えたようになっている翼が、両側へと広がっていった。興奮した観客の拍手が激しく鳴り響いていても、カサカサという白い羽の音が聞こえた。そして信じられないことに、彼女はゆっくりと空中へ上がっていった。足と壇のあいだには明らかに空間ができていた。彼女は祈るかのように両手を身体の横へやっていたが、目は天を見上げたままだった。身体は飛び込み台から飛び込むダイビング選手のように前へと曲げられて、観客に向けて胸が突き出ていた。

私は必死に頭を働かせたが、ここでもし彼女が飛び去った場合には、その結果生じるマイクロフトへの説明は、興味深いものとなるだろう。ホームズもこの光景を目にしていたことが、私には幸いだった——マイクロフトは私のことは信じないかもしれないが、自分の弟の話はきっと信じるからである。

私は肩越しに、さっとうしろを見てみた。するとありがたいことに、元不正規隊が五人そろっていて、劇場の後方に並んで出口を見張っていたのである。彼らは私のことと、舞台上のようすの両方に、注意を払っていた。グレイスンと目が合った。髪の薄い小柄な子として、まだ私の記憶に残っていた。今は確か三人の子持ちである。私は出口を指さすと、片手で横に払うようなしぐさをして、この場を離れて劇場の裏手でウィギンズに合流するように示そうとした。グレイスンは眉を寄せると、「何です?」と口を動かした。私がこのしぐさを二度繰り返し、隣に座っていた女性の帽子を払い落としそうになったところで、彼はようやく意味を理解して、立ち去ったのである。

これで舞台の前には、私のほかに主要出口を押さえている人間が二人おり、楽屋口にも二人——ウィギンズとグレイスンが——いることになった。これだけいれば、抜け出そうとする彼女を捕らえるには充分だろう——彼女に翼があろうがなかろうが。

私が舞台へ注意を戻すと、彼女は舞台の上の暗闇へと上がってはいかず、前方へと漂ってきていた。両手はうしろへやり、翼はさらに大きく広げられ、舞台の端から端まで達しそうなほどである。手品師は彼女に下りてくるよう手招きしていたが、その姿はまるでハトを粒餌で呼び寄せようとしている人物のように奇妙だった。彼女はゆっくりと降りてきてしだいに舞台に近づき、ついに足が舞台に触れた。顔を伏せて、控えめに下を見つめている。身体の前のほうで翼がゆっくりとたたまれると、ついには頭の先から足の先までが、大量の白い羽にすっぽりと覆われた。

手品師がシルクの袖の腕を、優雅で美しいこの人物のほうへと伸ばした。「さあみなさん、ごらんください。この無垢な女性が天使のような姿へと変わりました！」手品師は彼女のうしろを歩き、舞台を左手から右手へと横切り、片手を下げてはもう一方の手を上げて、不思議なこの人物のほうへと注意を向けさせつづけた。「これほどまでに美しく、これほどまでに純粋な魅力には、私は逆らえません！　どうでしょう――この美の化身の唇を奪うというのは？」

観客の中の無遠慮な連中が、これに応えて大声を上げた。「いいぞ！」と言う者に、「やめて！」と言う者。面白いことに、前者は男性が、後者は女性が、多く口にしているようだった。

手品師は彼女のうしろを歩いた。そして彼女を抱きしめるかのように、その両手が上げられた。「でも、こんなに慎ましいのですよ！　これほどの天使であれば、いやしい罪人がさっと抱きしめても、いやがることはないでしょう！」

手品師がいやらしい身振りや言葉で観客を煽ると、叫び声は大きくなった。長い口ひげを右手で派手になでつけ、片方の眉を上げながら、この天使を抱きしめたものかと、ふたたび観客に尋ねている。そして彼がその両手を彼女の肩に――正確に言うと、身体を覆う翼の後ろの肩があると思われる場所に――置くと、観客は半分がブーとけなし、残りの半分は拍手を浴びせたのだった。

「やりますとも！」手品師が天に向けて両手を上げた。「私はこの天使を、ごく普通の女性に対してするように、抱きしめます。清純と気品そのものである彼女の魅力には逆らえません！」

その女の片側に立っていた手品師は、彼女のほうへ身体を向けると、両手を鉤爪のように伸ばした。前へ踏み出て、ガウンをはおった右脚を彼女と観客のあいだに置く。天使であり、私たちの目標であるその女性の身体を、両方の腕が包み込んだ。観客全員が固唾を呑む。

すると、彼女が姿を消した。

さっきまでそこにいたのに、次の瞬間にはいなくなっていたのだ。手品師がバランスを崩して前のめりになるや、観客は熱狂した。白い羽がひらひらと舞って、舞台へと落ちる。手品師は驚いたようすで見回し、両手を差し出して無言のアピールをしていた。「天に召されてしまった！」と大声で言う。「私はもうおしまいだ！」彼が観客のほうを向いて両腕を差し出すと、この信じられないトリックに、観客は拍手を送った。

私はホームズのほうを見上げた。彼は変わらずに身を乗り出していたが、予想していたような驚きの表情はしておらず、かすかに微笑んでいた。

彼は私のほうを見ると、片手を耳に当てた。ホクストンで待機していたときに、二人のあいだで決めた合図だった。予想外のことが起きたときに用いる合図である。

私はさっと立ち上がった。手品師はお辞儀を繰り返しており、オーケストラは陽気な調べを奏でている。私はポケットから呼び子を素早く手に取ると、口元へやった。それを吹いたところ、甲高い音が、喧騒、音楽、拍手を切り裂いた。

私の後方の出入り口のところでは、元不正規隊も呼び子を吹き鳴らしていた。願わくは、この音により、何かが起きたとウィギンズとグレイスンに気づいてもらいたかった。二人とも、信頼できる連中である。もしも彼女がそちらのほうから逃げようとしたら、この二人が捕まえるはずだ。外にいる警察は、マイクロフトからの指示により、じゃま立てはしないように言われているはずである。

今や観客は私のことをじろじろと見ていた。舞台上の手品師も同様である。オーケストラの演奏は尻すぼみとなって不協和音になっており、何か手違いがあったのかとあたりを見回していた。「みなさん！」と、私は大声で言った。「どうかそのまま席にいてください」正直なところ、自分が警察官だとは口にできなかったので、ホームズと取り決めていた内容を言い足した。「私は医者です。先ほどの女性はタパヌリ熱に感染していると見られます。私はアフガニスタンで英国陸軍と行動をともにした経験があるので、症状に気づいたのです！」

予想されたように、観客が急にざわざわとしだした。私は彼らのショックと心配を当てにしていた。それにより、なぜあの女性が姿を消すまで待ってから、大げさに騒ぎ立てたのかという疑問が持ち上がらなくなるからである。私は通路を駆け上がって、抗議しようと腕をつかもうとする、夜会服を着た何人もの男たちをかわしていった。劇場の後方までたどり着くと、元不正規隊の二人に合流して、口早に告げた。「出る人をひとり残らずチェックするんだ。緑色の服を着た赤毛の女性がいたら、その人を呼び止めて、私を呼ぶこと。コートか何かで変装している可能性もある。女性の場合はかつらもチェックしてくれ。感染の症状の確認だとか言ってな」

「断られたらどうします?」と、一方が言ってきた。

「ノーという返事は受け入れるな。髪をつかんで、引っ張るだけでいい」そこで少し考えた。「主な症状のひとつに、抜け毛があると伝えるんだ」

この二人が行動に移ると、私は三人目をつかまえた。「きみは舞台の裏へ回ってほしい——ウィギンズとグレイスンに確認するんだ。例の女性が逃げたと伝えてくれ」間を置いて、あわただしく考えた。「それから屋上へ上がって、彼女が隣の建物へ移る方法があるか確かめてほしい」

四人目は私のことをじっと見ていた。「彼女がいないか、舞台の下を見てきましょうか?」と言ってきた。

「まさしくそれだ」そこで私は言葉を切ると、相手の顔をまじまじと見つめた。「きみ、名前は?」

「メラーです、ワトスン先生。ライアン・メラーです」恥ずかしげに微笑んだ。「前にオレンジをひとつ、いただいたことがあります」

「彼女を見つけてくれたら、オレンジを箱ごとあげるよ」

メラーは笑顔でうなずくと、立ち去った。私は舞台に向かって傾斜している通路を戻っていった。舞台ではガス灯がつけられていくところだった。

「そこにいてください!」と、私は舞台の左手から降りていこうとしている手品師に呼び掛けた。「その場から動かないように。話がありますので!」

私は、楽器を冷静に片づけているオーケストラの横を通り過ぎると、階段を駆け上がった。

オーケストラがいなくなっても、私はかまわなかった——目的はあの女なのだから。舞台に上がると、今一度ホームズのほうを見上げた。彼はまだかすかな笑みをたたえており、満足げに私にうなずきかけてきた。彼の身体が動けばやっていることを、私はしているようである。

私は手品師のほうに向かって、羽が散らばる舞台上を歩いていった。歩きながら舞台の板を見下ろして、せりがないか探した。舞台の板は何度も切られて取り替えられていたため、全体が落とし戸を寄せ集めたようになっていた。ただ私は心の中で、このトリックはそんなシンプルなものには頼れないぐらいに、信じがたくて不可能なものだと思っていた。落とし戸がどんなに素早く開いたとしても、もしくは壇が下に素早く引っ張られたとしても、観客の目はごまかせないだろう。通常であれば、舞台では何か観客の気をそらすものが使われる。悪魔の王がせりから姿を現すというような場合には、煙が噴き出たり、何かが渦巻いたりという具合だ。今回はこの女性は、羽のついた翼に覆われたそのうしろに、よく見えるところにいた。手品師は、自分の身体やローブで彼女の身体を隠して、舞台下へ移動させようとはしておらず、彼女が舞台下へ運び出された気配もまったくなかった。彼女がまっすぐ落下して、下に置かれたマットレスの上に落ちたとしても、その動きははっきり見えたことだろう。今回の件で厄介なのは、はっきりと見えなかったことだった。

「このトリックの仕掛けは？」と、私はきっぱりとした口調で、手品師に尋ねた。近くで見ると、厚く塗られてひび割れた化粧の上を、大きな玉のような汗が流れている。「さあ言うんだ——女はどこへやった？」

「消えたよ」と、相手ははっきりしたロンドン訛りで答えた。「言ったように、変化したんだ。天に召されたんだよ」

「そんなたわごとはよせ。これはトリックだ。どうやったのか言うんだ」手品師の身体をつかんで揺さぶると、薄いローブが裂けた。

「機密保持契約を交わしてるんだ」と、男が哀れっぽい声で言ってきた。私はつかんでいた部分をひねった。「本当だって――トリックの仕掛けをバラしたら、訴えられる。あいつらに破滅させられちまうよ」

「あいつらとは？」

「このトリックを考えだしたロシアの男と、劇場の支配人のことさ。おれはただ、舞台上でこのトリックをそれらしく見せるように雇われた、手伝いにすぎないんだよ」

「それじゃあ、あの女は――彼女は何も知らない観客のひとりだったのか、それとも彼女も手伝いで雇われた口か？　それとも、逃げる手伝いをさせるために、彼女がおまえを雇ったのか？」

逃げ道を探して、男の視線が横に流れた。「頼むって、本当に何も言えないんだ！」

「それなら、おまえを逮捕させたあとで、殴りつけて真実を引き出してやる」言うまでもなく、これははったりだった――国王に仕えていても、そのような暴力行為は認められない――が、それは相手の知らないことである。

「その必要はないね」という大きな声がした。それはボックス席から呼び掛けるホームズの声だった。「細かく調べれば、驚くほど単純なトリックだよ。実は失礼なぐらいに単純でね。ワトスン、だからぼくは、手品や奇術といった出し物は遠慮しているんだ」

これに答える間もなく、観客席から自分の名を呼ぶ声が聞こえた。振り返ると、通路を歩いていく観客を調べるようにという指示を与えた、元不正規隊二人のうちのひとりがいた。

「ワトスン先生、あの女が劇場を出た形跡はありません。言われたとおり、ひとり残らず調べたんですが」

「それは確かか？」と、私は聞いた。

「あの人はとびきりの美人でしたからね。もし見かけていたら、見逃すわけないですよ」彼が頭をぐいっと動かして、通路の先のほうを示した。「ブルースターはあっちに残して、女が抜け出そうとしたときのために、ドアを見張らせています。このあとはどうしますか？」

「裏にいるウィギンズとグレイスン、それに舞台下にいるメラーに確認してみてほしい。ところで、きみの名前は？」

「オールディスです」

「よくやったぞ、オールディス。さあ、彼女を見つけよう」

「はい」彼は出口に向かって、通路を駆けていった。

私は舞台に立ったまま、どこをどう間違ったのか正確に見極めようとした。一介の女性が、いったいどうやって私たち全員の目をかいくぐることができるというのか？

ホームズはやはりホームズで、私が考えていることをきっちりと見抜いていた。「翼とローブは、輪から垂れ下がった下向きのカーテン状のものの中に隠されていたんだよ、ワトスン」と、彼が言ってきた。「ハーネスと一緒にね――これについては、きみの目にも明らかだったと思うが。ローブは彼女の身体の上を滑り落ちていき、彼女が白いカーテンで隠されたあいだに、自分で身体に翼をつけたんだ」

「彼女もこのトリックにかんでいたわけかい？」

「頭を働かせてくれよ」と、彼が続ける。「翼は、舞台の上のスペースまで伸びたワイヤと、前もってつながっていた。上では裏方がワイヤを使って翼を広げて、次に彼女を壇から持ち上げると、きみが今いる場所へと降り立たせたんだ。ごくありふれたトリックだが、今回のように芸術的手腕を駆使して巧みに行なわれると、印象的なものになるんだよ」

「ワイヤなんて見えなかったが」

「見えないようにしてあるからさ。光の反射を避けて、背景幕に溶け込むように、黒く塗られているんだ。彼女が舞台へ降ろされると、上からのワイヤは上にいる裏方に操られて、彼女の身体の前で翼がまとまるようにされたんだよ」ホームズが私をしっかと見据えた。「彼らがそうした理由は？」

私がすぐ思いついた答えは、「そのほうが芸術的に見えるから」というものだった。だが自分の中の何かが、この答えは間違っていて、ホームズに軽蔑されることになると言っていた。私は考えを巡らせた――閉じるような翼を作る理由とは？　それの可能性のある使い方は？

「うしろで行なわれていることを隠すためだ」と、私は勝ち誇ったような声で言った。

「正しい答えを当てたうれしさは、もう少し隠そうとしたほうがいいよ。そう、うしろで行なわれていることを隠すためだ。特に彼らは、最初は隠した留め金によって身体の前で翼を留めていたから、彼女がワイヤとハーネスをはずすところを隠そうとしていたんだよ」

「そうすることで、自分自身と翼を切り離したわけか！」と、私は声を上げた。私は話しながら、先ほど目にしたことを頭の中で反芻していた。そうすると、今度は何もかもが見えた——翼と、手品師の身振りという気をそらすもののうしろで行なわれていたものが。「ということはやっぱり、せりを使ったのか！」

「そのとおり——足で音を立てるという合図をすると、彼女はゆっくりと舞台下へ降ろされていった。移動する壇を使う裏方によってね。彼女が降りていくところは、隠した棒の構造物によって支えられた、舞台上にある翼で隠れていたんだ」

私はある考えに思い至った。「でも、手品師が彼女を——というか、翼を——つかもうとしたときは？　あれはどうやって消えたんだい？」

「足元を見てみたまえ。舞台の厚板のひとつに、丸い小さな木材があるのがわかるかい？」

私はひざまずいて、見てみた。厚板とのこぎりの跡のあいだにいくつもある継ぎ目のひとつに、直径五インチほどの円形の木栓があった。排水管の端にふたをしているような見た目である。

「あったぞ」

「その栓が下からはずされると、長い棒が上向きに出てくる。翼の内側にね。手品師は、いろいろな身振りをしたり彼女の身体をつかもうとしたりするあいだに、衣装の中に下げられたワイヤとフックを使って、その棒と翼をこっそりと留めたんだ。手品師が最後に前のめりになった瞬間、下にいる裏方がその棒をさっと引っ張る。すると翼はたたまれてその穴から引き降ろされ、そのあとは今のように栓がされたんだ」そこでホームズが顔をしかめた。「ぼくだったら、裏方の力には頼らずに、バネの装置を使っただろうがね。スピードも確実性も増すことになるから」

「だが……」私は今の話を頭の中で順に追おうとして、少し考えた。「だが、あの翼は羽でできていた。シルクでつくられた衣装が、舞台の穴から素早く引き下げられるというのはわかる。だが、羽だとどうなんだろうか？」

「羽なんかなかったんだ。あの翼は羽に似たものでつくられているが、穴を簡単に通せるように、丸めることができるんだよ」

　私は舞台上に落ちている白い羽を拾い上げた。みごとなまでに大きく、まぎれもなく本物の羽である。そのことをホームズに指摘しようとしたとき、手品師の姿が目に入った。舞台の袖に立ち、今の話に耳を傾けている。膨らんだシルクの袖がぶら下がっていて、両手が隠れていた。

「手品師のしわざか！」私はまっすぐに立つと、羽で示しながら声を上げた。「彼が舞台上にこれをまいたんだな。ローブの中に隠していたんだ」

　手品師の顔は、ドーランが塗られていても、青ざめていた。「もうおしまいだ」と、彼が嘆きの声を上げた。彼がホームズのいるボックス席のほうを指さす。「聞いてましたよね！」と大声を上げて、懇願するような目で私を見た。「この人が自分で答えを出したんです――おれはこの人にもあんたにも、何もしゃべっちゃいない！」

「何もかも失敗だよ」と、ホームズが声を掛けた。「ワトスン、きみも今ではすべてわかったことだろう。途切れなく滑らかに行なわれたように見えたこの不思議なトリックを成し遂げるのに、何人の手がかかっているのかも含めてね。まさに組織的なやり方だ」

「そうなると、彼女は舞台下にいるんだな」と、私は声を上げた。「騒ぎが収まるまで待って、それから抜け出す気か」

肩をすくめるホームズ。「その点は、きみに証明してもらわなくちゃならない。ぼくの身体は下まで行って、調べられる状態にないからね。きみが舞台下へ行って、彼女を連れてきてくれたら、大いにありがたいんだ。理論上はどれも問題ないけれど、理論を実際の証拠にしなければならないときもあるからね」

私は視線を上げて、オールディスがブルースターと合流した入り口のほうを見てみた。そこではオールディスが、最後に残ったわずかな観客を――無益ではあったが――調べていた。指を鳴らすと、彼が私のほうへと通路を駆けてきた。

「どうだ?」

「残念ですが、女の姿はどこにもありません。言われたように、裏口でグレイスンとウィギンズに確認したんですが、誰も出てきてないというんです。通ったのは裏方ばかりで、大柄でごつく、頭には髪の毛もあまりないから、どう間違っても赤毛の女性であるはずがないとのことでした。次に舞台下にいるメラーに確認しましたが、彼も何も見ていません。そこでぼくは、裏口からウィギンズを連れてこようと思ったんです。裏口に二人いても、することがあまりないですからね。そうして彼と一緒に、更衣室に衣装室、それに楽屋《グリーンルーム》というところもすべて調べました。その部屋は名前の割に、青く塗られてましたけどね。押入れからかごから、あらゆるものを見てみましたが、何もなかったんです」

「これもまたトリックに違いない」と、私は言った。「翼のものと同じように」

「確かにね」と、ホームズもボックス席から言ってきた。その声が、今や人がいなくなった観客席に響いた。「これがどのように行なわれたのか、きみのお手並み拝見といこうじゃないか」

「一緒に来てくれ」と私はオールディスに言った。

彼が先に行き、いまだに苦しんでいるようすの手品師の横を通って、舞台から離れていった。黒く塗られた舞台後方の陰のところに、下へ通じる狭い階段があった。細い鉄柵で守られているが、裏方に長年つかまれて、形が曲がっている。私はオールディスを従えて、その階段を降りていった。階段の下には長い通路があり、舞台後方の下を通っている。何もかもが、埃とカビ臭い古着のにおいがした。ドアのない戸口がいくつか、その通路に面していたので、私は真ん中のものを選んでみた。

その戸口は、舞台の三分の一ほどの大きさがある、広い場所へとつながっていた。舞台の木の板が、この部屋の天井になっている。見上げると、その板を支える梁には、クモの巣が張り巡らされていた。その場の真ん中には金属製の構造物があり、それが舞台へと上まで伸びている。構造物の内側にはレールがついていて、バネとケーブルからなる装置もあった。上部にある板は切られて落とし戸になっている。それを裏方が引っ張ることで上下するのだろう。

私が先にここへ送り込んでいたメラーが、その場に立ったまま、漫然としたようすで見回していた。部屋の反対側は飛び出た柱によって、アーチのついた狭い保管場所へと分けられていたが、それぞれの幅は大柄の男性ほどしかなかった。私の目には、この建物のかつての姿――ワインセラーのようなもの――の名残に見えた。それぞれの部屋をのぞき込みながら、その前を素早く歩いたが、中には何も置かれていなかった。

「ここに来てから、この場所を離れたか?」と、私はぶっきらぼうに聞いた。

「いいえ、指示されたとおりに、少しも動いてません」

「この通路にあるほかの部屋を捜索するために、ここは少しも離れなかったと?」

「はい、そうです」

「捜索はぼくがしました」と、オールディスが口をはさんだ。「ぼくとウィギンズで」

赤毛の女が本当にこの部屋へと引き降ろされたのなら、今はもうどこかよそにいるのだろう。問題は、それがどこなのか、私にはわからないことだった。

「ここにいてくれ」と、私は元不正規隊に告げた。「離れるんじゃないぞ」

私は舞台下の部屋から離れると、並んでいる収納室の前を通って一番はじまでいき、そこから階段のところまで戻った。どの部屋も保管用の場所で、運び出された箱の跡が埃についている。だが足跡は、どんなに華奢なものも、まったくなかった。

私は、舞台の板まで伸びている、変わった装置が真ん中にある、舞台下の部屋へと戻った。ウィギンズとオールディスが私のことを自信なさげに見つめていたが、私には言うべき言葉がなかった。私は腹立たしげに室内を見回して、反対側にあるアーチのついた狭い区画に目をやった。彼女は逃げおおせたが、その方法が私にはわからなかった。

大きくノックする音が頭上から三回響いて、私は驚いた。

私は元不正規隊の二人に身振りで示して、せりを下げるのを手伝わせた。その仕組みの理解に少し時間がかかったが、やがてその木製の四角形が油の塗られたレール上を滑らかに下がってきた。それが下がるあいだ、私は一瞬、ホームズがその上に立っていて、落ちるのではないかとはらはらした。だが、そのせりが問題なく下がると、舞台の光を遮るように立っているホームズの姿が、開いた穴から見えた。ステッキに寄りかかっている。ボックス席で待つのは、せっかちな彼の性格に合わなかったため、足が痛くても、問題の現場の近くに行こうと決断したのだろう。もしくは、私が解決するとは思わなかったからか。

「どんな感じだい、ワトスン？」と、彼が呼び掛けてきた。

「何もないんだ」と、私は告げた。「影も形もね」

「ウィギンズたちは劇場をくまなく捜索したんだろう？」

「ああ」

「もし彼女がいたら、ウィギンズたちが見つけたと、ぼくは確信している」彼がそこで言葉を切った。「きみが今いる部屋のようすを教えてくれ」

「幅はおよそ二十フィート、レンガ造りで、床は石だ。舞台が天井の役目を果たしていて、きみから見えるこの装置が真ん中にある。レンガの壁で部屋は十二に分かれており、さながら馬房だ。この区画のほうがかなり狭くて、地下にあるがね。保管場所のようだよ」

ホームズはしばらく考えていたが、やがて口を開いた。「これからきみに向けてステッキを投げるから、しっかり受け取ってくれよ——帰るときに必要だから」

数秒後、先端が銀色の黒いステッキが穴から落ちてきたので、私は受け取った。意外に重さがあった。「これをどうするんだい？」

「最初の区画まで行って、そこでそのステッキで空気を叩いてくれ」

「空気を叩くだって？」

「言うとおりにやってくれないか。左から右にやるんだよ。上下に振り下ろすんじゃなくね」

元不正規隊の二人に目をやると、私と同様に困惑しているようだった。私はレンガ造りの最初の区画まで行くと、その前に立って、銀色の先端をしっかりと握ったまま、ステッキを横に振った。ステッキが空気を切り裂くシュッという音以外は、何も起こらなかった。

私は振り返って、元不正規隊の二人をもう一度見てみた。ウィギンズは眉をひそめ、オールディスは肩をすくめている。私は続けて、二番目の区画に移った。その前に立ち、やや当惑しながらも、同じことを繰り返した。やはり、何も起こらない。ステッキが振られたことで生じた微風により、埃が舞っただけだった。

私は肩をすぼめた。間抜けに見えるとは思いながらも、ホームズはわかっていて私に頼んでいるのだ。舞台上にいる彼はけがをしていないほうの足で、いらだたしげに板を踏み鳴らしていることだろう。

私が三番目の区画に移ったとき、落とし戸のところからホームズの声が聞こえてきた。「静かなようすからするに、価値あるものはまだ何も見つかっていないようだね」

「まったく何もないよ」と、私は言い返した。「きみのステッキがかなり重いとわかったこと以外はね」

「鉛の芯で強化してあるんだ。いつなんどき武器が必要になるか、わからないから」

私はこれに対しては何も言わず、三番目の区画に目をやった。ここにも何もない。私はステッキを持ち上げると、左右に振った。

するとガラスの割れる音がして、区画の右側の空気がジグソーパズルのピースのように割れて床に落ち、それによってガラスが回転したり当たったり跳ね返ったりして、さらに細かく割れた。

その場にいたのが、あの赤毛の女だった。自分の身体の幅とほとんど変わらないスペースに立ち、飛び散るガラスの破片に対して、両手で顔を守っている。

「うわ、これは――」と、オールディスが声を上げた。

このトリックがいかに成し遂げられたのか、私は瞬時に理解した。これほどまでに単純なものによって、私たちの目をこんなにうまくだませたとは、信じがたかった。石の床からアーチのついたレンガのところまで、鏡がはめ込まれており、うしろの壁の真ん中から私の右手の壁にかけての角度――ぴったり四五度――により、何もない左側の空間がきちんと映って、その空間が右側にも続いているように見えており、三角形の隠れ場所ができていたのだ。

「今の音から察するに、彼女を見つけたということでいいのかな？」と、ホームズが上から大きな声で言ってきた。

「ああ」と、私は答えた。彼女は両手を身体の脇に下ろして、その魅力的な青い目で、私のことを激しくにらみつけていた。

「よければ、彼女を上まで連れてきてほしい。途中でまた見失うことのないようにね」

少ししたのち、私たちはみな舞台上にいて、彼女を囲むように立っていた。彼女を見つめるホームズの目つきは、タカがネズミを見るそれにそっくりだった。

「なかなかみごとな才能を披露してくれたね」と、ホームズがようやく口を開いた。「おそらく、盗んだ情報はきみのかばんの中の封筒にも、身体検査の際にきみの身体から見つかるようなところのどこにも隠されていないことだろう。それにより少なくとも、兄がニューゲートかブリクストンから間違いなく送り込む婦人看守たちによって、裸にされて手荒く扱われるという侮辱を受けることはなくなるだろうね」

女はわずかにうなずいたが、言葉は発しなかった。

「疑問点はまだ残っている」と、ホームズが続けた。「いったいどこに隠したのかということだ」

そう言うと、彼は笑みを浮かべた。「アメリカの作家ポーと、その傀儡であるC・オーギュスト・デュパンについて語っている時間はないのだが、ポーは『盗まれた手紙』の中で、よく見える状差しに手紙が隠されていたという事実を思いついている。きみは女性であるから、あまりに明白であるためにぼくらがすっかり見落とすようなところに、盗んだ情報を隠したことだろう」

ホームズは、その重さにもかかわらずステッキを振り上げて、その先端を彼女の顔に向けた。足首の状態から、難なくというわけではなかったが、彼は前に踏み出すと、彼女の帽子を突いた。

いや、突いたのは、燃えるような赤い髪だった。それは少しのあいだ耐えていたが、やがて勢いに負けてずり落ちた。彼女が上品さを失わないように手を伸ばすことをしなかったため、かつらは——そのときになって、私たちはかつらだとわかったのだが——頭皮から後方へと滑り落ち、ドサッという音をたてて床の板に当たったのである。

「頭は剃ったんだ。脱毛症による不幸な結果ではないよ」驚きで静まり返っている中、ホームズが告げた。「無政府主義の大義に対する傾倒の強さが、示されているわけだ。ワトスンはぼくの見立てに賛成かな?」

「ああ」弱々しく答えた私は、彼女に対して気まずさを感じていた——尊厳を奪われ、人の目にさらされるべきではない状態に置かれている彼女に。それでも彼女は変わらずまっすぐ立ち、感情を露わにしなかったが、頬には赤味が差していた。

「情報は、消えないペンを使って頭皮に書かれたのではと思っていた」無作法なことは何もなかったというように、ホームズが続けて言う。「でも、そうではないとわかったんだよ」彼は床の板へふたたびステッキを下ろした。その顔に疲労の徴候を見て取ったのは、私だけだったかもしれない。「ワトスン」と、今度は私のほうを向いて言った。「情報は、そのかつらの裏打ちの内側に書かれているはずだ。言うまでもないが、非常に小さく書かれていることだろう。拡大鏡の助けを借りて書いたものだが、彼女を捕らえる理由としては充分だと思うね」そこまで言うと、彼女に視線を戻した。「死刑執行人がきみに目を向けるときに、髪が元の長さまで戻っていることを願おうじゃないか。残念ながら、このすてきなかつらは証拠となったので、国王の所有物としなければばならないのでね」

観客席の入り口から、にぎやかな音が聞こえてきた。

「兄の工作員だな」と、ホームズが言う。「この女性がふたたび逃げ出さないようにする以外には、ほかにすることがほとんどないという事実を隠すために、派手に現れるんだよ。さあ、ワトスン――ここからすぐのところにある劇場に、魅惑的なソプラノのコロラトゥーラ歌手が出るんだ。ぼくは彼女たちの声の美しさに、きみは彼女たちの顔の美しさに、目を見張ることになるだろう。それでどちらも満足できるというわけさ」

1896
第3部
1929

ホームズとワトスンの友人関係および仕事上のパートナーシップは、一八九〇年代の後半いっぱい続くことになる。この時期、ホームズの仕事はさらに増え、職業上の絶頂期を迎える。一八九四年に〝大空白時代〟を経てロンドンに戻ったホームズは、ワトスンがすぐに彼の冒険譚の刊行を再開することを許さなかったが、その名声は広く行きわたっていた。

一九〇二年の中ごろ、ホームズが〈白面の兵士〉で書いたように、ワトスンは三度目の結婚をする。ワトスン夫妻はクイーン・アン街に居をかまえたが、相変わらずホームズの事件捜査には付き合っていた。

一九〇三年の秋、ホームズはまだ四九歳だったが「引退」し、サセックス州のサウスダウンズで英国海峡に面したビーチー岬にほど近い農場に移り住む。そこでうわべは養蜂生活を始めながら、実はドイツとの戦争を回避するか、あるいは戦争の準備をするという、兄マイクロフトの仕事を手伝っていた。ただしこの時点で、戦争は「起こるかもしれない」でなく「いつ起こるか」の問題であった。

その後も世捨て人の印象を世に与えながら、ホームズはロンドンで夫婦生活を送るワトスンの援助も得て、相変わらず忙しく働いた。第一次世界大戦のあいだも二人は活躍するが、大戦後のホームズは時おり事件捜査をする程度になる。ワトスンも一九二〇年代は時おりホームズの手助けをし、一九二九年七月に亡くなるまでその関係は続いた。

サセックスに住みつづけたホームズは、一九三〇年代から四〇年代のあいだも、たまに事件を手がけた。第二次世界大戦の時期には連合国側のために働くが、その後は養蜂生活に戻り、一九五七年の誕生日の朝に亡くなるまで研究生活を続けた。

「ワトスンときたら！　この有為転変の時代にあっても、きみだけは変わらないね」
――シャーロック・ホームズ（〈最後の挨拶〉）

「私が知るこの世でいちばん善良で賢明な人間、つまり親友ホームズ……」
――ジョン・H・ワトスン（〈最後の事件〉）

地下鉄の乗客　ポール・ギルバート

The Adventure of the Regular Passenger by Paul D. Gilbert

ポール・ギルバート
Paul D. Gilbert

英ホームズ・パスティーシュ作家。一九五四年に生まれて以来、ずっとロンドンおよびその周辺に在住。本業は葬儀屋。*The Lost Files of Sherlock Holmes*（2007）、*The Chronicles of Sherlock Holmes*（2008）、*Sherlock Holmes and the Giant Rat of Sumatra*（2010）、*The Annals of Sherlock Holmes*（2012）、*Sherlock Holmes and the Unholy Trinity*（2015）などを刊行。現在は *Sherlock Holmes: The Four Handed Game* を執筆中。

「……というのも、そのころのホームズは、有名な煙草王、ジョン・ヴィンセント・ハーデンが奇妙な迫害をうけたことにからむ難事件で頭がいっぱいだったのだから」
――コナン・ドイル『美しき自転車乗り』

私たちがエジプトとローマから劇的な帰還を果たした直後の何週間かにわたり、友人シャーロック・ホームズがハドスン夫人の数少ない料理メニューのそれぞれをむさぼり食うのを、私は興味深く見ていた。

こんなことに言及したのは、本来のホームズの食習慣というものが、そのころと比べずっと禁欲的だったからにすぎない。特に難事件に熱中しているときは、ほとんど食事をとらない。要するに、当時のホームズにはよろしくない余裕があり、精神的能力に必要なエネルギーを、食物の消化などという些末事に消費していたということだ。

厳しい寒さと強風が続いていた一八九六年十月のある朝、ホームズは自分の皿から顔を上げ、私が面白がっている様子を何やら疑わしげにながめた。彼はデビルド・キドニー（子羊の腎臓料理）と卵をたっぷりと食べたばかりで、薄切りのパンでその残りを拭っていたが、私を観察したあと、うっとうしそうにフォークを皿の上に放りだした。

「まったく、ワトスン。長年の付き合いだというのに、きみときたら、論理的な思考手順を踏まずに事実を知る前から誤った推測をするのは害があるという単純な真理を、いまだに理解していないようだな！」

　私は、なぜそんな気むずかしいことを言いだすんだと尋ねようとしたが、そんな質問は無駄だと気づいた。ホームズは、いくらでもその主張を詳しく説明してやろうと言わんばかりに、すぐさま立ち上がって窓のそばへ行き、やけに乱暴にマッチを擦って紙巻き煙草に火をつけた。炎はカーテンに燃え移りそうなほどに燃え立ち、そのあとホームズが発した言葉は煙にまぎれてよく聞こえなかった。

　ホームズは窓から離れ、自分の煙草を指さしながら私のほうを向いた。

「長く困難な事件を扱っているときのぼくの禁欲的態度を、きみは何度も非難してきた。だが、そうすることがぼくの能力にいかに有益かということに、気づきもしなかった。そして今度は、今ぼくに手持ちの仕事がないからといって、活動不足を埋め合わせるためだけに食べていると考えている」ホームズは、ふたたび煙草を唇に挟みながら、否定するように首を振った。

「このぼくでさえ、外国での冒険のせいで精神や身体のエネルギーをすべて失ったのかもしれないのだと、きみは思いもしないんだな。あるいは、ぼくがこのところやたらと食べるのは、単なる空腹のせいかもしれないとも考えない。ぼくの食習慣の変化が仕事に飢えているせいだと決めつけるのは、この一時的な休みをぼくが喜んでいるかもしれないという可能性の否定だよ。だが、きみにもすぐわかると思うがね、それは大いなる間違いさ！　ほら！」にっこりと笑ったホームズは、いきなり小さな紙片を取りだし、焦らすように私に見せた。

「推理したまえ、ワトスン、憶測はだめだぞ！」

「依頼が来たのか」私はそっけなく言った。

「そのとおり、ジョン・ヴィンセント・ハーデンという名の依頼人だ。これからぴったり五分後に、ここへ相談しにやってくるはずだ。ハドスンさん！」ホームズは下宿の女主人を呼びつけ、すぐ朝食を片づけさせると、部屋から追い立てた。

「われわれに相談？」ホームズは、前もって言わなくても私が一緒に話を聞くのが当然と考えているところがあり、私はよくそのことに苦言を呈していた。

「ああ。もちろん、ご親切にもほかの約束を考慮して都合をつけてくれるなら、ということだがね」ホームズは微笑んだ。私の今の立場、そして、最終的にどんな返事をするかという私の性質を、彼は完全に把握している。

「喜んで」私も微笑みながら答えた。「すぐにノートを取ってこないと！」

間もなく戻ってきた私は、ハーデンが到着する前に、彼の短いメッセージに目を通した。ハーデンの要請には、急ぎの用だというようす以外、特に意味深な点はなかった。だがいつものように、ホームズの評価は私とまるで違っていた。

「いくつかの言葉が書き手の人物像を物語っていると思わないかい？」

どうやら私は困惑の表情を浮かべていたらしい。ホームズは途方に暮れた私の返事を待たずに、言葉を続けた。

「文字の形に不安が表れてるのを見てみたまえ。一方、ひとつひとつの文字の折れや曲げは正確できちょうめんだし、点や交差の位置も正しい。依頼を受けるに当たってはね、ワトスン、これから会う相手が目立った性質の人物とわかっているのは心強いことだよ。ジョン・ヴィンセント・ハーデンの証言の正確さは、保証されたようなものだ」

「それに、時間にも正確ということか」約束の時刻のまさにその瞬間、ハドスン夫人がベイカー街二二一番地Bの戸口で、私たちの新しい依頼人に挨拶する声が聞こえたのだった。同時に私は、彼の名をどこで聞いたかを思いだし、ホームズに指摘した。ハーデンは、煙草産業界でもトップクラスの権力者なのだ。

ほどなくして、ジョン・ヴィンセント・ハーデンがおずおずと部屋に入ってきた。ホームズはさっと立ち上がり、愛想のいい笑顔で挨拶をした。年長の紳士の不安とためらいを、ホームズはすぐさま感じ取った。

「気を楽になさってください、ハーデンさん。ご心配には及びません、ここでは友人たちの輪にいる気持ちでいてくださってかまいませんよ。コーヒーでもいかがですか？　落ちつけると思いますが」

ハドスン夫人がホームズの耳障りな命令を聞かずに済むように、私はおだやかな声で階下に呼びかけ、コーヒーを持ってきてくれるよう頼んだ。

私が部屋に戻ると、ハーデンはいくぶんそわそわしながらも、すでに客用の椅子に浅く腰かけていた。ホームズは桜材のパイプに煙草を詰めている。コーヒーが無事に運ばれてきて、ホームズが多少ぶっきらぼうにハドスン夫人を部屋から出ていかせるまで、誰もひとこともしゃべらなかった。

パイプ煙草に火がつくと、ホームズは皮肉っぽい笑みを浮かべて客に向き直り、ハーデンの顔の前で彼の自己紹介のメッセージを掲げてみせた。

「ハーデンさん、あなたのメッセージにはあまり詳しいことがありませんが」少々非難がましい口調だ。

「申しわけない、ホームズさん。今回の問題について一語でも書いてしまえば、あなたは私が頭のおかしい人間か何かだと考えて、すぐに依頼を断り、相談にも乗ってくれないのじゃないかと思いましてね」ハーデンの言葉は、異常で奇妙なものが大好きなホームズの興味をまたたく間にかき立てた。ホームズの態度は目に見えて和らぎ、満足げな笑みが一瞬唇に浮かんだ。

私はノートを自分の手元へ引き寄せながら、ハーデンの風貌を観察した。メッセージから感じられるとおりの、知識人ぶった人物そのままに思える。間違いなく六十五歳は超えているように見えたが、私たちよりずっと年長にもかかわらず、完璧に着飾っていた。ウーステッド（梳毛織物）のスーツは明らかに特別あつらえの品で、ネクタイも靴も汚れひとつなく、きちんとそろえた口ひげと薄くなった灰色の髪からは、ごく最近床屋に行ったことがうかがわれる。話し方も歯切れがよく明確だった。

ホームズは自分の椅子でくつろいでいたが、その鋭い瞳は依頼人の顔から一瞬たりとも離れなかった。

「さて、ハーデンさん。ぼくに助言を求めようとお考えになった問題について、起きたことや状況をできるだけ詳しく話していただけますか。ぼくと同様、こちらのドクター・ワトスンも、あなたの秘密はきちんと守るということをお約束します。

お忘れにならないでいただきたいのは、あなたが非常に高価な銘柄のハバナ葉巻を葉巻パイプを使わずに吸っておられること、最近煙草業界から引退されたこと、メトロポリタン鉄道の地下鉄線を広い範囲にわたって使われていること以外に、ぼくはあなたのことを何も知らないということです」

こう断定すると、ホームズは依頼人から顔をそむけ、わざとらしくパイプに火をつけた。それはまぎれもなく、ハーデンと私の顔に浮かんだお決まりの崇敬と驚嘆のまなざしを避けるためだった。ホームズはしばしば、そういうことをひどくめんどうがるのだ。

ホームズの防止策が過剰なものでないことを証明するように、ハーデンも私も、ホームズが避けたかったまさにそのとおりの反応を示した。ハーデンは驚きの声まで上げた。

「ホームズさん！　ここにおられるワトスン先生のおかげで、私もあなたの抜きんでた才能に関する記録はたくさん読んでいますし、今日こちらで何を聞かされてもびっくりすることはないと考えておりました。しかし、どういうことか説明してもらえませんか、まるで私のことをすでに知っておられるかのようですね」

ハーデンの敬意のこもった言葉を聞き、ホームズはかろうじて自己満足の笑みを嚙み殺したが、これで話がまた少し長引くことには明らかにいらだっていた。そのせいか、ホームズの返答はそっけなく短いものだった。彼は不意に依頼人のほうを向き、説明がわりにハーデンの指先を指し示した。

「茶色くなっているあなたの指先が、流行の葉巻パイプを嫌っているという事実を明かしていますし、肩にうっすらついている灰は銘柄を教えてくれています。ワトスンに聞いてもらえばわかりますが、ぼくは葉巻や紙巻き煙草の灰や、それらを犯罪の探知に使う方法を徹底的に研究してきましたし、ハバナ葉巻は非常に特徴的です。あなたの帽子に薄くついている煤は、メトロポリタン線に特有な種類のものです。金時計と鎖からは、あなたがごく最近引退されたことがわかります」

私たちの問いかけるような視線に、ホームズはこう言い添えた。

「時計の裏のイニシャルはＨＴＩですね。ハーデン・タバコ・インダストリーズ社の頭文字でしょう？」

そこまで聞いて、ハーデンは椅子の上で身をのけぞらせ、うれしそうに手を叩いた。

「ホームズさん、ワトスン先生が書かれているあなたのお仕事ぶりは、あなたの才能をまったく誇張したものではないことがよくわかりました。あなたのご指摘はすべて正しいのですが、ただどうしても解せないのは、なぜ頭文字だけで私の会社の名前まで言い当てられたのかということです」

依頼人の感激ぶりに駆り立てられたように、ホームズは明らかに本腰を入れだした。いたずらっぽい笑みを嚙み殺し、特別な秘密を明かそうとでもするように声を落とした。

「ハーデンさん、実を言いますと、最近の朝刊であなたのことを読んでいたワトスン君が、ご到着の直前にその情報を教えてくれたのですよ」ハーデンはホームズの告白に驚きと失望の両方を味わったようで、友人もそれに気づいた。

ホームズは何度も手を叩いて大笑いしたが、ハーデンと私は少々反応に困った。

「こんなふうに秘密を明かし続ければ、ぼくの評判もあっという間に消えてしまうでしょうな！」ホームズの楽しげな顔はだんだん落ちつき、間もなく厳しい顔でハーデンに向き直った。

「ハーデンさん、短い幕間も愉快ではありますが、こんなありふれた雑事の確認をしているうちに、貴重な時間がだいぶ無駄になってしまいましたね」

ハーデンはカップに残ったコーヒーを飲みほし、咳払いをした。自分の問題を話しはじめてもいいのか確認するように、不安そうに私を見た。私は鉛筆を上げ、励ますように微笑んだ。

「ありがとう。さてお二人とも、この件をお聞かせするにあたり、できるだけ簡潔かつ正確に話すことをお約束します」ハーデンがこう宣言すると、ホームズは感謝すると言いたげに笑顔を見せた。

「ワトスン先生の正確なご指摘のとおり、私はジョン・ヴィンセント・ハーデンと申す者で、わが国の煙草業界が輩出した史上最高の実力者として、ごく最近まで大きな成功をおさめてまいりました。

私の成功やそれにともなう財産を思えば、私の生活はつねに控えめで質素なものです。妻のクローディアとのあいだに子供はなく、ここ二十年はチェスター・スクウェアの慎ましいタウンハウスで、わずかな数の使用人とともに暮らしております」

「まったく地味な暮らしですな」ホームズは静かな声で言った。チェスター・スクウェアはベルグレーヴィアの高級住宅地の中でも最も人気のある区画のひとつで、ハーデンがそこの上品な家で暮らしているとすれば、ホームズの言葉は明らかな皮肉であった。

ハーデンはホームズの皮肉を無視し、葉巻入れを取りだして私たちに勧めようとした。ホームズも私も断った。

「間違いなくとても高級な葉巻ですが、自分の桜材のパイプのほうが、事件の始まりに当たって思考が明晰になりますのでね」とホームズは説明した。

ハーデンは太いハバナ葉巻の先端を切り取り、にっこりと寛大に微笑みながら、ゆっくり火をつけた。濃い煙を顔の前から払い、そして話を続けた。

「ここ二十年、私の毎日の習慣に、ほとんど変化はありません。私の会社の中心となるオフィスはシティにあり、会計部門はウェスト・ハムステッドの少し小さな建物に置いています。私は定期的にその両方を訪問するのが好きで、ガウアー街のすぐ裏手にあるクラブから、メトロポリタン線を使い、ウェスト・ハムステッドへ向かうことが多いのです。ホームズさん、あなたが正しく推理されたように、私は地下鉄の常連利用者で、ほとんど毎日のように地下鉄に乗っています」

「失礼ですが、ハーデンさん、あなたのような地位におられるかたにとっては、馬車のほうがずっと便利な移動手段なのでは？」私はついそう尋ねた。

「小型の四輪箱馬車《ブルーム》はあります。でも維持費が法外でしてね。めったにない社交的な催しなどで妻を同伴するときだけ使うようにしています」

そのとき私は、ホームズが依頼人にいぶかしげな視線をじっと向けたことに気づいた。彼はハーデンの帽子の縁に指を滑らせた。

「あなたの帽子の煤は新しいものですね」ホームズは強調するように言った。

ハーデンは葉巻を吸い、困惑気味にわが友人を見た。

「何か大事なことをおっしゃっているようですが、ホームズさん、私には意味がわかりかねるのですが」

「あなたは引退されているわけですから、わざわざウェスト・ハムステッドへ行く必要も、煤で汚れる居心地の悪い地下鉄に乗る必要もないのでは？」

「引退はしましたが、会社は通常どおり操業を続けていますし、会社の所有権を移行するために、会計士に助けを求められておりましてね。そうした仕事もほぼ完了はしていて、一日二時間か三時間顔を出せばいいだけになりました。すべてが正式承認されたら、この二十年で初めて、クローディアと長期の旅行をするつもりなんですよ！」ハーデンはうれしそうに言った。

「ハーデンさん、あなたの人生はきちんと秩序が保たれているようですし、なぜ私に危急の相談をしたいのかがよくわかりませんね」ホームズは、なぜかこの煙草業界の大物を好いておらず、すぐにでも話を終えたがっているようだった。暖炉の脇にパイプを打ちつけて燃えかすを出し、かわりに紙巻き煙草に火をつけると、ハーデンに背を向けて窓のほうを向いた。

「ああ、ホームズさん、どうか私の頼みを断ったりしないでください。私はあとをつけられて迫害されているのです、もう途方に暮れているのですよ！」ハーデンは急にそう叫び、あわてて立ち上がった。

「落ちついてください、ハーデンさん、どうか落ちついて。迫害とはまた尋常ならざるお言葉ですね。虐げられているようには見えないのですが、どんな干渉を受けたのか説明してもらえますか」ホームズはそう言いながら、部屋の中央へ戻ってきた。

「最初はたいしたことはありませんでした。普通でない出来事とはいえ、ひとつひとつは気づくほどのこともない些細で平凡なもので、私自身の不手際のせいかと思ったぐらいです。しかし、あまりに何度も続くので不愉快になり、時がたつにつれて大きな心配の種となったのです」

「おっしゃっているのはどのような出来事なのですか？　どのくらい続いているのですか？」ホームズはしぶしぶ尋ねた。

ハーデンはまた腰をおろしたが、ホームズがハーデンの尋常ならざる問題よりも、パイプから燃えかすをかきだすことに専念しているのを見て、だいぶ腹を立てたようだった。

「まず最初に、私の持ち物、たとえば傘などがときどきなくなるようになったんですが、きっと私の不注意だと思っていました。ですが、なくした物が突然に予想もしない場所から出てくるもので、これは誰かのしわざだと気づいたのです。何年も前にゴルフで優勝してもらった銀メッキのトロフィーが、地下の石炭貯蔵庫から出てきたりしたのですよ！

最初にそうしたことがあったのは四カ月前ですが、わが家の外で悩まされるようになったのは、ここ二週間ばかりのことです」ここでホームズは、ようやくパイプをかきだす手を止め、ふたたび依頼人に注意を向けた。

「先ほども申しましたが、私は倹約や利便性を考え、地下鉄メトロポリタン線をよく利用しています。毎日同じ時刻の列車で、ガウアー街駅からウェスト・ハムステッド駅へ向かいます。そのおかげで、地下鉄でいつもすぐ近くの座席に座っている乗客の顔も覚えてしまいました。

しかし､最近になって私は､車内で好ましからざる威嚇的な視線を浴びるようになりました。脅すような目つきで絶えずじっと見てくる相手がいるのですが、それがいつも違う人物なのです。違う人物がいつも同じ座席にいて、まったく同じ姿勢、同じ恐ろしげな表情でいるのです。二度以上同じ人間がいたことはまったくありません。まるで巨大で不可解な陰謀の標的にされているような気分ですよ！」そこまで言って、ハーデンはひどく怯えたように、上着のポケットのマッチ箱を探った。

「それぞれ違う人間らしいということですが、陰謀加担者の中に、迫害が始まる前に乗客として見た覚えのある人物はいませんでしたか？」とホームズ。

ハーデンはしばらくじっと考えたが、やがて首を振り、いないと答えた。

「明らかな共通点のある人間はいませんか？　たとえば年齢や背丈など」

「いいえ､まったく。何より奇妙なのはそこですよ！　あるときは中年の女性､あるときはこざっぱりとしたビジネスマン、あるときは若くて美人の子守女。唯一の共通点は、私に対する意味不明の不愉快な執着をもっているということです」

「それでも地下鉄に乗ることはやめないのですか。その妙なふるまいがどれだけ居心地が悪かろうとも？」私はそう尋ねてみた。

「ええ、先生。毎日の習慣を変える理由などありませんでしょう。共通点のない人間たちが、私を観察対象にして面白がっているといって」

「ところが、このところ状況が悪いほうに変わった。違いますか？」ホームズはそう言うと、私たちの問いかけるような視線への返事として、こう付け加えた。「何か恐怖を感じるようになったからこそ、今になって相談にいらしたのでは？」

「おっしゃるとおりです。このところ、事態はまちがいなく悪いほうへ向かっています。私をつけ回している連中は、単にじろじろ見るだけでは満足できなくなったようです。小声で話しかけたり、けんか腰の接触を試みたりしてくるのですよ。私の命をおびやかすような脅し文句をささやいたり、わざとらしくあばらを肘打ちしたり。こんなのはほんの一例で、ほかにもいろいろ無礼なことをされました。

お察しと思いますが、もちろん警察に相談しました。しかし実際に犯罪が行なわれないかぎり、警察は行動を起こせません。だからご相談にうかがったのです。ホームズさん、なぜこんな奇妙な迫害が行なわれるのでしょう？　私の命は本当に危機に瀕していると思われますか？」

ホームズは意見を言う前にじっと考えにふけっていたが、やがて唇をすぼめ、右手の人差し指を押しつけた。ハーデンを気遣うように横目で一瞥し、それからゆっくりとしゃべりだした。

「あなたは強くならないといけませんな、ハーデンさん。まったく危険がないとは言い切れないと思います。あなたの家で起きた特異な出来事が、乗り合わせた乗客の威嚇的な態度と関係があると思いますか？　あなたの私物がなくなったのは、あなたの使用人やご家族がやったことという可能性もありますし、その人たちがあなたの乗っているメトロポリタン線に突然乗り込んでくれば、あなたには顔がわかるはずですよね」

「ホームズさん、うちの使用人は長年勤めてくれている者たちです。彼らが乗客の悪党どもと共謀しているなどとは、到底考えられません。地下鉄の車内で家の者を見たことは一度もありません、それは確かです」

「でしたら、奥さんがちょっとした冗談のつもりであなたの大事な物を隠した、などと考えたこともないのでしょうね」ホームズはいたずらっぽい口調になった。

「もちろんありませんよ、ホームズさん。そんな考えはまったくもってばかげておりますし、少なからず侮辱的ですね！」ハーデンはまた立ち上がって抗議した。しかしホームズは臆することなく続けた。

「ハーデンさん、ほかに妥当な結論がありますか？　使用人を絶対的に信用なさるのはともかくだが、ゴルフ大会のトロフィーを元の場所から別の場所へ置き換えるためだけに、わざわざ外から侵入するような危険を冒す人間はいませんよ。それを否定なさるのなら、ひょっとしてあなたにはすでに、地下鉄での迫害の理由に思い当たるふしがあるのではないですか？」

「ホームズさん、わからないからこそ、私は今日こちらにうかがったのです、あなたの助言をいただくために。私を助けることはできないと言うんですか？」ハーデンは懇願するように訴えた。

「真実を話してくださるなら、手助けもできるというものですがね！」そう言って、ホームズはまたハーデンに背を向け、追いやるような侮蔑的なそぶりで、手を戸口に振ってみせた。

ハーデンは怒り狂い、足を踏み鳴らして戸口へと向かった。

「まったく驚きだ、ホームズさん。こんな口のききかたをされるのには慣れてませんのでね。あなたが助けてくれないなら、助けになってくれそうな同業者を探すまでですよ」ハーデンはきびすを返して出ていき、激しい音とともにドアが閉まった。間もなく、ベイカー街に面した玄関のドアからも、同様の音が聞こえてきた。

「ホームズ、興味深そうな案件だったのに、あんな尊大な態度で断るなんて、ちょっとやりすぎじゃないのか？　ハーデンがわざと真実を隠していると、本当に思っているのかい？」

「ワトスン、それについては疑いの余地がないよ。ハーデンの話が全部うそだとまでは言わないが、つじつまの合わない部分があるのは確かだ。それをぼくに話したがらないということは、恥ずかしくてぼくに堂々と言えないような秘密がきっとあるのさ。

なんにせよこの件は、ぼくのこれまでの経験にもないような特異な面があるし、ジョン・ヴィンセント・ハーデン氏を助けるほかの人間がいるとも思えない。彼はすぐにまたやってくるよ、間違いない。ワトスン、しばらくはぼくらで聞き込みができるし、ハーデンの迫害が新たな段階を見せる前に、このパズルのピースをひとつに組み合わせてみようじゃないか」

「なぜそこまで、ハーデンが真実を隠していると確信できるんだい？　彼の態度からは、何もそんなことは感じ取れなかったんだが」

「ぼくはウェスト・ハムステッドになじみがあってね。ワトスン、これだけは請け合うが、ハーデン・タバコ・インダストリーズ社ほどの会社を顧客にできそうな会計事務所は、あの付近にはないよ。そればかりか、あの規模の会社なら、必ず本社の内部に会計部門をもっているはずだ。だから最初からありえないと思ったのさ。

それに、ハーデンが言ったように、家にいいブルーム馬車があっていつでも使えるというのなら、二、三ポンドを節約するためだけに地下鉄での迫害に甘んじているというのもおかしい。ハーデンが地下鉄に乗りたがるのは、もっと魅力的な理由があるんじゃないかな」

「なるほど。思うんだが、ハーデンが地下鉄を使うことで、家人に居場所を知られる可能性は低くなる。つまり、何か不謹慎なことをしているなら、そのことを御者や従僕にわざわざ知らせたりはしたくないということかな」

「おみごと《エクセレント》、ワトスン。それこそぼくが考えていたことだ！　ただしぼくには、ハーデンが葉巻入れに手を伸ばしたとき、内ポケットから女物のハンカチの端がのぞいているのが見えたという幸運もあったんだがね。ハンカチは化粧でだいぶ汚れていて、C・H（クローディア・ハーデン）ではなくS・Sというイニシャルが入っていたよ」そう言うと、ホームズは自分の部屋に足早に入っていき、間もなく上着とマフラーを身につけ、小型のかばんと杖を持って戻ってきた。

「ホームズ、ハーデンの迫害の次の段階は、彼の命がおびやかされる可能性もあると考えるべきなのか？」私はホームズが戸口に着く前にそう尋ねた。

「きみはとうに知っているはずだがね、ワトスン。ぼくは決して憶測はしない。ただ、ありえそうにないと見えても、すべての可能性を排除すれば、ゆゆしき愚行が行われているとわかることもある。一秒でも無駄にするわけにはいかないんだ」

「どこへ行くんだい？」

「もちろんガウアー街だ。ハーデンの毎日の習慣が本当はどんな道筋をたどっているのかを確かめるには、デイヴ・〝ガナー〟キングとその仲間が助けになってくれそうだし、ハンカチのイニシャルの持ち主である謎の女性の素性もわかるかもしれない」

ちなみにキングというのは、ロンドンでも抜きんでて有能な辻馬車の御者で、彼の広い知識と不屈の精神は、さまざまな局面でホームズに貴重な助けをもたらしている。

「ホームズ、ぼくはウェスト・ハムステッドへ行ってみようか？　ひょっとするとハーデンの最終目的地も、出発地点と同じくらいに重要なものかもしれないぞ」

私の提案に、ホームズは心から感謝しているようだった。

「ああ、ワトスン、可能なら頼むよ。最終的には無意味な仕事になるかもしれないが、時間の節約は大きな助けになる」そう言うとホームズは戸口を出ていき、ハドスン夫人にぞんざいに声をかけると、ドアを閉めて二二一番地Bをあとにした。

私もホームズと同様にあわただしく出発した。重たい外套のボタンをとめながら、ベイカー街駅へ急いだ。辻馬車のそこそこの速度と快適さをあきらめて、悩める元依頼人と同じ道のりをたどってみることにしたのだ。

長くて落ちつかない地下鉄の旅の途中、私は車掌にハーデンのような人物を見たことがないか尋ねてみたが、車掌は困ったような目をして、ゆっくりと首を振っただけだった。やがてウェスト・ハムステッド駅の寒い吹きさらしのプラットホームに到着したが、手がかりを求められそうな相手は切符売りしかいなかった。

切符売りはにこやかな老人で、その話し方や態度からは、古き良き時代の名残が感じられた。幸い、彼の小さな仕事場は駅でも一番暖かい場所で、私は喜んで招きに応じ、中へ入れてもらった。こうした仕事をする人間の多くがそうであるように、この老人もおしゃべりの相手ができて喜んだようで、本来の質問に答えてもらう前に、ぬるいお茶と死ぬほど退屈な雑談に付き合わなければならなかった。

ようやく、私の忍耐と根気が報われるときがやってきた。わかったのは、この近所の人々は地元が生んだある有名人を誇りにしているということ、そして、その野心ある若い女優の芸名がソフィ・シンクレアだということだった。彼女のイニシャルの重要性は思い起こすまでもなかったが、ミス・シンクレアと初老の紳士が一緒にいるのを見たのは一度きりだと切符売りに聞かされると、私の興奮も勢いを失った。私はカップに四分の三ものお茶を残した失礼を詫び、感謝の握手をしてそこを立ち去った。

外へ出て煙草に火をつけようとしながら、私は駅舎を正面から見上げた。驚くほど小さく、無味乾燥で、アーチ形通路がひとつあるだけの赤レンガの駅舎が、貧相な店の一団を抱えている。そのとき、無慈悲な秋風にあおられて激しくはためく薄いベールのように、突然のみぞれが降りだした。私は襟を引き寄せ、帽子を目深にかぶり、道の向かいにある小さな酒場に向かった。

ホームズがよく、パブの客のゆるんだ舌から貴重な情報を引きだすことがあるので、私もそれにならおうと決め、その店に入っていった。正直なところ、寒さから身を守りたい一心でもあったが。

酒場の主人からウィスキーの大きなグラスを受け取ると、私はすぐさま、狭くて陰気なパブを暖めようとむなしい努力を続ける、小さな炉火に向かった。ほかの客をながめられるように炎に背を向けて立ち、誰が情報をくれそうか見定めることにした。とはいえ、短い査定ののち、がっかりしたというのが正直な気持ちであった。

その日わざわざ店にやってきていた客は、私のほかにわずか六人で、うち二人は、パブの飲み物をただひたすらに試飲しているとしか思えなかった。ほかに、政治論に熱中する年老いた紳士が二人、仕事にあぶれたような若い職人がひとり。ふた付きジョッキに注がれたエールの最後の一滴まで飲みほすあいだも、ぶつぶつとひとりごとを言っている田舎臭いごろつきがひとり。

一番近くにいたものの、ごろつきに楽しいおしゃべりの機会を提供するのは避けることにして、私は職人のそばに行こうとした。が、私がごろつきに背を向けたとき、その男の手が私の肩を力強くつかんだので、私はぎょっとした。

「おい、きみ！」私はその手から逃れながら抗議した。男のぼさぼさの灰色髪は、ビールまみれの口ひげと同じぐらい伸び放題で、外套は修復の見込みもないほどぼろぼろだった。男がしゃべりだすと、ビールと煙草のひどい臭いが漂い、ひとこと言うたびに気管支で痰がからんだ。

「何もしねえって。すまんが、ちょっと煙草代が足りねえんだ。一本めぐんじゃくれんかね、え、紳士殿？」単語のあいだあいだでひどく咳き込むので、私は思わずハンカチで自分の口を覆った。

「失礼だが、そのようすでは煙草など一番身体に悪いと思う！」こんな不快な場所は立ち去ろうと歩きだしたとき、ごろつきの声が急に低い小声に変わった。その劇的な変化に私は仰天し、その場に立ちすくんだ。振り返ると、男の汚らしい髪の隙間から、なじみ深い笑顔がのぞいたのがわかった。

「ワトスン、どうかぼくに気づいたそぶりは見せないでくれ。ぼくに煙草を一本よこすんだ、五分したら外で会おう」驚異的な変装ぶりではあったが、ホームズの指示はいつものように私を従わせる力を持っていた。私はためらわず煙草をわたし、風の吹きすさぶ通りへと出ていった。

私が動揺をこらえて一、二分うろうろしていると、ごろつきのホームズが約束どおり酒場の戸口からすり足で出てきて、ひどい千鳥足で私に向かってきた。私たちが角を曲がり、もう誰にも見られていないというところへ来るまで、ホームズはごろつきの演技をやめなかった。私を〝ガナー〟・キングの辻馬車に案内し、二人で無事に馬車へ乗り込んでふたたびロンドンへ向かうころになって、ホームズはゆっくりと変装を解きはじめた。

彼が髪の最後のひと房まで取り外し、フロックコートのしわを伸ばすと、ごろつきホームズは記憶の彼方へと消えていき、私はふたたび旧友の隣にいた。私は彼に矢継ぎ早の質問を浴びせた。ホームズは私の途方に暮れた顔つきに笑いをこらえることができずにいたが、手を上げて制し、煙草に火をつけると、気を鎮めるように吸った。それから指で自分の髪をすき、一番欲しかった贈り物を手に入れた少年のような顔をした。

「ああ、ワトスン、質問の前にね、ぼくがきみより早くあのパブに着いてたってことは言っておくよ。きみがのんびりと地下鉄で移動しているあいだに、キングがロンドンの通りを飛ばしてくれたんだ。きみの移動手段の選択が賞賛に値することは間違いないが、悲しいかな、急ぐ必要があることをわかっていなかった。ぼくが一番恐れていたことをキングが裏付けてくれたから、さっきのような変装をして、手遅れになる前にきみをつかまえることにしたのさ」

早口のホームズの説明を聞いても、私には依然として意味がわからなかった。私はゆっくりと首を振りながら、そう彼に伝えた。

「実はだね、ワトスン。ここできみが状況を全部把握できたら、驚きなんだ。あまりにも早く事が展開したから、ぼくもまだひとつか二つ、わからない点があるくらいなんだよ！　ただ、ベイカー街に戻るまでには少し時間があるし、この件に関するぼくの限られた知識をきみに伝えておくことにしようか。

ぼくがチェスター・スクウェアのハーデンの住所を伝えただけで、キングやその仲間たちは、またたく間にハーデンのスケジュールをつなぎ合わせてくれたよ。ハーデンは、行動を察知されるのを避けるため、イートン・スクウェアの近くから辻馬車に乗っていたんだ。シティにある自分の会社のオフィスは確かに訪問していたが、長時間そこにいることはまれで、一日の多くはペルメル街にあるクラブですごしていたんだよ。

ガウアー街にクラブがあるというハーデンの主張がまったくのうそだと見抜けないほど、ぼくのロンドンについての知識は古くないさ。あそこにクラブなんてないんだよ、ワトスン。ハーデンはガウアー街へ向かう途中で、しょっちゅうギャリック劇場に立ち寄って、そこで辻馬車を待たせて、若くて陽気な女優の――」

「ソフィ・シンクレアか！」私は勝ち誇って叫んだ。このときばかりはホームズも口をつぐんだ。仰天したように動きを止め、それから私の顔を見て微笑んだ。

「なぜ知ってる？」ホームズは信じがたいという口ぶりで尋ねた。

私は切符売りの話をし、その結果として酒場に行ったことを説明した。

「なるほどね。ぼくらの別々の旅は、同じ場所で完結して、同じ結論にたどりついたというわけだ」辻馬車は角を曲がり、ベイカー街に入っていった。「ご苦労だった、キング！」ホームズは御者に呼びかけ、馬車は二二一番地Bの前で停まった。

中へ入りながら、私は聞いてみた。「それにしても、きみはなぜあの不快な場所で、あんなとんでもない変装をしていたんだ？」

「このところ、ハーデンが劇場通いをやめ、あの怪しげな店をミス・シンクレアとの待ち合わせ場所にしていたと知ったからさ。ぼくが普通のなりをして行くわけにはいかない。当然気づかれてしまうからね。ハーデンは即座にぼくを見つけてしまうだろう」

「それはそうだ。ところで、ハーデンの迫害の原因はわかったのかい？」私は階段の一番上の踊り場で尋ねた。

「ハーデンとソフィ・シンクレアの関係がどんなものかがわかれば、おのずとわかるはずさ。明日彼がまたここへ来れば、その情報は得られる。どうせハーデンは、それまでひと晩待つだろう。お休み、ワトスン」

私は早く寝られることをありがたく思い、のんびりと階段を上って自分の部屋へ向かった。

翌朝私が下りてくると、驚いたことにホームズはまだ自分の部屋で寝ていた。ときどき奔放に夜更かしする傾向はあるものの、事件に取り組んでいればいつも活気にあふれているので、朝のコーヒーを飲むときにはそこにいるものだと思っていた。私はホームズがいないのをいいことに、先に朝刊を読もうとした。だが、《タイムズ》の一面の見出しを見た瞬間、激しくうろたえ、ホームズの部屋に飛んでいった。

ドンドンとドアを叩いても返事がないので、今までは試みたこともなかったが、思いきって許可なしに部屋に飛び込み、ホームズの肩を揺さぶった。これまでにも同様の状況で、私が同じ仕打ちをホームズから受けたことは何度もあった。だが、立場が逆転した今、ホームズがどんな反応を示すか予想がつかず、私は怯えながら彼を起こした。目覚めるや否や、その見出しを見せれば、ホームズの怒りも避けられるはずだと判断したのだ。

その恐ろしい記事を見て、ホームズは身体の芯から身震いした。すぐにベッドから飛びだし、洗面所に向かった。

『煙草王、死の落下』

ホームズが身支度しているあいだ、私はこの劇的な見出しにもう一度目をやり、その下に載っているジョン・ヴィンセント・ハーデンの死亡記事の、詳細に欠ける内容をじっくりと読んだ。第一報によれば、ハーデンはウェスト・ハムステッド駅で、明らかに情緒不安定な二人の女性の攻撃的なふるまいにより、プラットホームの端まで追い詰められたところを目撃されているという。女性のひとりがハーデンの胸を押したらしく、彼は線路に真っ逆さまに落ち、そこへ列車が入ってきた。あっという間の、陰惨な死だった。

捜査は初期段階で、今のところどちらの女性の素性もわからず、若いほうの女性は警察が来る前に姿を消している。私たちの旧い友人、スコットランド・ヤードのレストレード警部が捜査を担当し、年長のほうの女性を拘束して取り調べ中だという。

準備を済ませたホームズと辻馬車でウェスト・ハムステッドへ急行するあいだ、私はその短い記事を読み上げてやった。ホームズはしばらく黙って考えにふけり、やがて自責の念が浮かぶ苦しげな瞳で私を見た。

「ワトスン。ハーデン迫害の新たな段階の危険性について、ぼくは重大な判断ミスをしていたのかもしれない」彼は静かにそう言った。

「ハーデンの死は、ただの不運の結果かもしれないじゃないか？」私は後悔にさいなまれる友人の気分を和らげようとした。

ホームズは弱々しいが希望の残る微笑を浮かべ、ゆっくりとうなずいた。

残りの道のりで、私たちは沈黙したまま煙草を吸った。駅に着くと、厚かましいイタチのような顔をした旧友レストレード警部が、元気そうなようすで入り口の前に立っていた。

「これは、これは、ホームズさん。今日はきっとここではお会いできないものと思っていましたよ。この件については、すでになんらかの知識をお持ちなのではないですか？　もちろん私に隠すつもりはありませんよね？」レストレードは皮肉っぽくそう言った。

「この悲劇的な状況を明らかにするのに役立つかもしれない、いくつかの事実ならぼくも知っているし、関係あるかもしれないどんな情報も喜んでお教えするよ。ただその前に、線路脇からわかりそうなことを見ておかなければならないな。もしそのあたりが、手つかずの状態で残っていればだが」

「言っておきますが、ホームズさん、あそこにはほとんど何も手がかりはありませんよ。めちゃくちゃになった身の毛もよだつようなハーデン氏の遺体は、もうずいぶん前に運ばれていますし、私が殺人犯人として強い疑いを持っている彼の妻は、今後の取り調べのためにしっかり勾留していますからね」そう答えたものの、レストレードは然るべき不安を感じているようだった。この熱心な警部は、過去においてたびたび、自分が正しく事件解決への道筋を進んでいると信じながら、最後にはホームズが一歩先を進んでいたことを思い知るという経験をくり返しているのだ。

「なんにせよ、自分で判断したいんだ。お許しをもらえるならね」ホームズがお世辞にも愛想がいいとは言えない笑顔でそう言うと、レストレードはしかたなく悲劇の現場の方向へ手を振ってみせた。ホームズは、教えられた場所を調べはじめる前に、当惑気味の警部に私たちが関与したことをすべて教えるよう私に言った。

私が警部に報告しているあいだ、線路が近くて危険そうなプラットホームで、ホームズは腹ばいになった。そして拡大鏡を出し、白のチョークで小さなバツ印がついている、ハーデンがバランスを失ったとおぼしき箇所をじっくりと調べた。その後は身をくねらせながら、プラットホームの端から離れていった。ハーデンの移動の軌跡を逆にたどってみているようだ。

やがてホームズはさっと立ち上がり、まんべんなくほこりを払った。そしてレストレードに、妻が殺人犯だという結論に至った理由を手短に説明してくれと頼んだ。レストレードは喜んでしゃべりだした。

わかったのは、レストレードも私たちが朝刊で読んだ短い記事以上のことは知らないということだった。彼が結論の裏付けとしている証言は、三人の目撃者が提供してくれたもので、うちひとりは私も知るあの切符売りだった。どの証言も、二人の女性が一緒になって憐れなハーデンに怒りをぶつけ、ハーデンは身の危険を感じ、二人からじりじり離れようとしたと伝えている。年長のほうの女性がハーデンに手を伸ばし、それと同時にハーデンがやってきた列車の目の前でよろけ、恐ろしい結末につながってしまったというのだ。

「若いほうの女性は、われわれが現場に到着するずっと前に逃げだしましたが、ハーデン夫人は自分の引き起こしたことに愕然として、動揺のあまり逃げることができなかったと見えます。自分の運命を悟ったかのように、切符売り場の中で警察が来るのを待っていましたよ。当然ながら、事実を考え合わせれば結論は明白ですし、ハーデン夫人は巡査に連れていかれるあいだも、自分の罪を認めそうなようすでした」レストレードは気取ったそぶりで両腕を組み、ホームズの介入は必要ないと言わんばかりに、わけ知り顔の微笑を浮かべた。

「自分の罪を認めそうに見えただって？　ずいぶんおかしな物言いだ。筋の通った思考ができない精神状態にあっただけかもしれないのに」

「そこは私の憶測ではありますがね、ホームズさん。もしそうだとしても、目撃者の証言まで否定できることにはならないでしょう」今回のレストレードは、あくまで自分の立場を死守する気でいるようだった。

「そうは言っても、もし真実にたどりつけるのなら、きみもぼくが考える別の説には反対しないと思うんだがね。目撃者というのは、自分が見たと信じていることしか話さないものだ」

「もちろん真実は知りたいですよ。ただ、目撃者の信頼性は私が保証します」

ホームズはレストレードの最後の言葉を無視し、プラットホームのひさしも何もないあたりの、いまだみぞれが降りつづく場所へと歩いていった。水たまりの中で足をあちこち動かし、靴のかかとや裏がぐしょ濡れになると、満足したようにレストレードと私のもとへ戻ってきた。ホームズの不可解な行動に興味と当惑を感じていた警部と私は、次にホームズがうしろ向きに歩きだし、声に出してゆっくりと歩数を数えはじめたのを見て、ますますとまどった。

やがてプラットホームの端から離れ、安全な場所に立ち止まったホームズは、こちらに手招きした。

「ワトスン、ぼくの胸を押してくれないか。ただし、年配の女性が出せる程度の力で頼むよ」

私はホームズの指示どおりにして、あとはただ黙って見守っていた。ホームズはほんの少しうしろによろけてから、また拡大鏡を地面に向けた。観察の結果に納得すると、私とレストレードを呼び寄せた。

「この泥についた足跡は、確かにハーデン氏が迫害者からあとずさったときのものだ。見てわかるように同じ歩幅でついているが、何より重要なのは、そのままの歩幅でプラットホームの端ぎりぎりまで続いているということだ。一方、ぼくの足跡のほうは、ハーデンの足跡とよく似た道筋はたどっているが、ワトスンがぼくの胸を押した地点で急に途絶えている。わずかではあるが突然の動きによって、ここところに、ぼくの靴がつけた滑り跡があるのがわかると思う。

警部、きみはぼくの不可解な行動に疑いと困惑を隠さないが、驚いているのはこっちだよ。ぼくのやることにはすべて、つねにまったく正当で論理的な理由があるんだと、これまで何度も伝えてきたつもりなんだがね」

「それはけっこうですがね、ホームズさん。あなたのやったことが、どうして私の集めた証言が無意味だということの証明なのか、私にはまだよくわからないんですよ」レストレードは抗議したが、あまり確信のある口調ではなかった。

「それなら、ぼくの発見を裏付けてくれる別の証人を立てれば、きみも納得してくれるんだろうね？」

「そんなすばらしい証人がいるとは思えませんが。誰のことをおっしゃっているんです？」

「もちろん、プラットホームでハーデンを叱りつけた第二の女性、ソフィ・シンクレアに決まってる。彼女のような地元の有名人なら、この小さなコミュニティで居場所を見つけるのはそう難しいことではないからね」

「いやいや、ホームズさん、今度ばかりはあなたも的外れなことをおっしゃってますよ。彼女はハーデンがホームから落ちたその瞬間、脱兎のごとく逃げた姿を目撃されているんです。簡単には見つからんでしょうな！」

「十分もらえるかな、警部、そのあいだに彼女を見つけるよ」

ホームズは約束を守る男だ。私たち三人が、地元の金物屋の上にある小さなひと続きの部屋の入り口にやってきたのは、それから間もなくのことであった。

ドアを開け、あきらめと達観の混じった微笑とともにわれわれに挨拶したのは、実に魅力的な若い女性だった。背が高く細身で、黒っぽく長い、華やかな巻き毛をたらしている。私たちの素性も、ここへ来た理由も聞かずに中へ戻り、狭いが趣のある部屋へ招いた。レストレードと私はノートと鉛筆を出し、ホームズはひどく狭い空間を歩きまわった。ミス・シンクレアは、私たちが口を開く前に話しだした。

「みなさんがなぜここへいらしたかは存じてますし、最初からそのつもりでした。どうか私について早まった判断はなさらないでくださいね」

「そんなつもりはありません、ミス・シンクレア。われわれはただ真実を知りたくて来たのです」

私がおだやかに返事をした。

「それは簡単ではありませんわ、ワトスン先生」彼女の微笑は実に優雅だった。

「私のことをご存じなんですか?」

「あなたのことも、シャーロック・ホームズさんのことも存じています。あなたはとても生き生きした描写をなさっていますもの」

ホームズは私たちの儀礼的な会話をじれったがるようにうめき、開いた窓のそばで煙草に火をつけた。ミス・シンクレアは急いで話を始めた。

「早まった判断をしないでほしいとお願いしたのは、ほんのつい最近まで、役者をやる女性はある種の評判を立てられがちなものだったからです。意味はおわかりと思いますが」私たちは少々気まずくうなずいた。

「みなさんに申し上げたいのは、私はきちんとした教育を受け、真面目な演劇をやって生計を立てていこうとしていた人間だということです。ここ何カ月かは幸運に恵まれ、シェイクスピアやバーナード・ショーなどの芝居の端役をいただき、少しずつ良い評判をもらえるようになったのです。

ジョン・ハーデンと初めて会ったのは、『ウィンザーの陽気な女房たち』の舞台のあと、彼が楽屋を訪れたときのことでした。バラの大きな花束をくれて、私の演技をほめ讃えてくれました。年配ではありますが、人を惹きつける魅力のある人で、私も彼のお世辞や熱意にすっかり浮かれ上がってしまったのです。とても高級なレストランに連れていってもらい、そのあとは定期的に会うようになりました」

そこで不意にホームズがミス・シンクレアのほうを向き、私には少々不当とも思えるような口調でこう言った。

「その密かな逢い引きに、疑わしさを感じたりはなさらなかったのですか？　実のところ、みすぼらしいパブで待ち合わせたり、立派な馬車ではなく地下鉄を使ったりするのは、名誉ある人物のふるまいには思えないのですが」

ミス・シンクレアは、そんなホームズの批判的な態度にも屈するそぶりはなかった。私はホームズから目をそらそうとしない彼女のことを、妙に誇らしく感じた。

「ホームズさん、私は純朴な少女でも、ばかでもありません！　ハーデンが既婚者なのは知っていましたが、彼の私に対する態度やふるまいがきちんとしたものでしたので、自分では悪いことをしていると感じたりしませんでした。奥さまはずいぶん前からハーデンの行動に関心をもたなくなったと、ハーデン本人が言ってましたし、こんなふうに魅力的に思った相手は私だけだとも言われました。

ですが、そうした言葉がすべてうそだったことは、ほどなくしてわかりました。駆け出し女優のころから親しくしていた友人と会う機会があって、私がハーデンとの関わりを話すと、彼女がぞっとしたようすで私に打ち明けたのです。実はほんの二、三カ月前、彼女にもハーデンとお付き合いをした経験があって、何度となくひどいことを、彼女が必死に拒絶しなければならなかったようなことを強要してきたというのです。

私はすぐさまお付き合いをやめようと決意しました。もしハーデンがいろいろとうそを言っているのなら、私たちの逢い引きのせいで、本当は奥さまを深く悲しませているのかもしれないと思ったのです。私の決意を伝えると、彼は激怒しました。二度とあんな経験はしたくありません。顔を真っ赤にして、大声で忌まわしい言葉をどなり散らして、口にするのも恐ろしいようなやりかたで役者人生を終わりにしてやるぞと脅されたのです」

「なんという悪党だ！」私は叫んだ。ミス・シンクレアは話しているうちに強い悲しみをかき立てられたらしく、私がハンカチを差しだすと、上品に微笑んで受け取った。少し間を置いて、彼女は話を続けた。

「ハーデンは私の部屋を飛びだしていきました。私の頭の中で彼の声がずっとこだまして、あんな男を家に入れたと思うだけでもぞっとしました。そして、彼の恥ずべきふるまいを奥さまにお知らせすれば、一緒に復讐できるかもしれないと思い立ったのです。劇場の衣装部屋やメイク部屋にはたやすく出入りできましたから、変装して、ハーデンがいないときを見計らってチェスター・スクウェアへまいりました。

驚いたことに、ハーデン夫人は夫の女遊びにはとうにお気づきで、ありがたいことに私に怒りを向けるようなことはなさらず、それどころか私の謀略に協力したいとおっしゃってくださいました。奥さまは家で夫の動揺を誘うようなことをいろいろとやり、ハーデンが地下鉄に乗っているときは、私の役者仲間がいやがらせをするということになりました。ハーデンのほうは私とよりを戻そうとやっきになっていて、機会さえあれば贈り物やメッセージをよこしつづけていました。

ハーデンは私に心からの愛情をもっていると訴えていましたが、ただエゴを満たしたかっただけなのだと思います。私はすべてを拒み、むこうが訪ねてきても、ぴしゃりとドアを閉めて鍵をかけてやりました。地下鉄でのいやがらせも、だんだんエスカレートするように計画しました。ハーデンは迫害のせいで明らかに参ってきたようでした。

手に負えない状況になるまえに、私はウェスト・ハムステッド駅のプラットホームで、ハーデンと会うことに同意しました。そのことをハーデン夫人に伝えると、夫人も三人で話し合いたいから一緒に行くとおっしゃったのです。悲しいことに、事は思ったようには運びませんでした。ハーデンがあんな公共の場で怒り狂って私たち二人を侮辱したので、私たちは彼を黙らせようとしてそばに寄っただけです。私たちの努力が悲劇的な結末を招いたことはご存じのとおりですが、ハーデン夫人は夫を引き戻そうとしたのです。悲しい結果にはなってしまいましたが」

「では、彼は押されたわけではないと？」レストレードのこのわかりきった問いかけには、驚いたことに悔恨の響きが混じっていた。

「クローディア・ハーデン夫人はご親切で優しいかたです、ジョン・ヴィンセント・ハーデンにはもったいない女性ですわ！」

ホームズはすでに戸口に向かって歩きだしていて、ソフィ・シンクレアは礼儀正しく私たちを見送った。

「ホームズさん、あなたは私の愚行の犠牲になるところだった人間を、またしても恐ろしい結末から救いましたな。ハーデン夫人も私も、あなたには感謝しなければなりません」私たちが辻馬車を探して歩いているとき、レストレードはそう素直に認めた。

「いや、そんなことはないよ、警部。きみは簡単に結論を出しすぎるだけだ。きみの報告書をちょっと修正して、ハーデン夫人をもう少しきみの保護下に置き、世間の目の届かないところで、愛する夫の悲劇的な死を目撃してしまったショックから立ち直れるようにしてやるといい」

レストレードは感謝の表情でうなずいた。ベイカー街へ戻るあいだ、私はハーデンの事件がわが友の女嫌いにどんな影響を与えたかを考えていた。

それともうひとつ考えたことがある。近いうちに、ぜひギャリック劇場へ観劇に行ってみようということだ！

訳者附記・〈美しき自転車乗り〉の中で、ワトスンは一八九五年の事件であると書いているが、著者は一八九六年十月であったという説を採っているらしい。

植物学者の手袋　ジェイムズ・ラヴグローヴ

The Adventure of the Botanist's Glove by James Lovegrove

ジェイムズ・ラヴグローヴ
James Lovegrove

英ＳＦ＆ファンタジー作家。著書は五十冊以上。一九九〇年の処女長編 *The Hope* のあと、一九九八年に長編 Days でアーサー・Ｃ・クラーク賞にノミネート、二〇〇四年の長編 Untied Kingdom でジョン・キャンベル賞にノミネート。短編「月をぼくのポケットに」（『ワイオミング生まれの宇宙飛行士　宇宙開発ＳＦ傑作選』所収）で日本の星雲賞海外短編部門（二〇一一年）を受賞した。そのほかにもブラム・ストーカー賞や英国幻想文学大賞などにノミネート。二〇一六年にホームズものとクトゥルーものを融合した *Cthulhu Casebooks* 三部作をスタート、その第一巻 *Sherlock Holmes and the Shadwell Shadows* が刊行されている。雑誌への寄稿も多く、*Financial Times* には小説の書評を連載。ホームズ引退の地イーストボーン在住。

一九〇三年の秋、わが友シャーロック・ホームズは深い黙考に沈み、ときにはふさぎこんでいた。私たちの会話においても、何度も何度も引退という言葉をもちだし、彼の引退のみならず私の引退の話題にも及んだ。「ワトスン、もう充分にやったと感じることはないかね？」ホームズはよくそんなふうに言った。「充分に患者を診察して、充分に病を治して、開業医としての務めを果たしたと思うことはないか？　そろそろ退いて、二十年以上にわたる勤勉な労働に見合った休みを取ろうと思ったりはしないのかい？」

自分は心身ともに元気だし、ゆうにあと四、五年はしっかりと働ける、そう私は返答した。私のほのめかし、つまりきみもまだ剣をさやにおさめるときじゃなかろうという私の当然の言い分に、ホームズが気づいていたとしても、それを表に出すことはなかった。当時、サセックスを拠点とするさまざまな定期刊行物の不動産欄をじっくりと見ることは、ホームズお気に入りの娯楽のひとつとなっていた。サウスダウンズの不動産業者たちにも、自分が買うのにちょうどいい小自作農地を探させていた。彼の気持ちは、田舎に引退し、静かな瞑想と研究の生活に入る方向に傾きつつあったのだ。

ホームズの漠然とした倦怠感を裏付けるように、この時期に彼が引き受けた事件は、際だって気味の悪い、常軌を逸する傾向を呈していた。それ以外のものでは、情熱の失せてきた彼の審美眼を満たすことができないかのようだった。白面の兵士の事件や、私が〈這う男〉という題で書き記した気味の悪い話もそうだし、私がまだ執筆していないイッピング・フォレストの妖精出現事件、ドーキングの悪魔の恐ろしい事件、触れると異常な効果をもたらすジェラーズ・クロスの隕石事件のことは、話すまでもないだろう。

そんな按配だったので、ホームズがサー・ペリグリン・カラザーズの死について調査することに同意したのは、少々驚きだった。表向きを見るかぎり、この著名な植物学者の死は、痛ましい偶然の事故としか思えなかったからである。不可解な事実も、ゴシック的な要素もなかった——しかしどういうわけか、この件はホームズの好奇心をかき立てたのだ。

九月のある夜のこと、このところたまにしかベイカー街に顔を出さなくなった私がホームズを訪問していたとき、突然の客人がやってきた。給仕のビリーがその夜は家に帰っていたため、客を案内するのはハドスン夫人の役目となった。

「ミス・メアリ・スミスです」ハドスン夫人が連れてきたのは、まだ二十歳くらいの不安げな顔をした女性だった。整ってはいるが地味な顔だちで、正直そうな苦労人と見えた。「名刺はございません」ハドスン夫人が付け加えた言葉も、彼女のひととなりをほのめかしていた。

メアリ・スミスが裕福な女性ではないということは、彼女が口を開いたとき、ますます明白になった。

「こんな時間に来てごめんなさい、オームズさん」ミス・スミスは露骨なコクニー訛りでそう言った。「それもあたしったら、お客さんがいるところに来たりして」

「ドクター・ワトスンは単なるお客ではないですよ、お嬢さん。ぼくの同僚、同世代の仲間、同志みたいなものだ。ぼくと同様、彼の前では自由に話をしていただいて大丈夫です」

「ありがとう。困ってるんです、助けてもらいたいんです」

「ぼくにできることがあれば、喜んで」

「お座りください。列車でロンドンにいらしたのですね。その旅費で所持金が尽きてしまい、駅からは辻馬車でなく徒歩でいらしたとお見受けします。裕福な家庭で働いていて、亡くなった女主人は大柄な女性だったようだ。ご相談したいのは、そのご婦人の死についてですね？」

女性を相手にするときのホームズは、実に礼儀正しい。

ミス・スミスの驚きは、これまで私が幾多の人々の顔に見たものとまるで同じだった。ホームズが客の外見や態度を論理的に分析し、相手について推理する能力は、私にはとうにおなじみだが、初めてこれをやられる人間は例外なくびっくりする。

「ええっ？　どうして……なんなの、信じられない！　そのとおりです、レディ・ジェインは小柄な人じゃなかったし、今言われたとおり、もうこの世にはいません。あなたは霊能者なんですか、人の心が読めるの？」

「まさか。超自然的な力など、ぼくは何も使っていませんよ。観察しただけです。たとえばあなたのドレスは――非常に高価な絹のドレスですね――どなたかのお下がりだとすぐにわかりました。あなたの体型に合わせて大幅な直しを加えていますし、以前の持ち主よりもだいぶ詰めているということは、特に胴や胸の部分を詰めるための縫い目がたくさんあることからもわかります。縫い目はきれいですが、専門職の技というほどではないので、あなたがご自分で直されたのでしょう」

「そうです。でも、どうしてレディ・ジェインが亡くなったことまで？」

「そんなに優雅な当世風のドレスを、女性が誰かにやってしまうというのは考えにくい。きっと相続したのでしょう。彼女が遺言にそう定めたか、彼女のご主人が、捨ててしまうぐらいならあなたにもらってほしいと言ったのですね。裕福な家庭で働いていると言ったのは、そのドレスと、ほかにこう言ってはなんだが、上流階級には似つかわしくないあなたの訛りを照らし合わせると、ほかに解釈のしようがないからです。列車でいらしたというのは、袖に切符の半券が挟み込んであって、その特徴的な形が布の上からでもわかったからですが、着いたばかりと見えるあなたのブーツの泥は、そのあと街をずっと歩かなければならなかったことを示しています。このところずっと雨で、道はぬかるんでいたはずです。辻馬車に乗れるだけの所持金があれば、歩いたりはしなかったでしょうね」そこでホームズは肩をすくめた。「どの推理も造作のないことですよ」

「ひとつだけ間違ってます」

ホームズは眉を上げた。

「ここへ来たのはレディ・ジェインのことじゃないんです。奥さまは二年前に水腫で亡くなりました。恐ろしい亡くなり方でした。お医者さまたちがひっきりなしに水を抜くしかできなくて、最後にはお気の毒に、心労に耐えきれず力尽きました。問題はそのことじゃなくて、だんなさまのサー・ペリグリンのことなんです」

「サー・ペリグリン・カラザーズ？」

「そうです、その方です。ご存じですか？」

「存じています。著書を何冊か読みましたよ。アマゾン流域のランの研究は比類なきものですし、『英国の野生植物の生殖習性について』も、欠点はあるが賞賛に値する。接ぎ木の教本も実にすばらしい。偉大な人物です」

この賛辞を聞いたメアリ・スミスの瞳に涙があふれ、すぐにすすり泣きに変わった。感情がこみあげ、ヒステリー状態に近くなってきたので、私はハドスン夫人を階下から呼び、彼女をなだめてもらった。ホームズの住む下宿の名高い女主人は、女ならではの才能を発揮し、共感と優しいなぐさめの言葉で、若い女性の気を鎮めることに成功した。落ちつきを取り戻したミス・スミスは、最近の苦難について説明を始めたが、その内容は、彼女の心が傷つきやすくなるのも無理はないと思わせるものであった。

「サー・ペリグリンとレディ・ジェインはすばらしい雇い主でした。奥さまが亡くなられると、サー・ペリグリンはなぐさめようもないほど悲しみました。それでもしまいにはつらさを乗り越えて、いくらかはもとのだんなさまに戻られましたけど、奥さまを亡くしてまったく元どおりになれる男性なんているでしょうか？　三十年近くもご夫婦だったんです。それで、あたしは奥さまの侍女だったんで、仕事がなくなってしまったんですけど、ご親切なだんなさまはあたしをお屋敷に残してくださったんです。おまえがレディ・ジェインに可愛がられていたことはわかってるとおっしゃって。本当にそれはそのとおりだったんですけど、おまえを追いだすなんて彼女も望まないはずだとも言ってくださって。一生懸命働いてるし、信頼の置ける使用人だからと、ハウスメイドにしてもらえたんです」

「サー・ペリグリンが雇っていた使用人はあなただけですか？」

「ブリドリングホール・プレイスで、ということですか？　いいえ、ミセス・フレンシャムという家政婦と、近くの村から毎日来ている庭師が二人います。とにかく、お屋敷に残れてうれしかった。あたしは捨て子だったんです。メアリ・スミスなんて名前になったのも、孤児院にはしゃれた名前をつけようなんて考える人がいなかったからです。ママやパパが誰かも知りません。カラザーズ家に引き取られたのは十四のときです。ご夫婦には子供がいなかったこともあって、お二人はすぐあたしの親みたいになってくれました。なのに……」

ミス・スミスはまた懸命に落ちつきを保とうとした。

「何もかもうまくいってました——レディ・ジェインの死が落とした影をのぞけば、すべてうまくいってたと思うんです——半年ぐらい前までは。そのころミセス・フレンシャムが、特に理由もないのにあたしにつらく当たるようになったんです。それまでのあの人とあたしは、心の友ってほどじゃないけど、まあまあうまくやってました。それが、いきなりつっけんどんになって、あたしのことを靴の底にくっついたゴミみたいに扱うようになったんです」

「機嫌を損ねるようなことをしたのですか？」

「何の覚えもありません。まるで電灯のスイッチが切れるみたいに、急に変わったんです。冷たくなりました。前は頼みごとをするときもていねいだったのに、あたしをこき使うようになって。女性が別の女性に使うのもはばかられるような汚い言葉で罵られたことも、何度かありました」

「なんともひどいな」私は同情して言った。

「我慢しました。言い返したかったですけど、できませんでした。ただでさえ家の中は暗い雰囲気だったし、あたしがよけいに暗くするわけにいかないし、自分の立場を悪くするのもいやだったので」

「サー・ペリグリンに苦情を訴えてもよかったのでは?」私は尋ねた。

「そうしたくたって、証拠がないんですよ。ミセス・フレンシャムは、だんなさまの前では優しいんです。陰でしかいやがらせをしないので、あたしが何を言っても無駄だったと思います。いじめ方がずる賢いんです」

「女は気まぐれ《ラ・ドンナ・エ・モービレ》、か」ホームズは少しじれったそうに言った。

ミス・スミスが、意味がわからないと言いたげに眉をひそめたので、私が説明した。「今ホームズは唐突で難解な言い方をしましたが、要するに、ミセス・フレンシャムのあなたへの仕打ちは、当面の問題とは無関係なのではないかということですよ。サー・ペリグリンについてもう少し話していただけませんか」

「だって何を言えばいいんですか? サー・ペリグリンも亡くなってしまったんです。けさのことです、あたし、今度こそクビにされてしまいます!」

ホームズが肘掛け椅子から身を乗りだした。ふたたび興味をそそられ、ミス・スミスの言い分に注意を傾けた。

「ご存じのとおり、サー・ペリグリンは偉大な植物学者です」ミス・スミスは続けた。「植物学の分野でも最高の偉人なんでしょう、そう聞きました。とても尊敬されてた。植物のこと、特に花のことでだんなさまが知らないことは、知る価値もないことだって言われていたぐらいです。だけどひとつだけ問題がありました。公にしてなかったことです。だんなさまは誰にも知られたくなかったんです。だんなさまは、ミツバチに刺されると死んでしまうアレルギーをおもちだったんです」

「ミツバチ?」私は思わず声を上げた。なんと皮肉なことだろう。花の専門家が、自分の研究対象を繁殖させる生物によって、生命の危険にさらされていたとは。

「二、三年前に外国へ調査旅行に行ったとき、ひどい目に遭ったせいでわかったそうです。アフリカだったと思います。ミツバチに刺されて、危うくその場で死んでしまうところだったとか」

「アナフィラキシーですね」私は言った。「身体が特定の物質を追い出そうとして、激しく反応することです。免疫システムの過補償で、のどが腫れ上がって呼吸ができなくなったりする。臓器不全が起きることもあります。この現象に最初に気づいたのは、十八世紀末ごろに天然痘の予防接種実験をしていたジェンナーで、ミツバチの毒は、食物と並んで、アナフィラキシーの原因として最も知られるもののひとつですよ」

「それです、サー・ペリグリンが起こしたのは。アナフィラキシーです。一度目はどうにか助かったんです。ガイドをしていた現地民のひとりが、どうすればいいか知ってました。のどの腫れがおさまるまで、中が空洞になった小枝をサー・ペリグリンののどにさして、おかげで息ができたそうです。それ以来、サー・ペリグリンはミツバチをものすごく怖がるようになりました」

「当然でしょうな」とホームズ。

「ブリドリングホール・プレイスの周囲五マイルには、ミツバチの巣が絶対ないようにしていました。ハチの羽音を聞くと、すぐ安全な場所に逃げていました。そのうち、新しい薬を持つようになったんです。エピニフなんとか——名前は覚えてませんけど」

「エピネフリンでしょう」私が言った。「先月《ランセット》で読みましたよ。自然のホルモンの一種で、アドレナリンの名でも知られています。アメリカの二人の化学者、エイベルとタカミネが特定と合成に成功して、注射剤として手に入るようになったと」

「それです。サー・ペリグリンは皮下注射器に入ったものを持ち歩いていて、緊急事態になったらすぐ使えるようにしてたんです」

「一度打てば、血管を拡張し、気管支筋を弛緩させ、ヒスタミンの放出を抑制する。サー・ペリグリンのような方には救命具に等しい」

「でも役に立たなかったんです」ミス・スミスは言った。「ブリドリングホール・プレイスには、サー・ペリグリンの研究用の温室があります。花や鉢植えの植物がいっぱいあって、熱帯植物や寒さに弱い植物もあるので、いつも暖かくしてある場所です。家の人たちはみんな、絶対に温室の窓を閉め忘れないようにしています。熱を逃がしてしまうだけじゃなく、ミツバチが入ってくるかもしれないからです」

「咲いた花の匂いに惹きつけられますからね」ホームズが言った。

「そのとおりです。なのに、ああ、それがけさ起きてしまったんです。ミツバチが入り込んで。

サー・ペリグリンが刺されて。それでそのあと……そのあと……」

「エピネフリンを注射できなかったのですか？」

「あたしたちが見つけたとき、だんなさまは温室の床に倒れていて、痙攣して死にかけていました。ああ、恐ろしい。なんて恐ろしい！　だんなさまの叫び声は聞こえたんです。だんなさまの甥御さまが家と温室をつなぐ出入り口のドアを壊して、蘇生しようとしました。サー・ペリグリンは自分で注射ができなかったみたいで、セシルさま――だんなさまの甥御のセシル・アリスンさまです、彼がだんなさまのポケットから注射器を出して注射したんです。でも、だめでした。遅かったんです。あたしたちの目の前で亡くなりました。床には、だんなさまを死なせたミツバチがいました。もちろん死にかけてました。人を刺したミツバチは死んでしまうんですよね？」

「そうです」とホームズ。「ミツバチの針の先端には、さかさのとげのようなものがあって、犠牲者の皮膚を刺すと抜けなくなり、ミツバチの腹部がちぎれてしまう。ぼくに言わせれば、そんな自殺行為にしか使えないのなら、防御メカニズムとしては不完全なものですがね。それはそうと、要するに窓が開いていたということですか？」

「屋根の近くの小さな突き出し窓のひとつが、開いてました。ほんの隙間程度でしたが、それでも充分だったんでしょうね」

「それで、あなたが開けっぱなしにしたと責められているのですか？」

「そうです。でもあたしじゃありません。今までも一度もありません。サー・ペリグリンの命を危険にさらすようなこと、あたしがするわけないでしょう。絶対にです。温室の窓掃除は、全部あたしがしてます。ミセス・フレンシャムが先週からあたしにやらせてるんです。どの窓も、隙間ほども開けてません。聖書にだって誓えます。だけどミセス・フレンシャムは、あたしのせいだと言うんです。やってきた警察にもそう話してました。警官たちの前で、あたしがサー・ペリグリンを死なせたんだって責めたんです。まるであたしが殺したみたいに。さっきも言いましたけど、あたしにとっては父同然の人だったのに」

ホームズは椅子にもたれ、両手の指先を山の形に突き合わせた。同情と、かすかながら超然と面白がっている表情とが入り混じっている。それを見た私は、ホームズが私と同様にミス・メアリ・スミスの無実を確信し、それを証明して容疑を晴らしてやろうと決意したのを感じた。

「わかりました、お嬢さん。あなたが突き出し窓を開けっぱなしにしなかったのなら、開けた人間がほかにいるということです。その人物を見つけて、あなたを取り巻く嫌疑の雲を追い払いましょう」

「できますか、ホ、ー、ム、ズ、さん？　やってもらえますか？」

「もちろんです。あなたはいわれなき誹りを受けている。正さねばなりません」

「払えるお金があんまりないんです」

ホームズは手を振った。「あなたから金を取るほど卑しい人間ではありませんよ。ぼくは長年にわたり、さまざまな金持ちの依頼人からたっぷり金をもらってきましたし、その気になれば援助の目的で無料奉仕ぐらいはできます。あなたはそうするにふさわしい方ですよ」

「ああ、感謝します。ありがとう」

「ブリドリングホール・プレイスか。ヘイワーズ・ヒースの近くでしたかね？　ワトスン、『ブラッドショー鉄道案内』を持ってきてくれないか？　ぼくの記憶が確かなら、ヴィクトリア駅を三十分に出発する列車があるはずだ。急げば八時までにむこうに着ける。早ければ早いほうがいいだろう」

私たち三人がヘイワーズ・ヒース行きの列車で南を目指し、そこからさらに、トラップ馬車でブリドリングホール・プレイスへと向かうあいだに、陽射しはしだいに弱まっていった。数エーカーにわたる土地に建っているジョージ王朝様式の邸宅は、みごとな柱廊式の玄関を備え、壮大なドールハウスのようにどこか幻想的で、巨人タイタンの子供のおもちゃのようにも見える。地平線に太陽が沈んでいくと、その光が建物正面の化粧漆喰を金色に塗りつぶし、どの窓もダイヤモンドのようなきらめきを帯びた。

玄関扉のところで、ひょろ長い体型ととがった顔をした、人生も後半に突入したと思われる女性と顔を合わせたが、この女性がフレンシャム夫人に間違いなさそうだった。左腕に黒の喪章を巻いている。ホームズや私にろくに挨拶もせず、いきなりミス・スミスに罵倒の言葉を浴びせはじめた。

「あんた、いったいどこへ行ってたの？　無断でこんなふうに逃げ出すとはね。図々しいこと！　よりによってこんな日に。警察はあんたがどこにいるのか心配してるわよ。まだ話を聞きたがってるの。そうでしょうとも、当然よ。怠慢なメイドってだけじゃなく、どう見たって責任がありそうに思えるわよね」

「お友だちを連れてきたんです」ミス・スミスは私たちのことをそう説明した。彼女が家政婦の叱責に立ち向かう姿に、私は満足を覚えた。自然に出た態度というよりは、私たちがいるので心強くなったのだろう。「ロンドンに行くってあなたには言いました、フレンシャムさん。家が騒がしかったから忘れたんじゃないでしょうか」

「ちょっと、あんた――！」フレンシャム夫人はそこで黙った。ホームズと私がいなければ、立場の弱い相手に容赦なく敵意をぶつけていたに違いない。その場は歯を食いしばり、こう言うにとどめた。「話はあとでさせてもらうわ。こちらの紳士方のことは知らないし、興味もないから。この家は喪に服している最中なの。お客を迎えられる状態ではないわ」

「客ではありません」ホームズが言った。「ぼくはミス・スミスに頼まれ、友人とともに、サー・ペリグリンの恐ろしいご不幸について調べるために来たのです。われわれを追い返したければそうなされればよろしい。ただし、また明日も来ますし、あさっても、そのあともまいります。われわれは頑固さがとりえでしてね、この件について洗いざらい調べるまではあきらめませんよ。だったら今、中に入れたほうが楽でしょう、あなたの手間も大いに省けます」

フレンシャム夫人はホームズの言葉を吟味し、しぶしぶ抵抗をあきらめた。私たちは中に入ったが、入り口を通り抜けて玄関広間に集まるや否や、男の声がした。「その人たちは誰だい？」

声の主は乱れた髪の若い男で、階段の一番上に立ち、今起きたばかりというそぶりで顔をこすっていた。男は心許なく階段をおりてきて、あくびをしながらそばに来ると、疲れた目で私たちをじっと見た。

「セシルさま」ミス・スミスが言った。「シャーロック・オームズさんと、お友だちのドクター・ワトスンをご紹介します。オームズさん、ワトスン先生――セシル・アリスンさまです」

「ああ、そう」アリスン、もといハリスンは、うさんくさい間延びしたしゃべり方で言った。「探偵さんだね。あなたの話は読んだことがありますよ。そちらがその物語を書いているお仲間かな。まあいいや、この粗末な家へようこそ。なぜここへ来る必要があると思ったのか知らないけどね。気の毒なペリー叔父さん。実に恐ろしい出来事だったけど、あれは事故です、それだけですよ。殺人や邪悪な犯罪やそういったもろもろに、あなたがたが熱中してるのは知ってるけど、このブリドリングホール・プレイスではそんなものは見つからないと思いますよ。この家の一員として、それは言わせてもらいます」

「あなたはサー・ペリグリンの甥に当たるのでしたね」ホームズが言った。

セシル・ハリスンはうなずいた。「一番近い親族ですよ。彼と叔母のジェインには子供がいなかった。ぼくはいつも自分を、彼らの息子代わりと思ってきました――二人はぼくの両親以上に、親のように接してくれましたよ。逆に、実の両親はぼくを勘当しちまったんですけど」

「セシルさまはあの一大事のとき大活躍されたんです」メアリ・スミスが言った。「肩を使って温室のドアを破ったときのご様子といったら。まさにエラクレスのようでした」

この賞賛に、ハリスンは気恥ずかしそうに視線を下げた。「学生時代にラグビーをやってた名残ですよ。ただ、もう少し素早くやれれば、もっと早く入れればね。ペリー叔父さんの叫びを聞いて、すぐさま駆けつけたんですけど。叔父は助けを求めていました。刺されたら一刻の猶予もないこともわかっていた。ポケットから注射器を出そうとしたんでしょうが、すでにショック状態になっていて、手がうまく動かなかったんだと思います」

「あなたはここにお住まいなのですか？」ホームズが尋ねた。

「町をぶらつく気分でないときに、ときどき来るぐらいです。叔父がたまにぼくを助手として雇ってくれるので。大げさに言えば秘書ってやつでしょうか。叔父のためにメモを取ったり、タイプしたりね。植物のことはまるで知りませんが、勉強はしてきました。学者になれるとは思っていませんけど、仕事させてもらって感謝していますよ。いや、感謝していい、いい、ました、か。ああ、くそっ……」

悲しみがハリスンの身体を震わせた。私には元気づける言葉も思いつかなかった。過剰な特権を与えられた、ごくつぶしの若者のように見えるが、それでもやはり、石の心でもないかぎり、同情を感じずにはいられなかった。

「温室を見せていただけますか？」ホームズはミス・スミスに尋ねた。

「もちろんです。こちらへどうぞ」

私たちはミス・スミスに従って邸宅の裏へ行った。頼みもしないのに、ミセス・フレンシャムも気むずかしい顔で横柄についてきた。自分の監視なしにこの家で好きなことはさせないとでも思っているようだ。

ホームズは温室に入る前に身をかがめ、壊れた錠がついたままの大きな木製のドアを調べた。

脇柱の錠がかかる箇所が粉々になっている。

「サー・ペリグリンは、温室内にいるときは錠をかけていましたか?」

「ええ」ミス・スミスが答えた。「じゃまされるのを嫌う方でした。いつでも誰かが入って来られる状態だと、集中力をそがれるからとおっしゃってました」

「私たちは誰もそんなことはしやしません」フレンシャム夫人が口を挟んだ。「だんなさまのやり方は、みんなよく承知してました。それでも、錠をかけておけばさらに安心と思われたのでしょう」

「セシル・ハリスンがドアを破ったところは、お二人とも見ていたのですか?」

どちらの女性もうなずいた。

「最初に来たのはあたしです」とメアリ・スミスが言った。「それからフレンシャムさん。そのあとセシルさまの順でした。セシルさまが来るまで、あたしたち二人は取り乱してました。サー・ペリグリンがあえいでむせているのが聞こえるのに、何もできなくて。そこへセシルさまが、まるで騎兵のように乗り込んできたんです」

「あのお坊ちゃんの人生で一番のまともな行動でしたね」フレンシャム夫人がつぶやいた。「結局だんなさまの役には立たなかったけど」

温室の内部は暑苦しく、蒸し蒸ししていた。床下の温水パイプが格子の下から温気を送っていて、空気には若葉と土の臭いが充満していた。空間という空間が植物で占められ、シダ類や低木、アナナス（パイナップル科の植物の総称）、色とりどりのランなどがあり、もっと風変わりな植物も見られた。サー・

ペリグリンの遺体はすでに運び出されていたが、皮下注射器はまだ床の上にあり、隣にスティール製の携帯ケースも残っていた。そして、偉大な植物学者を破滅させた、ちっぽけなつつましいミツバチも床に横たわっていた。ホームズはその翅を親指と人差し指でつまみ、用心深く持ち上げると、顔の間近でじっくり観察した。

「腹部のつけ根に損傷があるな。このハチは、針を刺した状態で身体を必死に引っ張ったんだ。驚くべき生物だね、ミツバチというのは。いつも興味を惹かれるよ。その勤勉さ、秩序、厳格な階層構造の固守。生きている時間の大半は生産活動のためにある。怒れるミツバチの大群に関する民間伝承は多いが、実は怒らせるのは難しい。ミツバチが刺すのは、恐怖を感じたとき、そして女王バチを守るべきときだけだ。どちらかといえば、闘うよりも逃げる」

「サー・ペリグリンは身の危険を感じたはずだ」私が言った。「ミツバチを見てパニックを起こしたのかもしれない。叩き落とそうとして失敗したのかも」

「もっともな筋書きだね。ただ、もっと方法があったようにも思う。自分の命に関わる危険な生物なら、反感を買わないようにするものじゃないだろうか」

ホームズは注射器に目を向けた。綿密に観察したかと思うと、彼は実に軽率な行動に出た。透明な液体がほんの少し残っているガラスのシリンダーを逆さまにして、針のつけ根に液体を集め、それから自分の親指の先に針を突き刺してプランジャーを押したのだ。

「ホームズ！　何をしてる？　頭でもいかれたのか？」

「単なるテストさ」ホームズは親指を見つめた。指先にできた血の粒の周囲がだんだん青白くなり、間もなく親指のつけ根から先全体が真っ白になった。

「ちくちくする」とホームズ。「麻痺するような感覚だ。注射器の中身は間違いなくエピネフリンだな」

私はホームズをさらに叱りつけた。何かわからない物質を自分の身体に注入するなんて、あまりにも無謀すぎるふるまいだ。だが彼は、わずらわしい小言を言う妻は無視するにかぎると決め込んだ夫のように、ただそっけなく首を振っただけだった。

「さて、これは何かな?」ホームズは血のついた親指をなめながら言った。たくさんある作業台のひとつに向いたその目は輝きを帯び、剪定ばさみと刈り取った何枚かの葉、そして片方だけの園芸用手袋を見つめていた。「ミス・スミス、仕事中に手袋をはめるというのは、サー・ペリグリンの習慣でしたか?」

「あたしの知るかぎりはそうだと思います」

「ええ、はめておられました」フレンシャム夫人も断言するように言った。メアリ・スミスよりも自分のほうが、雇い主の習慣についてずっとよく知っていると示したがっているようだ。「特に剪定ばさみで葉枝や茎を切ったりするときは、指の保護にもなりますので」

「不器用な方でしたか?」

「思慮深く警戒心が強かったということだと思います」

「ふむ。彼は右利きでしたか、それとも左利き?」

「右利きです」

「これは左手の手袋ですね。示唆に富む品だ」

「なんの示唆だって?」そう聞いてみたものの、ホームズはすでに手袋を置いて歩き出していた。今度は開いたままになっている小さな突き出し窓を見た。中央の固定具で留めた棒状の支持金具が窓の部分を支えている。ホームズは爪先立ちになって窓を開閉させ、たやすく動くかどうか、蝶番がどう機能しているかを調べた。それから薄暗くなった庭に出ていき、携帯用ランタンの光を照らしてあたりを観察した。さらに温室の周囲の芝生で手足をつき、地面を調査した。やがて気が済んだと見え、こう断言した。

「識別できた足跡はあなたのものだけですね、ミス・スミス。ただしこれは予期されたことです。先週の窓掃除をしたご本人ですからね」

ミセス・フレンシャムは鼻で笑った。メアリ・スミスが軽はずみにサー・ペリグリン・カラザーズの死の加担者になったという確証、それこそが彼女の求めているものなのだ。

「がっかりすることはありませんよ、お嬢さん」ホームズは言葉を続けた。「まだ終わってはいません。ワトスンとぼくはヘイワーズ・ヒースで宿をとるつもりです。奇妙なことがいくつかあり、まだ調査する価値はある。明日また来ます。できればそれまでに、この事件の最終評決に必要な情報が見つかると思いたいですね」

私たちが邸宅を去ろうとしたとき、フレンシャム夫人に玄関前の階段で呼び止められた。

「お話ししなければならないことがあります」夫人は言った。「『奇妙なこと』という言葉を私が正しく解釈できているのなら、サー・ペリグリンの死は単なる事故ではないというのがあなたのお考えなのですね」

「現場にあった証拠のいくつかに、理にかなわない点があります」

「つまり、私たち三人のうちの誰かが犯人だと考えておられるのでしょう。その場にいた人間は私たちだけですものね」

「自白なさりたいのですか?」

「いいえ、まさか! よしてください。ただ、ふと思ったんですが、容疑者がミス・スミスでないとすれば、あとはセシルさましかいませんよね。これが殺人だとすれば、一番得をするように見えるのは誰かしら? もちろんセシルさまです。サー・ペリグリンの地所を継いで、あの若さで大金持ちになるわけです。ただ、頼りない坊ちゃんですし、まだ人生で何もなしとげてもいない。責任の意味もろくにわかっていない。サー・ペリグリンが仕事を与えてやらなければ、ほかで雇ってもらえるかどうかも怪しい人です。つまり、彼は強欲な人ではないし、親族として大きな愛情を感じている相手を殺すような人でもないと思うのです。それが私の感じている彼の性質です」

「なるほど、あなたはぼくらより彼をよく知っているようですね、フレンシャムさん」

「一方のミス・スミスは、欲しいもののためならなんでもする子ですよ」

「あなたは彼女がお嫌いのようだ」

「あの子には頭に来ているんです。なぜかお知りになりたい?」

「ぜひとも」

フレンシャム夫人は私たちのほうに顔を寄せ、悪意に満ちた口調で言った。「サー・ペリグリンの遺言にはあの子の名前があるんです。正確に言うと、相続人はあの子なんですよ、セシルさまではなく」

ホームズは目を細めて夫人を見た。「実に興味深い。それは確かなことなのですか?」

家政婦はつんとすましてみせた。「ええ。サー・ペリグリンは、レディ・ジェインが亡くなって間もなく、遺言を書き換えたんです。奥さまを亡くして、お子さんもないので、当然誰かを相続人にしなければならない。今となっては理由は想像するしかありませんけれど、だんなさまはセシルさまでなく、ミス・スミスを選んだんです。私、今年の初めに、だんなさまの机にあった新しい遺言状を見てしまったんです。事務弁護士のミスター・クラムが持ってきたものです。サー・ペリグリンは遺言の文言を確認して、吸い取り紙の上に置いたままにしてらした。だんなさまが書斎を出てらっしゃるときに、たまたま私がくずかごの中身を片づけようと中に入ったら、そこにあったんです。ミス・スミスの名前が単独の相続人としてそこにあることに、気づいてしまったんです」

「なぜミス・スミスが?　ハリスンではなく」

「理由はサー・ペリグリンだけがご存じです、もう聞くこともできません」

「二人のあいだに不適当な関係があったとおっしゃりたいのですか?」

「男やもめと、育ちは良くなくても下品な魅力のある若い女ですよ。珍しい話じゃありませんよね」
「ハリスンは知っているのですか？」私が尋ねた。「自分は一ペニーももらえないということを」
「断言できるだけの証拠はありませんけれど、気づかずにいられると思いますか？　私が言いたいのは、サー・ペリグリンが亡くなった場合、その恩恵を受けられるのは三人のうちひとりだけだということです。気の毒なだんなさまが悲しみに打ちひしがれ、隙だらけになっているところを狙って、あの子が、あのあばずれ女がたぶらかしたに違いありません。あの無邪気な態度にだまされないでください。あの子があなた方をここへ連れてきたのは、疑いを晴らすためじゃなく、私たちをあざけるため、自分が告発をまぬがれるところを見せつけるためですよ。あの子がわざと窓を開けたとは誰にも証明できませんが、あの子を知っている人間なら、やったのはあの子だとわかります」

ヘイワーズ・ヒースへ向かうあいだも、フレンシャム夫人の言葉は私たちの耳について離れなかった。ホームズは考えにふけっていて、その状態、つまり超然として無口な状態は、夕食から翌日の朝食までずっと続いた。

私たちが宿を出たとき、ようやくホームズが沈黙を破った。「ワトスン、今日ブリドリングホール・プレイスへ向かう前に、二カ所ばかり立ち寄りたい場所があるんだ。最初に行くのは少々退屈な場所で、そのあともう少し面白い場所へ行こう」

最初に行ったのは、サー・ペリグリンの事務弁護士、ジェレイント・クラムの事務所だった。ホームズはクラムを説得し、遺言の複写を見せてもらおうとした。最初はしぶったクラムだったが、実はホームズの崇拝者にして私の著作の愛読者でもあり、結局は彼の個人的な熱意が職業上の分別に打ち勝ったのだった。

遺言は形式にのっとって公証された完全な公式書類で、フレンシャム夫人の言ったとおりの内容だった。検認が済めば、メアリ・スミスは若干の慈善的な支払いをしたうえで、すぐにあの邸宅とサー・ペリグリンの固定資産を手にすることになる。

「あまり伝統的とは言えない遺贈です」クラムは言った。「私は反対したのですが、サー・ペリグリンの決意は変わりませんでした。彼は、このミス・スミスという方こそ、血縁者も含めた彼のほかのどの知り合いよりも相続にふさわしい人物だと考えておられました」

「両者のあいだに恋愛関係があったと感じたことはありますか？」

「私にはわかりません、ホームズさん。サー・ペリグリンのお気持ちは、私の関知するところではありませんし。私が思うに、彼の判断は、普通と言えるものではありませんが、誠実な心で、落ちついた状態で下されたものです。ハリスンという若者にも好意はもっておられましたし、父親代わりとしての義務感もあったと思いますが、一度こんなふうにおっしゃっていたのを記憶しております。男は世の中で自分の道を切り拓かなければならない、度胸や野心があまりない人間に大金を与えることは、まぎれもなくその人間を破壊する行為である、と」

「メアリ・スミスは、自分が莫大な遺産をもらう立場にあることを知っていましたか？」

「サー・ペリグリンが伝えた可能性はありますが、私からは知らせていません」

クラムに別れを告げたあと、私たちは地元の病院へ行った。その日に予定されている検死官の鑑定の前に、サー・ペリグリン・カラザーズの遺体を見ておくため、ホームズが巧みに死体置き場に入る許可を取りつけたのだ。つまり、あまり言いたくはないが、賄賂を使ったのだった。病院の雑役夫が賭け事の借金を抱えていることを見抜いたホームズが、その男に半クラウンやると、病院の本館と離れた狭い霊廟のような場所、旧式の〝死体仮置き場《デッド・ハウス》〟の建物にこっそり案内してくれた。サー・ペリグリンは棚板の上に横たわり、シーツをかけられていた。私が入り口を見張り、そのあいだにホームズが死体を調べた。何分もしないうちに、ホームズは求めるものを見つけたようだった。

邸宅に向かう途中、私はホームズに、何か新たな証拠を見つけたのかと尋ねた。

「前腕の内側に針を刺した跡があった」

「それが新しい証拠？　ハリスンがサー・ペリグリンにエピネフリンを注射したことは、すでにわかってるじゃないか」

「ああ、だがねワトスン、ひと口に刺し跡といってもいろいろなんだよ。それと、ミツバチに刺された場所がどこかもわかった」

「どこなんだ？」

「左手の人差し指の先さ」

「不思議ではないな。おそらく左手で払おうとしたんだろう。ミツバチはそれをかわして刺したんだ」

「だが、なぜそのとき手袋をはめていなかったんだ？　右手にはめていたのなら、なぜ左手にははめてなかった？　それと、彼が右利きなのも忘れちゃいけない。それならとっさに利き手を使うものじゃないか？」

「手袋でミツバチを払うためにはずしたんだよ。そうさ、それならわかる。刺される危険を避けるために、左手袋をはずして、それを武器として右手で使おうとしたんだ」

「あまり威力のない武器だと思うがね。手袋をしたままほかの道具を使うほうが、どう考えても安全だよ。あるいは、対決を避けてすぐ温室を出るという手もある。命の危険にさらされる可能性を思えばなおさらだ」

「まともにものを考えられなかったのかもしれない。恐怖に圧倒されて」

「ワトスン、悪意がないのはわかるが、きみの洞察はどうも精密さに欠けるね。ぼくらがともに行動してきたあいだも、いかにきみが科学的推理というものを学んでこなかったか、いかにそうしたやり方に敬意を払ってこなかったかが、よくわかるぞ」

「じゃあ全部教えてくれればいいだろう、ホームズ」私はむっとして言った。「真相がわかったんなら、なぜ話そうともしないでじらすんだ？　きみは昔からそうだよ、自分がすでに見抜いている事実にたどりつこうとあがくぼくを見て、サディスティックな喜びを見いだすんだから。一度でいいから答えをさっさと明かして、ぼくが自分のことを愚鈍なまぬけ野郎だと感じないで済むようにしてくれないか？　ぼくはそんなに難しい要求をしてるか？」

「そしてきみの物語に必須の劇的な大団円も、きみから奪えということか？」ホームズはくすくすと笑った。「お断りだ、友よ。きみにはもう少しもがき苦しんでもらうよ。ブリドリングホール・プレイスに着いたら、すぐにすべてが明らかになるさ」

そしてそのとおり、すべては明らかにされたのだった。ホームズは立場の異なる例の三人を客間に集め、話を始めた。

「どんな有能な検死官でも、サー・ペリグリン・カラザーズの死亡時の状況を調べれば、偶発事故による死だと断定するでしょう。サー・ペリグリンがハチ毒の重度のアレルギーだと知っている誰かが、突き出し窓を故意に開けて温室にミツバチが入り込むように仕向けたのだとしても、悪意を証明することまではできません。殺人ということでは、狡猾なやり方です。と同時に、あまり当てにならないやり方とも言えます。ミツバチが必ず入り込むという保証はありません。殺したい相手を必ず刺してくれるかどうかもわかりません。期待した結果が偶然に実現するというだけでも、確率はとんでもなく低いものです」

「だから殺人じゃないというわけですね」セシル・ハリスンが言った。「あなたの言いたいことはそれですか」

「とんでもない。これは殺人です。やり方が違うというだけです」

メアリ・スミスもフレンシャム夫人も息をのんだ。

「つまり」ホームズは話を続けた。「サー・ペリグリンは、さらに計算された方法で殺されたのです。ミツバチはたまたま温室に入ってきたのではありません。最初からいたのです。そればかりか、百パーセント確実にサー・ペリグリンを刺すはずの場所に、こっそり隠してあったのですよ」

「いったいどこに？」ミス・スミスが言った。

「知らないとでも言いたそうね」フレンシャム夫人が小声で言った。私は彼女の近くに立っていたため、聞こえたのは私だけだった。

「園芸用手袋の中ですよ。手袋の指の部分――正確に言えば左手の人差し指――そこに働きバチを入れて置いておくだけで、ハチは布地の重みで身動きが取れなくなり、逃げ出せなくなります。朝早いうちに前もってそこまで準備しておけば、ハチはいらいらしながら羽音を立てるのをやめ、サー・ペリグリンがいつものように温室へやってくるころには静かになっています。手袋をはめるまで、そこにミツバチが入っているなどとは夢にも思わないはずです」

「なんて恐ろしい」ミス・スミスが声を上げた。

「まったくです。小さな昆虫が、銃身の中で待つ生きた弾丸として、引き金を引く人間がいなくても発砲されるようになっていたのです。単純で悪意のある仕掛けです。ただし、もちろんサー・ペリグリンには、いつでも使えるよう準備したエピネフリンの皮下注射器がありました。ミツバチに刺された彼は、まずそれを自分で注射したはずです。しかし、もし注射が効かなかったら？医療的価値のない液体、たとえば水を入れた注射器を、殺人犯が前もって本物の注射器と入れ替えていたら？」

　ホームズは偉そうな目つきで居間を見まわした。

「サー・ペリグリンはアナフィラキシーを回避したつもりでしたが、できなかったのです。本人もすぐにそれに気づき、大声で助けを求めました。助けは来ました。来たのですが、遅すぎた。

そしてもっと重要なことに、本当は助けなどではなかったのです」

「ですが、セシルさまがドアを打ち破って注射なさったじゃありませんか」フレンシャム夫人が言った。「サー・ペリグリンの注射器を使って」

「そうでしょうか？　そう本人が主張しているだけではありませんか？」

セシル・ハリスンが急に立ち上がった。「ばかげてる。まったくくだらない。ぼくは自分の叔父の殺人犯として告発されているということか？」

「お座りください、ハリスンさん。うそをついて虚勢を張っても、どうにもなりませんよ。あなたはぼくと同じように、自分のしたことを知っている。あなたが温室に突入したとき、あなたの手には本物の注射器が隠してあった。あなたは自分が、ほかの二人のご婦人がたよりも先に、最初に温室に踏み込んだという立場を利用したのです。サー・ペリグリンの姿を二人の視界からさえぎり、彼の携帯ケースから取りだした注射器と見せかけて本物を振りかざし、一方で効き目のない偽物の注射器を自分のポケットに滑り込ませた。そのあと、サー・ペリグリンが自分で注射したときの刺し跡に、もう一度注射針を刺した。だから、針の跡がひとつしか残っていなかったのです」

「あんたの主張に証拠はあるのか！」若者は激しく食ってかかった。怒りで息をあえがせ、まるで追い詰められて毛を逆立てたネコのようだった。

「証拠は出てきますよ」とホームズ。「サー・ペリグリンが事故で亡くなったわけではないとぼくが思いはじめたのは、左手の手袋をはずしていたことがわかったからです。右手で剪定ばさみを使うのなら、なぜ左が素手だったのでしょう？　鋭い刃のある道具を使う際、もう片方の手を守る方法があるのに使わないというのは、なんとも軽率な話です。そう考えると、サー・ペリグリンは、はめたばかりの手袋をすぐにはずした、という推理が成り立ちます。それでミツバチのいた場所もわかりました。突き出し窓が開いていたのは、誤った想像を導く単なる策略です。ハリスンさん、あなたは窓を開けておき、なおかつ手袋にもミツバチを入れておいたのです。ぼくらがゆうべおじゃましたとき、あなたは眠っておられた。われわれの到着で目を覚ましたのですね。夜遅くに何かしていたせいで寝不足だったのでしょう。その失策はともかくとしても、あなたは周囲が思う以上に抜け目のない方だ。だが、あなたにとって大変残念なことに、すべては無意味でしたね」

「どういう意味だ？」

「自分を援助し収入を与えてくれていた叔父を殺したところで、あなたの手に入る報酬は、絞首刑以外には何もないということです」

「報酬？　遺産のことを言ってるのか？　ぼくは何ももらえないんだ。あんたは知らなかったのか？　ペリー叔父さんは遺言を変更した。すべてを彼女に遺したんだ、一切合財ね」ハリスンは乱暴なしぐさでミス・スミスを指さした。「この地所は彼女のものだ。わけは神のみぞ知る。彼女は親族か？　違う。だけど叔父がそう決めたんだ、ぼくにもそう話した。ぼくについてのあんたの主張からは、大事な柱の部分が抜け落ちてるんだよ」

「かもしれません」ホームズは言った。「ただ、別の柱はありますし、同じぐらいに頑丈なものです。金が動機でないのなら、同じぐらい強力で、人を殺人に駆り立てずにおかない動機はいったい何か？　復讐ですよ」

ハリスンの瞳がぴくっと震えた。それを見たとき、私はホームズが核心を突いたことを感じ取った。セシル・ハリスンが冷酷な殺人を計画し実行したのは、自分を多大な遺産の相続人の立場から追い立てた叔父に腹を立てたせいだったのだ。彼の動機は貪欲さのせいではなく、いわばもっとけちくさいものだった。だだをこねたかったのだ。

「そしてこの復讐行為によって」ホームズはさらに言った。「あなたはミス・メアリ・スミスがサー・ペリグリンに死をもたらした当事者であるかのように見せたかったのでしょう。彼女の不注意のせいだと見せかけ、法律上では彼女の過失とはならなくとも、この先ずっと責任を背負わせていこうとした。彼女は汚名を着せられ、残りの人生を恥辱とともに生き、非難を浴びせられる。偉大な植物学者をこの世から奪った不注意なハウスメイドとして、永久に知られることになる」

ハリスンは抗議と否定を続けたが、そこへ地元の警察がやってきた。ホームズがあらかじめ、頃合いを見計らって来るよう指示をしていたのだ。ホームズの指図で彼らがハリスンの部屋を調べると、案の定、引き出しからもうひとつの注射器が見つかり、そこに水が入っていたことも証明された。

メアリ・スミスのほうは、遺言の話を聞いてからというもの、すっかり顔色を失っていた。激高しているセシル・ハリスンを警察が邸宅から連行しているあいだに、彼女はついに気を失ってしまった。私が意識を取り戻すまで介抱してやった。

「とても信じられません、先生」ミス・スミスは弱々しくつぶやいた。「こんな気前のいいことって。なんて寛大な方でしょう。ああ、サー・ペリグリン……」

ミセス・フレンシャムは険悪な表情でそのようすをにらみつけていたが、やがて黙って部屋を出ていった。メアリ・スミスと雇い主の関係についての根拠のない疑念は、ミセス・フレンシャムの頭から消えることはなく、それは一時間後も変わらなかった。彼女はむくれた顔のまま旅行用かばんを持ち、ブリドリングホール・プレイスを出ていったのだ。戻るつもりがないのは明白だった。私は自分の書くものにあまり意見を差し挟まないようにしているが、ミセス・フレンシャムについては、いい厄介払いができてよかったとしか言いようがない。


「実に気の毒な話だな」ロンドンへ戻る列車の中でホームズが言った。「親類の若い男よりも、血のつながりもない若い女を選ぶしかなかったというのもね。それでもサー・ペリグリンは、甲斐性も冒険心もないミスター・ハリスンより、貞淑で勤勉なミス・スミスのほうが相続人にふさわしいと感じたんだろうな。それが身の破滅につながってしまった」

「細かい点を整理するために聞かせてほしいんだが、サー・ペリグリンが同じ箇所に二度注射されたとなぜわかったんだ？」

「ああ、あれか」ホームズは軽く手を振った。「注射針の刺し跡にしては少し大きすぎると思ったのさ。ハリスンが刺した位置は正確だったが、元の穴が少しも広がらないように刺すのはさすがに無理さ。簡単に見分けがついたよ、ぼくにも同じ前科があるからね」

「前科？」

「それほど遠くもない昔、コカインを常用していたときに、ときどき針の穴を再利用してたんだ。きみに怒られるから」

「ぼくに？」

「ぼくの腕に注射針の跡が増えてくると、麻薬のやりすぎをきみが非難する頻度も増える。それを出し抜くために、針跡の数を抑え、なおかつ投与の回数を減らさないよう、同じところに針を刺してたのさ。コカイン摂取の節度を保っているように見えただろう。自慢できるやり口とは言わないが、少なくとも今回の事件の役には立ったね」

笑うべきか怒るべきか、わからなかった。結局私も笑うことにした。ホームズの人生の暗い逸話は軽くとらえるべきで、それをよみがえらせるよりは、眠りにつかせたほうがいい。

何はともあれ、ホームズの思考は、過去よりも未来に向いているように見えた。サセックスの田園地帯が列車の窓の外で遠ざかっていくのを、首を曲げてながめていたホームズは、それから何カ月かのち、その素朴な風景の抱擁に身をゆだねることになる。輝かしい黄金色の秋の風景は、まれに見る美しさだった。

「ミツバチか」ホームズは半ばひとりごとのように言った。「あの魅惑的な小さな昆虫は、実にたいしたものだ。その研究に晩年の人生を費やすというのも、あながち無駄ではないな。そうだ、ミツバチだ……」

魔笛泥棒　ラリー・ミレット
The Opera Thief by Larry Millett

ラリー・ミレット
Larry Millett

米ミステリ作家。ミネソタ州で三十年間新聞記者として働くかたわら、ミステリ作家および建築史家としても仕事をしてきた。一九九六年の *Sherlock Holmes and the Red Demon* 以来、七作の長編ホームズ・パスティーシュを発表しているが、一作を除きすべての舞台がミネソタ州。二作目の *Sherlock Holmes and the Ice Palace Murders* は二〇一五年に舞台化され、セントポールで上演された。このときの脚本家は、映画『Ｍｒ．ホームズ　名探偵最後の事件』の脚本を書いたジェフリー・ハッチャー。長編ホームズ・パスティーシュの最新刊 *Sherlock Holmes and the Eisendorf Enigma* が二〇一七年に刊行予定。

シャーロック・ホームズが犯罪事件を追う仕事から引退したことは、今や周知の事実だが、彼がなぜその重大な決意をするに至ったかを解釈するのに役立ちそうな事件について、ここに述べておきたいと思う。ホームズ自身は、世界最高の諮問探偵と呼ばれながら、まだ若いうちに引退した理由を公にはしていない。結局のところ、サセックスでひとり暮らしをすると決めた原因は、彼の心がひどく疲れてしまったせいなのではないかと、私は考えている。

もちろんホームズも、人生の厳しい重圧を知らぬ人間ではないし、これまでもときどき発作的に意気消沈することはあった。幸いにして、そうした状態はあくまで短期間で終わり、いったん興味深い事件に取り組めば、すぐさま生きる欲求を取り戻したものだった。ホームズがいつから鬱の徴候を示しはじめたかは私にも定かでないが、引退する前の何カ月か、ますます気分が滅入っているようすがあったのは明らかだ。ルイシャムで人妻が愛人と行方をくらました事件（まだ私が記していない事件）の調査準備をしていた朝、ホームズがふと漏らした言葉が記憶に残っている。「だが、人生なんてどれも惨めで無力なんじゃないか?」とホームズは言った。「手を伸ばす。つかむ。最後に手に残る者は、何か? 幻だよ。でなければ、幻よりもっと悪いもの——嘆きだ」（〈隠居した画材屋〉）

とはいえ、もっと深い影響をホームズに与えたように思えるのは、別の事件——遠く離れたアメリカはミネソタ州での事件だ。奇妙なことに、最初のうちこの事件は、ほんの些細な事件としか見えなかった。しかしその結末は、非常に注目すべきものであった。ホームズが引退を発表して世界を驚かせたのも、その事件後に私たちがロンドンに戻って間もなくのことだった。

私はこの事件を「魔笛泥棒事件」と呼んでいるが、始まりは私の胆嚢のせいだったと言っても過言ではない。一九〇三年の大半にわたり、私は胆石から来る痛みに何度となくさいなまれた。十一月の終わりには特にひどい痛みに襲われ、これを治すには外科手術を受けるしかないと担当医に説得された。ちょうど私も、ミネソタの外科医であるチャールズとウィリアムのメイヨー兄弟が先駆者となった、新しい技術の記事を読んだばかりだった。私は、メイヨー兄弟の有能な手腕に自分を託すことが、治癒を望みうる一番の方法だと考え、そしてホームズもそれに同意したのだった。

むろん、一八九四年の奇異な事件、「赤い悪魔事件」を調査したことを皮切りに、ホームズも私も何度かミネソタを訪れたことがあり、かの地にはなじみがあった。当然のことながら、私はこんな長旅に同行する必要はないと言ったものの、ホームズはまったく耳を貸さなかった。「医者というのはね」とホームズは言った。「いったん患者となれば最も面倒な人種として有名だ。ぼくが一緒にいなければ、きみもだいぶ扱いにくい人間になるだろうさ」さらにホームズは、このミネソタへの旅が、探偵にしてバーの主人であり、どちらの仕事にも優れた手腕を持つ私たちの旧友、シャドウェル・ラファティに再会する絶好のチャンスになるということも指摘した。

実際、一九〇四年一月の初めに私たちがミネソタ州セントポールに到着したとき、ラファティはユニオンデポ駅で私たちを出迎えてくれた。そのころ私の病状はだいぶ深刻になりつつあり、ラファティとは短い会話が、せいいっぱいだった。そのままホームズと私は、メイヨー兄弟が住む南ミネソタの小さな町、ロチェスターへと向かった。私の手術について読者に長々と語ることは控えようと思うが、手術は見事に成功し、一月末には完全に回復したということを言い添えておく。

そのころホームズも、すでに自分が熱中できるものを見つけていた。アメリカのマスコミでは、ミネアポリスで行われている殺人事件裁判が大いに取り沙汰されており、犯人と目されていたのは、アデレード・ストロングウッドという、若く非凡な女性であった。ホームズはラファティと協力し、ミス・ストロングウッドの裁判において重要な役割を演じたが、そのことは「魔笛泥棒」の物語とは無関係なので割愛させていただく。

ミス・ストロングウッドの裁判が二月の初めに終わるころには、私も旅ができるほどによくなっていたので、ホームズとともにロンドンに戻る準備を始めた。二月六日土曜日の朝、私たち二人は、セントポールにあるライアン・ホテルの居心地のいいスイートルームにいた。その前夜はホテルに併設されているラファティのバーに行き、彼に別れを告げていた。ラファティはカナダの友人を訪ねるために旅行する予定で、私たちは惜別の念を込め、彼の大好きなアイリッシュ・ウィスキーを飲みすぎるぐらい飲んだ。私たちのほうもいよいよセントポールを離れるときが近づいていて、午後にシカゴに向かうバーリントン鉄道の特急列車の切符を二枚押さえてあった。そこからニューヨークに行き、蒸気船でイギリスへと向かうつもりだった。

その日はミネソタの冬にありがちな厳しい寒さで、私は暖炉の赤々とした炎の前に座り、セントポールの新聞を読んでくつろいでいた。ホームズはいつものように、地元の日刊紙三紙を端から端まで読み終えていた。部屋の背の高い窓のそばに立ち、むっつりと外をながめているホームズは、迷子の子どものような不安げな表情をしていた。

「新聞に興味深い記事でも見つけたのかい？」会話がホームズの憂鬱を和らげる助けになればと思い、私はそう話しかけた。

「少なからず興味をそそる小さな記事がひとつあった」ホームズはそばにやってきて、私がさっき読んでいた《セントポール・パイオニア・プレス》を拾い上げた。「ここだ、二面だよ」

私がほとんど見てもいなかったその記事には、こんなことが書かれていた。「メトロポリタン・オペラハウスで奇妙な事件が起きた。現在公演中のモーツァルトの歌劇で小道具として使われていた横笛が、木曜の夜に消えてしまったのである。シカゴ・オペラ・カンパニーの巡業上演作『魔笛』のセントポール公演に携わった興行主のエレクタ・スナイダー夫人は、横笛は鍵のかかっていた保管室から盗まれたと話している。ただし犯人は、もっと高価な品物がほかにたくさんあったにもかかわらず、手も触れていない。スナイダー夫人は、消えた横笛が金銭的に『ほとんど価値がない』と認めているものの、『非道な』行いだと憤慨している。この事件は、さして熱心なオペラファンではないオコーナー刑事部長が担当することになった」

「なんてことだ」私は声を上げた。一八九六年の悪名高い「氷の宮殿殺人事件」の際、オコーナーと出会ったときのことが思いだされた。「あの堕落した悪徳刑事が、いまだに警察にいるとは驚きだな」

「オコーナーなんてどうだっていい」ホームズは辛辣に言い捨てた。「興味深いのはこの泥棒さ。簡単に入れないはずの保管室にわざわざ侵入して、なぜ価値のない物を盗んだんだろう」

「きっとその泥棒にとっては、人にはわからないような価値があったんだろうな」

「確かに」ホームズは言った。「だが、それにしても――」

そこでホームズの言葉をさえぎるように、スイートのドアをドンドンと叩く音がした。

「きみの客か？」私が聞いた。

「いや、だが女性客のようだ。急ぎの用件だな」

「なぜ女性だとわかるんだ？」

「聞こうとしたからだよ、ワトスン。きみには単に聞こえただけらしいがね」

私がこの挑発に応じる前に、ホームズはドアを開けた。とたんにひとりの女性が、潮が寄せるようにホームズのそばを過ぎ、さっと中に入ってきた。豊満な身体をした四十歳ぐらいの女性で、その身体全体を包み込んだ淡緑色のドレスが、海の渦巻きのようになめらかに波を打った。瞳も淡い緑で、私はすぐにその目にある無慈悲さを感じ取った。

私が椅子を立とうとすると、女性は威圧的な声で言った。「つまらない儀礼はいりません、ワトスン先生。そのままお座りになっていてけっこう。あたくしも話ができるよう、暖炉のそばに座りますから。どうぞこちらへいらしてください、ホームズさん」

ホームズは困惑したような顔で、客のそばにある椅子を引いて座った。「お目にかかれて光栄です、ミセス・スナイダー」

「あら、あたくしもあなたの有名な推理の対象になったというわけね。どうしてわかったのかお聞きしたいのはやまやまだけど――」

「ホームズ君はあなたのドレスの名札を見たのでしょう」私が言った。「ご存じのように、彼は観察力でも名を馳せておりますので」

スナイダー夫人が胸の名札を見おろすのを見て、ホームズは私をぎろりとにらんだ。だが、夫人が私の物言いをユーモアと受け取ったようすはなかった。それどころか、私の額に穴でもあけそうな鋭い視線を送ってきた。「ええ、オペラをご支援くださる社交界のご婦人がたと、このホテルで朝食をいただいたところですの。まあ、その話はどうでもいいわ」夫人はホームズのほうを向いた。「あたくしがなぜここへ来たか、もうおわかりなのではないかしら」

ホームズはうなずいた。「消えた横笛を見つけてほしいのですね」

「そのとおりよ！　あなたがセントポールにいらっしゃると知ったときは、自分の幸運が信じられなかったわ。ラファティさんが、あたくしに必要な人物はあなただとおっしゃったの」

「なんと親切な男だ」ホームズはつぶやいた。

「ええ、シャドウェルは大事なお友だちですのよ。ところで、いつ調査を始めてくださるかしら？」

正直に言えば私は、この女性の無遠慮な態度も、つまらない小道具を探す仕事にホームズが飛びつくと決めてかかっているようすも不愉快だった。

「ホームズ君と私は、今日これからロンドンへ出発するのですよ」私が言った。「ですのでそのお申し出は――」

そこでホームズが口を挟んだ。「おわかりでしょうが、ワトスン君は早くセントポールを去りたがっておりまして、あなたが持ち込んできた案件も重要なものとは思っていないようです。ぼくは必ずしもそうではありません。小さな犯罪にも、国家の問題と同じぐらい、独自の興味深さがあるものです。ただ、今日の新聞記事が正しいのなら、すでに警察が窃盗犯の捜査を始めているはずですが。彼らは有能な人々ですよ」

「は！」スナイダー夫人は声をあげた。「あはは！　だわ。警察ときたら、こんな厚かましい犯罪はすぐにでも解決できるって言ったくせに、捜査に丸一日使ったあげく、もう途方に暮れてますのよ。ええ、ホームズさん、あたくしが本当に必要なのはあなたです。自分では探偵小説など読みませんけれど――そんな時間があるわけないし――それでもあなたのことや、あなたの壮大な冒険については耳にしていますわ。それにもちろん、シャドウェルもよくあなたを賞賛していますしね。当然、謝礼はお支払いします。おいくら必要かしら？」

ホームズは微笑した。「報酬の話はあとにしましょう。それより、消えた横笛のことを知りたいのですが。盗まれたときの状況をお話しいただけますか」

スナイダー夫人は一瞬黙り、じっとホームズを見つめてから言った。「残念なことに、あたくしに話せるようなことはあまりないんです。警察が言うところの〝内部の犯行〟に間違いないということしか言えません」

「なぜそう確信しておられるのです？」

「メトロポリタン・オペラハウスは、実に警備のしっかりした劇場です。毎晩ひとり夜警がつくし、夜間に誰かが侵入できるとは考えにくいのです。横笛やそのほかの小道具は、地下の鍵をかけた保管室に置いてありました。鍵を持っているのは舞台監督だけですけど、彼はときどき、公演中に自分のオフィスに鍵を置きっぱなしにしているらしくて。オペラ・カンパニーか、裏方の誰かがやったに決まってるわ」

「ごもっともな疑いですな、ミセス・スナイダー。ただ、なぜ単なる小道具の窃盗が、あなたにとってそれほど重大なのですか。新聞には、横笛の金銭的価値はほとんどないとありましたが」

「おっしゃるとおりです。何年も前に小道具係が金色に塗っただけの、普通の横笛です。質屋に持っていっても五十セントにもならないでしょうね。でも、お金だけがすべての価値基準ではありませんわ、ホームズさん。あれは『魔笛』の公演で世界中を回ってきた横笛なの。あの歌劇そのものよ。この手におさめておけるモーツァルトみたいなもの、彼の音楽の威厳を呼びだしてくれるものなの。あれを所有することは、お金のような下品な力の及ばないものが手に入るのと同じよ」

スナイダー夫人の短い演説に、ホームズは奇妙な感動を覚えたようだった。「大変よくわかりました、ミセス・スナイダー。つまりあなたは、魔法の杖を取り戻したいのですね」

「ええ」彼女はほとんど陶然としながら言った。「それがあたくしの望み」

「よろしい。ワトスン君とぼくが調べましょう」

「本気で言ってるのか、ホームズ」私は厳しい口調で言った。「今日の列車の切符を買ってあるんだぞ。サウサンプトン行きのルカニア号が出航するのは火曜の午後だ。それまでにニューヨークに着かなきゃならない。そんな時間は——」

「明日の列車にすればいい」ホームズは言った。「もうひと晩セントポールにいても問題はないさ。それに今夜は『魔笛』の公演があるわけだし。われわれのチケットと、舞台裏に入れる許証を用意していただけますか、ミセス・スナイダー？」

「もちろんですとも。出演者や裏方の全員にも、調査に協力するよう指示しておきます」

「ありがたい。ところで、出演者や舞台関係者の中に、その横笛を欲しがっていたような人物はいませんでしたか？」

「あたくしの見たところ、いちばん怪しい人間は、テノールのシーレさんかしら」

「たいていのテノール歌手は怪しい人間だ」ホームズは言った。「ですが、その男が犯人だというなんらかの証拠はあるのですか？」

「いいえ。証拠を見つけるのはあなたのお仕事よ、ホームズさん。ところで『魔笛』をごらんになったことはおありかしら？　モーツァルトの最高傑作オペラとも言われる作品ですわ」

「ええ、観たことはありますし、実に壮麗な作品だと思います」

スナイダー夫人は立ち上がった。「でしたらこれ以上申し上げるべきことはありませんわね。今夜のご幸運を祈っています、ホームズさん。朝にはご報告を聞きたいわ」

夫人は帰っていき、私はため息をつくしかなかった。私にはまったくどうでもよく見えることのために、ホームズは旅の計画をだいなしにした。そればかりか、私までオペラ鑑賞に付き合わされるはめになったのだ。

私たちは『魔笛』開演時刻のずっと前に、ホテルから一ブロックと離れていないメトロポリタン・オペラハウスに到着した。かなり厳格な外観の建物で、外壁の下のほうは巨大なブロック状の灰色の御影石が使われている。しかし中に入ってみると、象牙や金といった豊かな色調に彩られた驚くべき石膏職人の芸術が、堂々たる観客席に数々見られた。私たちはすぐに舞台裏に向かった。裏方が忙しく設置しているセットや舞台装置の森の中で、私たちは舞台監督を探した。盗まれた横笛をしまっていた保管室の鍵の持ち主だ。

裏方のひとりが、地下にある舞台監督のオフィスの場所を教えてくれた。急な階段や狭い廊下が入り組んでいる場所を進んでいくと、脚立、昇降機、釣り合い重り、そのほかさまざまな舞台技術を維持する装置一式が準備されている、広い地下の空間にやってきた。舞台監督のオフィスに向かって歩いていると、きらびやかな星をあしらった黒のドレス姿の、背の高い女性に引き止められた。

「シャーロック・ホームズさんとドクター・ワトスンですね？」そう言った女性は、グレーの大きな瞳を楽しげにきらめかせた。「消えた横笛を探すために、ミセス・スナイダーがあなたがたを雇ったそうね。面白いこと！　あれが金色に塗っただけの古ぼけた横笛だってことはご存じよね。だけどあの笛、どれだけ長い旅をしてきたと思います？　ニューヨーク、シカゴ、サンフランシスコ、それにウィーンにも行ったんですって。私はそう聞いているわ。幸運のお守りみたいなものなんでしょうね。あら、いけない、私ったら自己紹介もしなくて。失礼をお詫びします。バーバラ・メイジャーズと申します」

「ミス・メイジャーズ、お会いできてうれしいです」ホームズは軽く会釈した。「今夜の〝夜の女王〟とお見受けします」

「あら、オペラをご存じですのね。そう、私が女王役、正確には〝アストロフィアマンテ〟よ。本当におかしな名前。でも、『魔笛《ディ・ツァウバー・フレーテ》』に奇妙じゃないところなんてあるかしらね？　実際、何もかもがまったく途方もないオペラよ、私の喉にも本当にきついってことは言うまでもなくね。まったく、あの恐ろしく高いC音ときたら！　私に言わせれば、モーツァルトはまさに悪魔よ。もちろん、後にも先にもこれこそが史上最高のオペラだって言う人も多いけれど。大人の男性客がすすり泣いているのを見たことだってあるわ」

　私には彼女の最後の言葉が真実だとは思えなかったが、驚いたことにホームズはこれに同意し、自分もオペラの最中に男性客が涙しているのを見たことがあると言った。「確かにあの歌劇には奇妙な影響力があるようですな」彼は言った。「このうえなく無情な人間にさえ効き目があるらしい。ところでミス・メイジャーズ、あなたは横笛を盗んだ犯人は誰だとお考えですか？」

　彼女の返答は私を驚かせた。「きっと悲しい人間だと思うわ」

　ホームズがこの予期せぬ意見に反応する前に、裏方がひとり走ってきた。「すぐ楽屋に入ってください、メイジャーズさん。時間がありません」

彼女はうなずいた。「じゃ、幸運をお祈りします、お二人とも。横笛が見つかりますように。あれがないとなんだか寂しくて」

ミス・メイジャーズが廊下の角を曲がって姿を消すのを見送っているあいだに、茶色のスーツの気取った小柄な男がやってきた。「きみたちは誰かね?」男はそう詰問してきた。「外部の者の立ち入りは禁止だ。すぐに出ていってくれ!」

「違いますよ」ホームズは冷静に応じた。「仕事で来ているのです。ぼくはシャーロック・ホームズ、こちらはドクター・ジョン・ワトスン」

男の威嚇的な態度は、即座に媚びる態度に変わった。「ああ、これはこれは。大変失礼しました。今夜あなたがたがいらっしゃることはミセス・スナイダーに聞いておりましたが、うっかりしていましたよ。なんと光栄なことだ、実に光栄ですよ、偉大なシャーロック・ホームズさんにお会いできるとは。それにもちろんワトスン先生にも。私はピーター・ムーアです、舞台監督をしております。私にできることがあれば、なんでも喜んでお手伝いいたしますよ」

「ええ、お願いします」ホームズは言った。「まずはあなたのオフィスを見せてもらえますか」

ムーアのオフィスは、戸棚とそう変わりはないような狭い場所だった。物が散乱したロールトップ式の机、椅子、そして二、三の棚がある。三人も入れる余地がほとんどないため、ホームズがムーアに消えた横笛のことを尋ねるあいだは、全員ドアの外に立ったままでいた。

「ムーアさん、横笛が盗まれたと気づいたのはいつですか?」

「ゆうべの公演の前です。地下の保管室から横笛を取ってくるよう裏方のひとりに指示したところ、見当たらないと言ってきまして。おわかりでしょうが、裏方は当てにならない連中が多いのですよ。その男もきちんと探さなかったんだろうと思いまして、自分で見にいきました。ですが、本当になくなっていたのです。ええ、そのときは少しばかり騒ぎになりましたよ。演奏者のひとりから借りて間に合わせたのですが」

「なるほど。木曜夜の公演後は、横笛は確かに保管室にあったのですね？」

舞台監督の小男は、気まずそうにホームズを見た。「その、お察しいただけるでしょうが、私が自分で保管室に置いたわけではないので。私の仕事ではありませんのでね。ただ、そこに置いてあったとは思いますよ。それが通常の手順なので」

「ああ、ムーアさん、探偵としてのぼくの長年の経験から申しますとね、推測というのは往々にして単なる希望の一形式なのですよ。まあいい、あなたの推測が正しいとして、木曜の夜に横笛はいつもの場所に戻され、保管室には鍵がかかっていたとしましょう。次に、保管室の鍵のことを聞かせてください。あなたはつねに鍵を持ち歩いておられたのですか、それともほかの場所にしまっていたのですか？」

ムーアは不愉快そうに目をむき、警戒の色が走った。「ええと、ホームズさん、ここぐらい大きな劇場となると、たくさんの大きな鍵が必要でして、それを全部持ち歩くというのはさすがに大変なのですよ。それはおわかりいただけるものと――」

「わかるのはあなたがぼくの質問に答えていないということだけですよ、ムーアさん」ホームズはそれだけ言うと、舞台監督のオフィスに入っていき、すばやく、しかし徹底的にオフィスを調べた。それから外に出てきてこう言った。「ムーアさん、あなたはご自分の机の前の、壁に付いた小さなフックに鍵をかけているのではありませんか。つまり、舞台裏で働く人間なら誰でも、鍵を持ちだすことは可能だった。違いますか？」

「いや、それは違います」ムーアは言った。「ここにいる人間には、私がいないときに勝手にオフィスに入らないよう言ってあります」

ホームズの唇がかすかな笑みで曲がった。「ムーアさん、もし人々が言われたことを全部守るなら、ぼくはとうに失業していますよ」

ホームズがさらに二、三の質問をすることで、ほかの基本的な事実がいくつか明らかになった。公演中、ムーアのオフィスには鍵がかかっていない。盗みがあった夜に劇場にいたのは、十五人の裏方、そして同じ数のオペラの出演者。事実上裏方の全員が、小道具を取りだしたり戻したりするために、日常的に鍵を使っていた。ムーア自身は鍵が消えているところを見た記憶はない。舞台関係者や出演者の中に犯人がいるとしても、心当たりもまるでない。

「私にはまったくの謎ですよ、ホームズさん。私も途方に暮れて――」

ホームズは沈黙をうながすように口に人差し指を当てた。「もうけっこうです、ムーアさん。鍵をお貸しください、ワトスン君とぼくに保管室を見せてもらえますか」

保管室は地下二階にあり、予期したとおり芝居関連の道具がごちゃごちゃと寄せ集めてある場所だった。いろいろな物が棚やテーブルの上に置かれたり、床に雑多に積み上げてあったりしている。こんな散らかった場所に、手がかりなど何もなかった。そこを出る間際、ホームズは身を屈め、部屋唯一のドアに付いた錠を調べた。そしてすぐに首を振った。「ワトスン、この部屋はスナイダー夫人が言うほど安全な場所とは言えないね。簡単に開けられるたぐいの錠だよ。器用な子どもがヘアピンでも使えば、簡単に開くだろうな」

「つまり犯人は、わざわざ鍵を盗む必要もなかった、ということか」

「そのとおり。どうやらぼくらは、アメリカ人が呼ぶところの〝窮地《ピックル》〟に陥ったようだ。目撃者もなく、三十人以上の人間のうちの誰がやっていてもおかしくない、いつ起きたかもわからない、明白な動機も見いだせない窃盗に直面しているんだよ。まったく、ぼくは愚かだったよ、ワトスン。こんなことに関わり合ってしまうとはね！」

「それならスナイダー夫人に、この事件は簡単には解決できないと言うべきじゃないのか」私は言った。「きっと理解してくれるよ」

「そうかもしれないな」ホームズは静かな声で言った。その日の朝に見たような、陰鬱な顔が戻ってきたのが感じられた。

「じゃあ、ホテルに戻ろう」私は言った。「少し休んだほうがいい、ホームズ。明日は長旅だ」

ホームズは懐中時計を見た。「いや、ワトスン、せっかく来たんだから、モーツァルトになぐさめを見いだして楽しもうじゃないか。もうすぐ舞台が始まるよ」

私たちは地下二階から上に上がり、開始直前の準備で騒がしい舞台裏に戻った。誰かが「五分前です」と叫び、私たちは舞台袖に引き下がり、そこで幕が上がるのを待った。

自分でも驚いたが、オペラは実に楽しかった。私にはほとんどなじみのないドイツ語の歌ばかりなのに、あらすじをたやすく追うことができた。パミーナの恋心、タミーノの英雄的活躍、パパゲーノがパパゲーナに見つける真実の愛、夜の女王が天使の王国に送り出す声。ホームズは私の隣で静かに立ち、この壮観な歌劇に熱中していて、感傷的な気分よりも深い喜びがまさったようだった。

だが、オペラの終わり間際に奇妙なことが起きた。力強い合唱が最後の旋律を歌い上げ、オーケストラが曲を締めくくり、そしてそのあと——何も起きなかったのだ！　なぜか幕が下りなかった。ぎこちない静寂が続いたあと、ザラストロ役のずんぐりしたバス歌手が舞台裏に目をやり、幕を下ろせとばかりに激しく首を上下させた。

私たちの近くにいたムーアが走っていき、動けずにいる裏方から幕を下ろすロープを奪い取った。

「何をやってる、ハロルド、いったいどうしたんだ？」ムーアは小声で叱りつけた。「引っぱれ、引っぱるんだ」

裏方の男はわれに返り、ようやく一緒に幕を下ろし始めた。

ムーアは怒り狂っていた。「ハロルド、おまえがでくの坊みたいに突っ立ってたのは今週二度目だぞ。いったいどうしたんだ！」

「すみません」男はいまだぼんやりしている顔で謝った。「つい聴き入ってしまったんです、それだけです。自分でもどうしようもなくて。もう二度とこんなことはしません」

「ああ、そうとも」ムーアは言った。「二度とここに来なくていい、この能なしが。行け、出ていけ」

「ムーアさん、おれ――」

「出ていけ」ムーアはくり返した。「二度と顔も見たくない」

裏方の男は目に涙をため、そっと立ち去っていった。ホームズはこの一部始終を興味深く見守っていたようだった。そして、裏方をクビにして満足したような顔をしているムーアのそばに歩いていった。

「いま解雇したあの男は誰ですか？」

「たいしたことじゃありません。自分の仕事のしかたもわからない、ただのばか者ですよ」

ホームズは同じ質問をくり返した。今度はかなり強い口調で、ムーアはいきなり強風を食らったかのような顔になった。

「スキンプトンです」ムーアは気おされたように返事をした。「ハロルド・スキンプトンですよ」

「すぐに彼と話がしたいのですが。どこへ行けば会えますか？」

私たちの周囲にはムーアの指示を待つ裏方たちの小さな輪ができつつあり、ムーアはホームズの厳しい質問の連続に腹を立て始めた。「あいつの居場所なんぞ知るわけないでしょう？」ムーアはいらいらして言った。「クビですよ、いい厄介払いですよ。おわかりにならんようだが、こっちも仕事があるんです。偉大なるシャーロック・ホームズさんなら、ご自分で捜せるんじゃありませんか」

一瞬、ホームズがこの怒りっぽい小男を殴るんじゃあるまいかと思ったが、彼はくるりと背を向け、私にこう言った。「貴重な時間の無駄だ。ミスター・スキンプトンが劇場を出る前につかまえにいこう」

しかし遅かった。楽屋口にいる守衛に尋ねると、スキンプトンはみんなの前で解雇を告げられたのち、すぐに出ていってしまったと言われた。

とはいえ、ひょろ長い身体をした北欧訛りの守衛（「スウェーデン人だ、間違いなくスモーランド地方の生まれだ」とホームズがあとで教えてくれた）は、もうひとつ貴重な情報を提供してくれた。彼はスキンプトンの住んでいる場所を知っていたのだ。

「ええ、そうです《ヤー》、十一丁目の下宿にいるって話してくれたことがありますよ。ロバート街の教会のすぐ隣です。すぐにわかりますよ」

「下宿までどのぐらいですか？」ホームズが聞いた。

「そう遠くないです。十五分も歩けば着きます」

ホームズは守衛に礼を言い、一ドル銀貨をやった。

「あのスキンプトンという男に話を聞くのか」冷え込んだ夜の街に出ていきながら、私はホームズに尋ねた。「彼が横笛を盗んだ犯人だと思っているわけか？」

「まず間違いない」ホームズは言った。「知りたいのは、なぜそんなことをしたのかということさ」

私たちがスキンプトンの下宿に着いたのは、十一時十五分前のことだった。下宿は『魔笛』のすばらしい世界からまるっきりかけはなれた、街の中でも荒れた地域にあった。黒ずんだレンガがいびつに積み上げられた家のてっぺんに、尖った切妻屋根が二つ載っていて、前世紀にセントポールにたくさんいた豪商のひとりが建てたものに違いなかった。だが、建物の威厳はとうの昔に失われ、冬の闇の中では陰気でさびれて見えた。夜風は氷の短刀のように冷たく、私たちの分厚い毛皮の上着も確かな防備とはならず、私は身を震わせはじめていた。

玄関に続く階段の木の手すりは、ひどい虫歯のように柱があちこち抜けており、私たちはその階段を上がってドアをノックした。みすぼらしい部屋着姿のぽっちゃりした中年女が現れた。強盗、あるいはそれより悪い人間を見るように、女は用心深く私たちをながめた。

「下宿人との面会時刻は終わってるよ」女は言った。

「こんな時刻にわずらわせて、本当に申しわけありません」ホームズは言った。「緊急の用がありまして、こちらに住むスキンプトンさんに会いたいのですが」

「夜の十一時になろうってのに、いったいなんの用事だい？　あの人、客なんて来たこともないじゃないのさ」

ホームズは上着のポケットから一ドル銀貨を二枚出し、女の手に押しつけた。「彼もわれわれと話をしたがっているはずです。差し迫った用件なのですよ。どうか部屋に案内してもらえませんか」

「わかった、入りな」女はすばやくポケットに銀貨を入れた。「ほかの住人に迷惑をかけないでおくれ。ここはちゃんとした下宿なんだ」

私たちは彼女のあとについて、広い階段を三階までのぼった。さらにもっと狭い階段を上がると、ガス灯がひとつかろうじて光っている、屋根裏の長い廊下に来た。「十号室だよ」と女が言った。「奥の部屋さ」

私たちのノックに応じて出てきたスキンプトンは、劇場で着ていた作業着のままだった。「なんですか」そう言った彼は見るからに仰天していた。「あんたがた、なんでここへ?」

四十代前半ぐらいに見えるスキンプトンは、背が高くやせこけた男だった。頭髪の大部分がはげていて、灰色の薄毛が頭皮に張りついている。細長い顔はまるで万力で挟んだようで、茶色の瞳は悲しげだった。

「自己紹介は必要ないようですね」ホームズは許可をもらうよりも先に部屋に足を踏み入れた。私もあとに続いた。「われわれが来た理由はおわかりでしょう、スキンプトンさん。なくなった横笛のことです」

「何を言っているのかわからないな」スキンプトンの声はかすかに震えていた。「帰ってくれないか」

「いいえ、少しばかりお時間をいただきたい」ホームズの貪欲な視線は、スキンプトンの部屋をくまなくじっくり観察した。

彼の部屋は薄暗くてみすぼらしく、そして寒かった。部屋の隅に塗料のはげた暖房用ラジエーターがあり、シューシュー言いながら冷たい空気に挑んでいる。その上に、はがれかけた醜悪な模様の壁紙と、湿気で変色したむきだしの漆喰が見える。家具――テーブル、何脚かの椅子、たわんだベッド、おんぼろの旅行かばん――は、どれも貧相なものだった。スキンプトンがひとりで希望もなく暮らす貧乏人だということは、手に取るようにわかった。

ホームズと私はテーブルの前の椅子に座り、スキンプトンにも座るよううながした。テーブルに立ててある大判の写真には、スキンプトンと、ギンガムのドレスを着た女性が写っていた。女性の顔はやせ衰えていたが、それでもにっこりと笑っていた。スキンプトンも同じように幸せそうに見えた。

「この写真はあなたの大事なものなのでしょうね」ホームズが言った。「ひょっとして、奥さまですか？」

スキンプトンはうなずいた。「死んだよ。去年の九月だ。肺病でね。あいつはおれの命だった。だけどそれがなんだっていうんだ？　そんなことを誰が気にするんだよ？　おれのことなんて放っておいてくれ」

「お察しします」ホームズは、彼らしからぬ優しい声で言った。私は、ホームズが奇妙なぐらいいたたまれない顔になり、重苦しい呼吸をしはじめたことに気づいた。「あなたにつらい思いをさせるのは、ワトスン君やぼくの本意ではありません。ただ、ご存じでしょうが、スナイダー夫人は横笛を取り戻したがっています。なぜ盗んだのかと聞いてもかまいませんか？　金銭的価値はほとんどない物だそうですが」

スキンプトンが犯人だという証拠をホームズがつかんでいるわけではないことは、私にもわかっていた。私の想像のかぎり、ホームズの確信は、スキンプトンがほんの一瞬注意を怠り、幕を下ろしそびれたという事実にのみ基づいたものだ。それでも、スキンプトンの陰気な瞳を見ていると、ホームズの考えは正しいと思わずにいられなかった。

「あんたに話すことなんて何もないよ」スキンプトンはきっぱりと言った。

「それならけっこう」ホームズは言った。それからいきなり立ち上がり、この部屋で何かを隠せる唯一の場所、大型の旅行かばんのそばに歩み寄ると、そのふたを開けようとした。

「やめろ、やめてくれ！」スキンプトンは声をあげ、ホームズを止めに行こうとした。私はスキンプトンの前に立ちふさがった。

ほどなくしてホームズは横笛を見つけだした。スナイダー夫人も認めたように、見ばえもしない、ただの古びた古い楽器に安っぽい金の塗料を塗っただけの品だった。

スキンプトンは消沈して椅子に座り込んだ。こんなみじめな顔の人間を見るのは初めてだった。ホームズがテーブルの前に戻ってきて、こう言った。「あなたはぼくの質問に答えていませんね、スキンプトンさん。なぜこの横笛を盗んだのですか？」

スキンプトンの目から涙があふれた。そのあと、ささやくような声が聞こえてきた。「わかんないのかい、ホームズさん。おれはもう生きていけそうもないんだ、これがないとだめだったんだよ。今おれに残されたものはこれだけだし、この先もきっとそうさ」

スキンプトンは頭をたれ、悶えるかのように激しく泣きじゃくりはじめた。心痛む光景には違いなかったが、それでも私はまだ、スキンプトンがなぜこんなにこの小道具に深い愛着を抱くようになったのか、理解に苦しんでいた。一方でホームズのほうは、あたかも見えない力にとらえられたかのように、ますます動揺しだしたようだった。驚いたことに、ホームズはテーブルの向かいから、スキンプトンの肩を軽く叩いた。「きっと大丈夫です」ホームズは言った。「ぼくが請け合います、スキンプトンさん、きっとすべてうまく行きますよ」

ホームズは椅子から立ち上がった。「行こう、ワトスン。この部屋を出ないとならない。ぼくにはもう無理だ。幸運を祈ります、スキンプトンさん」

スキンプトンは落ちつきを取り戻していた。彼はホームズに言った。「警察に話すんでしょう」

「警察？　ぼくが何を話すと言うんです？」

スキンプトンはとまどった。「もちろん、横笛のことを」

「横笛のことなどぼくは何も知りませんよ、スキンプトンさん」ホームズは私を振り返った。「ワトスン、横笛ってなんのことだ？」

私にはほかに言える台詞はなかった。「さあね」

凍てつく夜の道をホテルに向かって歩きながら、私はホームズに、スキンプトンの部屋での奇妙なふるまいについて説明を求めた。最初ホームズは話をそらしていたが、ライアン・ホテルのスイートルームにたどり着き、暖かく明るい部屋に迎えられると、だいぶ雄弁になってきた。かじかんだ手を暖炉のそばで温めているあいだ、私はもう一度、なぜスキンプトンのもとに横笛を置いてきたのかと尋ねてみた。

ホームズは私の顔を見た。探るような灰色の瞳には、生き生きした力強い生命力が宿り、ある種の諦観も見えた。「きみは感じたことはないかね、ワトスン。夜の深みにいるひとりの男に忍び寄る、なじみの暗い潮流というやつを？　スキンプトンのみじめな小部屋にはそれがあった。あまりに強力で、ぼくの肺から空気を全部吸い出してしまうんじゃないかと思ったよ」

「ホームズ、いったいなんの話だ？　ぼくはあの部屋からは何も感じなかったんだがね」

「ああ、ワトスン、きみは最も幸運な男に違いないよ。世界から光が見えなくなることなんてないんだね」ホームズは立ち上がって窓のそばに歩いていった。そして外の暗がりを見ながらこう言った。「きみには言っていなかったな。スキンプトンのトランクから横笛を見つけたとき、トランクの中に、首をくくるための輪を作った短いロープがあったんだよ」

「つまり彼は、自殺しようとしていたってことか？」

「そうとしか解釈しようがない。スキンプトンはロープの上に横笛を置いて、世の中にはまだすばらしいものや美しいものがあることを、自分に思い出させようとしていた。あの笛を盗んでいなければ、とうに死んでいたかもしれないね。だから彼から奪うわけにはいかなかったんだ。あれはスナイダー夫人より、スキンプトンに必要なものだよ」

「驚いたな、ホームズ。じゃあきみは、今夜ひとりの男を救ったというのか！」

「そうかもしれない。だが、あの笛の魔法が、いつまで気の毒なスキンプトンに効くかはわからないさ。ライヘンバッハの滝のように暗い淵の底にはまりこんで、最後には逃げ道もなくなるかもしれない」

ホームズは窓に背を向けた。「もう遅い時間だ、ワトスン、休んだらどうだ。明日は長旅の一日になるぞ」

確かに私は疲れ果てていた。「ところで、明日の朝スナイダー夫人がやってきたら、横笛のことはどう説明するんだ？」

「真実を話すさ。この世には解決できない謎もある、とね」

「彼女が納得するとは思えないな」

「ぼくもそんなことは言いたくはないがね」ホームズは自分のベッドルームへ向かった。「お休み、ワトスン」

私も自分のベッドルームに行き、すぐさま眠りに落ちた。何時間かして、ホームズの弾くバイオリンの音で目が覚めた。『魔笛』でパパゲーノが歌う歌のひとつで、その音色は夜明けの最初の光が射すときまで続いた。

解説

本書は、「はじめに」でデイヴィッド・マーカムが説明している三巻の書き下ろしアンソロジー、*The MX Book of New Sherlock Holmes Stories Part I: 1881-1889*、同 *PART II: 1890-1895*、同 *PART III: 1896-1929*（いずれも二〇一五年刊、デイヴィッド・マーカム編）と、その後二〇一六年に刊行された *The MX Book of New Sherlock Holmes Stories Part IV: 2016 Annual* から、十作の短編を収録したものです。それぞれの巻の副題がこの本の一〜三部のタイトルになっていることがおわかりと思います。

このシリーズはかなり膨大なもので、最初の三巻が同時に出ていますので、それを合計すると、過去の作品を収録しないオリジナル・アンソロジーとしては、これまでで最大のボリュームになると思います。作品数は第一巻が小説二三本と詩が一篇、第二巻が小説十九本と詩が一篇、三巻が小説二一本と詩が一篇。三巻の合計が六十作以上、一二〇〇ページ以上という大部で、四巻目も各巻と同様の作品数とページ数です。

当然ながらこれを一度にすべて訳すことは無理なので、今回は日本で邦訳のある著者や、海外でよく知られている作家を中心にセレクトしました。ほかにも『シャーロック・ホームズの事件録　芸術家の血』が今年日本で刊行されたボニー・マクバードや、短編パスティーシュの邦訳があるデイヴィッド・スチュアート・デイヴィーズ（『シャーロック・ホームズ大図鑑』の編者）などの作品もありますが、それらはまた別の機会に譲ることにしました。

そのほか、マーカムの「まえがき」とロジャー・ジョンスンの序文、スティーヴ・エメッツのアンダーショー解説は、三巻共通のものです。リチャード・ドイルの謝辞は第四巻だけのものですが、コナン・ドイルの子孫によるものなので、今回収録しました。

また、マーカムが書いているように、本書のすべての作品は、コナン・ドイルのかつての屋敷アンダーショーの修復プロジェクトに寄付するために書かれたものです。プロ・アマ問わずこれだけの著者が貢献したことは、やはりホームズとコナン・ドイルの人気のなせるわざと言えるでしょう。冒頭の訳者附記にも少々書きましたが、アンダーショーは学校として新生し、二〇一六年九月にオープニング・セレモニーがありました。その写真を見ると、荒れ放題だった大きな庭がきれいになり、建物は元の特徴的な正面部分を残しつつ居住部分をモダンな教室にしているのがわかり、かつて何度か訪れた者としては感慨深いものがあります。

（翻訳協力：中川泉、府川由美恵、篠原良子）

シャーロック・ホームズ
アンダーショーの冒険《ぼうけん》

●

2016年12月26日　第1刷

編者…………デイヴィッド・マーカム

訳者…………日暮雅通《ひぐらしまさみち》

装幀…………川島進
装画…………山田博之

発行者…………成瀬雅人
発行所…………株式会社原書房

〒160-0022 東京都新宿区新宿 1-25-13
電話・代表 03(3354)0685
http://www.harashobo.co.jp
振替・00150-6-151594

印刷…………シナノ印刷株式会社
製本…………東京美術紙工協業組合

ISBN978-4-562-05356-8, Printed in Japan